谢锦书 谢丽虎 著

红砖厝

海峡出版发行集团 | 鹭江出版社
THE STRAITS PUBLISHING & DISTRIBUTING GROUP

2024年·厦门

图书在版编目（CIP）数据

红砖厝/谢锦书,谢丽虎著.--厦门:鹭江出版社,2024.3
ISBN 978-7-5459-2064-2

Ⅰ.①红… Ⅱ.①谢…②谢… Ⅲ.①长篇小说－中国－当代Ⅳ.①I247.5

中国国家版本馆CIP数据核字(2023)第164393号

出 版 人 雷 戎
策划编辑 林凤来
责任编辑 刘倩蓉
助理编辑 齐艳艳
美术编辑 林烨婧
装帧设计 壹号书社

HONGZHUAN CUO

红 砖 厝

作 者：谢锦书 谢丽虎

出版发行：鹭江出版社
地 址：厦门市湖明路 22 号　　　　邮政编码：361004
印 刷：福建新华联合印务集团有限公司
地 址：福州市晋安区福兴大道 42 号　　联系电话：0591-88208488
开 本：700mm×1000mm 1/16
印 张：20
字 数：238 千字
版 次：2024 年 3 月第 1 版 2024 年 3 月第 1 次印刷
书 号：ISBN 978-7-5459-2064-2
定 价：48.00 元

目　录

1

楔　子

　　闽南的红砖厝①是一种仿宫殿建筑的红砖大屋。这种颇有皇家建筑特色的红砖大屋，为什么在闽南大地上星罗棋布，成为寻常百姓的住宅呢？原来有这么一个故事。

　　传说一千多年前的一天，福建雷电交加，狂风大作，倾盆大雨从清晨一直下到入夜。闽王的妃子黄小厥倚靠在宫殿回廊的栏杆旁哭泣。

　　闽王问："爱妃因何哭泣？"

　　黄氏跪曰："回禀大王，今日暴雨，又刮着大风，妾身挂念家中亲人。家人住在滨海茅舍，妾身担心他们的安危，故伤心欲绝！"

　　闽王道："爱妃切莫悲伤，本王尽快处理，让你的家人得以安居！"

　　"叩谢大王！"黄氏立刻跪下谢恩。

　　翌日，闽王上殿议事，文武官员分列左右。闽王开口道："昨日暴雨，殃及黎民。为此本王降旨：即日起减轻赋税，鼓励百姓垦荒造田，

_____

① 厝：房子。

发展农耕，经商贸易，开辟海运。务令百姓安居乐业，共图国强民富！"

说到这里，闽王停顿了一下，继续说道："泉州依山傍海，常有暴风雨肆虐。念此地百姓屡经战乱，自中原南迁至此，开辟荆榛，筚路蓝缕，却居草庐茅舍，难以遮风挡雨，故准予'皇宫起'[①]，以表本王恤民之心，与民同乐，共享太平！"闽王的旨意下达后，泉州连同周边郡县，纷纷盖起宫殿式民居红砖厝。

这个故事是杜撰的还是真实的，年代久远，已无从考证，然而也绝非空穴来风。千百年来，一座座红砖厝犹如仙女散花般点缀在闽南大地上，或在茂林修竹、桃红柳绿的溪涧旁，或在巍然屹立、连绵起伏的群山下，或在千帆竞渡、波涛澎湃的海之滨，或在四季如春、鸟语花香的城镇。它们像一簇簇馥郁芬芳的瑰丽花朵，成为闽南大地上传承不息的特色民居建筑，成为中华建筑文化乐章中一串响亮的音符。

为什么红砖厝那么引人注目？因为它们有这些特色：红砖白石双坡曲，出砖入石燕尾脊，雕梁画栋皇宫起。

"红砖白石"指的是大厝四周围墙的颜色。红砖厝正面的墙体底座是大块的青色条石，条石上面是白色"裙堵石"，红砖就垒砌在"裙堵石"上，这使得墙面红白相间，色彩艳丽醒目，和谐自然。"出砖入石"是红砖厝独有的砌墙方式，亦是我国民居建筑艺术的一大杰作。墙体砖石结构方正朴实，坚固浑厚，可抵御闽南的台风暴雨。

"双坡曲"说的是红色或黛色琉璃瓦铺设的屋面，它呈弧形曲坡状而向前后左右铺开，线条流畅，古朴典雅，美观大方。

"燕尾脊"也称"龙脊燕尾"，它的设计非常富有诗意。两进式

---

① 皇宫起：按皇宫的样式盖屋。起，建屋。

红砖厝有六对燕尾脊，彰显了龙的尊贵和燕的轻盈飘逸。红砖厝的屋脊是曲线形状，以中轴为中心向两边翘起，尾端分叉为二。其线条行云流水，飞扬挺拔，流畅灵动，寓意着燕归爱巢。

红砖厝的梁、柱不用铁钉，全是传统的榫卯结构。粉墙屋檐、基石砌体都经过能工巧匠精湛的加工。红砖厝装修豪华讲究，集各种装饰工艺之大成。石雕、砖雕、木雕、镂刻、镀金、彩漆、绘画等传统的民间工艺在红砖厝中随处可见，它们把神话传说、经典故事、历史人物、山水花鸟等题材表现得淋漓尽致。统观整座红砖厝，从青色基石、白色基壁、红色墙体到屋檐飞脊，线条明快，层次清楚，色彩鲜艳，富丽堂皇，庄严肃穆，宛若皇宫。闽南的红砖厝保留了中华传统文化的精髓，也融入了鲜明的地域色彩，在建筑格局和居住功能方面体现了传统儒家思想和工匠智慧，是中国传统民居中别具一格的建筑。中华民族几次大迁徙都波澜壮阔，下南洋和走西口、闯关东一样气壮山河。几百年来，下南洋的侨胞奔走异国他乡，为改变自己和家人的命运而奋斗。他们都有一个相同的梦：努力打拼，发家致富，回乡盖座红砖厝，光耀门庭。他们身居异域，却心系故国家园，有的参加国内历次的革命斗争，谱写了一篇篇感人肺腑的悲壮的华侨革命史诗！

本书写的是福建泉州地区程福谦兄弟在暗无天日的旧社会里与命运抗争的故事，它为我们揭开爱国侨胞投身大时代洪流，为祖国革命和建设作贡献的时代画面。

让我们推开红砖厝厚重的大门，体验闽南文化的魅力，领略古城泉州的沧桑画卷和华侨的风采襟怀，缅怀为了人民解放和中华人民共和国成立而英勇奋斗的革命志士，聆听红砖厝屋檐下血和泪的故事。

楔子

第一章　放牛娃下南洋

一九〇五年秋，程福谦出生在泉州岚平县十五都东苍乡杏花村的一户贫苦农民家庭。父母为了孩子将来有出息，辛勤劳作，省吃俭用，在福谦六岁时把他送去私塾。福谦聪颖好学，两三年内就读完了《三字经》《百家姓》《千字文》《秋水轩尺牍》《弟子规》等，还选读了"四书五经"和《古文观止》中的一些章节，背诵了一些诗词歌赋。此外，他还学了珠算。

福谦八岁时，他父亲不幸患了重病，因没钱请医生诊治，三十多岁就离开人世。他清晰记得父亲病重那年的情景：父亲咳嗽不止，脸色枯黄，双脚浮肿，两手颤抖，身体日渐消瘦，以至不能下地干活。

福谦娘焦虑不安，以为鬼神作祟，想尽办法祈求神明消灾保平安。她煮了平时难得煮的咸菜饭和一小碗豆干汤，把饭菜放进竹篮，带着福谦到山脚下"祭鬼"。她从竹篮里拿出饭菜，摆在一块平面大石头上，再把点燃的香插在大石旁的草地上，小心翼翼地在大石旁的空地上烧着金箔纸。她虔诚地说："无主亡魂啊，你也怪可怜的，没吃没住的。

我今日给你吃顿好的，送你几文钱。你吃饱了就走吧，别再缠着我当家的，让他身体好起来吧！"

这时，一阵山风掠过树梢，树梢摇摇晃晃，纸灰打着旋儿随风飘去。

福谦娘对福谦说："饿鬼吃饱了，金银也拿走了，你阿爹的病会好起来的！"

福谦娘继续细心照料丈夫，但不见他病情好转。堂亲们也都很焦急，个个想方设法帮忙。有人说："请神吧，神灵会保佑的！"

一个热心的堂亲帮着请来"跳神"的"神者"。当晚九点，"神者"程醒来了。他在厅堂的八仙桌上摆好求神的道具，堂亲们帮着抱来镇境菩萨赵公明元帅的副身。一切准备就绪，钟鼓齐鸣，"神者"站立在佛前烧香点烛后，上身前倾，双手按在八仙桌桌沿，两眼微闭，口里念念有词……

一个堂亲问福谦娘："今晚煮什么孝敬佛爷？"

福谦娘说："'穷人穷寸铁，富人富上天'，我们家没有隔夜粮，借些白米煮咸菜饭好吗？"

"神者"听了张口说："弟子啊，咸菜饭吾不吃！"

堂亲们暗笑，说："佛爷也爱吃好的，炒米粉吧！"

福谦娘说："家里没米粉，也没调料。"

一个堂亲说："去借吧！"

福谦娘走东家串西家，借来米粉和油盐，还借来四个鸡蛋，炒了一小饭桶米粉放在八仙桌上，盛了一大碗敬奉神祇。过了一会儿，锣鼓声起，"神者"浑身颤抖，双掌拍打桌面，一会儿重，一会儿轻；一会儿快，一会儿慢；一会儿断断续续，一会儿连续不断。锣鼓声渐停，"神者"双眼紧闭，口中念念有词，时而哼哼唧唧，时而大声嚷叫，叽里咕噜地念些谁也听不懂的话。后来，"神者""嘭嘭嘭"猛拍三下桌面，众人说："神来了，神来了！"

有人问："赵公元帅，请教一下，福谦爹因何得病？"

"神者"说："西山有邪来犯，尔等莫慌，吾以符咒驱之！"

众人迅即拿了一张金纸给"神者"。"神者"接过金箔纸念着咒语，用蘸了墨水的毛笔在纸上乱涂一通，大声嚷道："急急如律令，快把神符贴在病人房门上驱散鬼邪！"接着又快速画了几张符，交代烧了纸符后，用纸灰搅拌清水，让病人喝下。"神者"说："画符驱邪喝灵水，包好包好！"

一个时辰以后，请神驱鬼的仪式结束了。众人吃了炒米粉，"神者"拿了福谦娘送的一斤白米消失在深沉的夜幕里，堂亲们满怀着福谦爹能够康复的希望陆续散去。

虽说驱了邪，但福谦爹的病情非但没有好转，反而更重了。一位堂亲说："请神不见效，就请仙吧！"于是众人又忙碌起来，请来外号"大肥仙姑"的巫婆。远近闻名的"大肥仙姑"排面大了些，带了三个徒子徒孙，一个帮助扶乩，两个抬着装了沙子的簸箕。仪式和上一次大同小异——烧香，点烛，念咒语。"大肥仙姑"左手扶乩，右手拿根小柳条蹦跳起来，不一会儿簸箕也抖了起来。众人叫着："何仙姑来了！何仙姑来了！"

"大肥仙姑"用柳条在簸箕里的沙子上划来划去，懂得"仙字"的助手大声喊道："有孤魂野鬼作孽，已被何仙姑驱逐。现开出药方，紫苏、薄荷各五钱，泡神曲，给病人连喝三天，包好包好！"

"大肥仙姑"吃了点心，照例拿走了福谦娘好不容易借来的几斤大米。

虽然请了"神者"、巫婆连日做法，但福谦爹的病却越发重了，他吃不下饭，只能喝点儿稀粥。万般无奈之际，又有人出了一个主意："要治好病，靠神也要靠人，不如请医生试试吧！请不起大夫，就找草药先生！"

病急乱投医，只要有一丁点儿救活病人的希望，福谦娘总是极力争取，希望福谦爹有病愈的一天。她向亲戚借了一块大洋，请邻村的草药先生去采草药，煎熬后让福谦爹喝下。不喝还好，喝下草药后福谦爹上吐下泻，昏迷不醒，第二天浑身浮肿，眼还没闭上就走了。福谦娘呼天喊地，哭得死去活来。福谦和姐姐、弟弟、妹妹一把鼻涕一把泪地叫着："阿爹别走！阿爹回来！"一家人的悲惨状况，真是无以言表！

民间有句俗语："生在苏杭二州，死在福建泉州。"说的是泉州地区有钱人家的葬礼极其奢华：敲锣打鼓吹唢呐，吹拉弹唱走高跷，纸轿幢幡撒纸钱，和尚道士忙超度，送葬队伍排长龙，宰猪杀羊宴亲朋，办完葬礼后还要花费巨款连续两三个昼夜"做功德"。福谦家家境贫寒，福谦爹的葬礼只有一鼓一钟，在"咚咚锵咚咚锵"的锣鼓声中，堂亲们帮忙把棺材抬上山，让死者入土为安。

福谦爹走后，福谦一家五口相依为命。福谦娘整天拖着病弱的身躯上山下田，但一家人还是三餐难继。无奈之下，福谦只好辍学，请堂叔给邻村一家富农说情，去给人家放牛。

福谦负责放养两头大水牛和一头小牛犊。他每天一大早蹚过家门口的小溪到一里外的邻村牵牛，然后再上双狮山、笔架山或盘龙岭放牛。农忙时节牛要耕田，他就上山割鲜嫩的青草喂牛。不管是刮风还是下雨，他一年四季从没停歇，但报酬也只有两担稻谷。一家人就靠这点微薄的收入和祖传的两亩多薄地过日子，青黄不接时常常断炊，只能吞糠咽菜。

第一章 放牛娃下南洋

家穷买不起鞋，福谦天天光着脚丫，在荆棘丛生、碎石遍地的山野放牛。父亲去世时留下一件补丁压补丁的粗布上衣，母亲细心地改了又改让福谦穿。母亲又向一户华侨人家讨来一块旧粗布，缝制成福谦唯一的一条裤子。他一年到头就只有这一套衣服，上衣脏了，脱下来洗洗晒干再穿，遇到阴雨天只好用柴火烘干；裤子脏了，就脱下上衣包裹下身，光着上身去洗晒烘干那条裤子。十二岁那年，福谦放牛时抽空砍柴卖，攒了点钱交给母亲。母亲非常高兴，买了一块蓝色的布，给四个儿女各缝制了一套衣服。

年幼的福谦早早领略到人生的艰辛。因为家贫没钱买肉，他好想让家里人吃点荤菜。有一天，他把牛拴在树下，放长绳子，让牛自己吃草，他跑到山下的溪涧摸小鱼小虾。他看到溪岸边有一个石块垒起的小洞，洞口有些光滑。他高兴得很，猜想洞里一定有青蛙，自言自语道："抓只大青蛙比抓一把小鱼小虾好得多！"他把一只手伸进洞里，小洞有些弯曲，顺着弯曲的洞往里摸，摸到一个滑溜溜的东西。"这一定是青蛙的腿！"他高兴极了，想把青蛙拖出洞口，但那东西又往里缩。福谦紧紧抓住不放，手跟着往洞里挤，洞里的石块磨破了他的手。他忍着疼痛往更深处摸，终于把那东西牢牢地抓住了，高兴地说了一句："看你往哪儿跑！"

福谦用力把洞里的"青蛙"拔出来，一看，竟是一条四尺多长的蛇。他惊叫一声，使劲把蛇甩得远远的。这条蛇着地后突然竖起前半身，颈部膨大，发出"呼呼"的声音。"噢，原来是条眼镜蛇！"福谦浑身起鸡皮疙瘩，心怦怦直跳，全身直冒冷汗，脊背发凉，拔腿就跑。跑出一段距离后，他稍做镇定，回头看，蛇不见了。他摸摸自己的手，庆幸没被咬伤，三步并作两步跑上山照看那三头牛。

牛不吃险草不肥，为了让牛吃饱，福谦把牛赶到更远的笔架山上，那里的青草既茂盛又鲜嫩，他就在牛周围兜兜转转拣干树枝。

夏天是暴雨季节，晌午过后，闪电像白色的长剑劈开黑压压的长空，雷声轰隆隆直响，像是要把山头炸平。福谦看到远处的山峦白茫茫一片，知道那里正下暴雨。不一会儿，笔架山上乌云密布。他想："看来这是一场暴雨，一旦山洪暴发，我过不了溪涧，就得在山上草寮过夜，麻烦就大了。"他即刻折了一根树枝拍打牛背，嘴里"喔——喔——喔"地喊个不停，一个劲地赶牛下山。三头牛"哞——哞——哞"地叫着，似乎明白主人要避雨，就往山下走。福谦想起乡里人讲的故事：阴间里有人要投胎到人间，求阎王爷让他投胎到锦衣玉食的人家。阎王爷一觉醒来，睡眼惺忪，大笔一挥，把他投进了牛肚子，变成了牛，终生劳碌。所以牛不会说话，却通人意。

这时炸雷在身后紧追不舍，一声比一声响，震得山摇地动。福谦心惊肉跳，耳朵嗡嗡作响，脑袋瓜像挨了一记闷棍，一阵迷糊。闪电像炽白的长练忽明忽暗，在山峦的上空耀武扬威。暴雨跟着雷鸣电闪，像散开队形的兵马，"沙沙沙"地呼啸着包抄过来。福谦和牛群越过一座又一座山丘，往家赶。半个钟头后，数十座大山的山沟涨满了洪水，沿着山沟呼啸而下，汇入山脚下的溪流。

山里人常说："易涨易退山溪水。"山下溪水猛涨，福谦好不容易把牛赶到涧边。两头跑得快的牛涉过溪涧，他赶着的那头慢吞吞的老牛走在后面，刚涉水过半，突然洪峰犹如呐喊冲杀的千军万马汹涌而至。洪水夹杂着枯枝败叶和污泥沙石咆哮着，奔腾着，向溪岸冲撞，大有摧毁堤岸、扫平村庄之势。福谦和老牛被山洪冲走了。洪水淹没了牛背，老牛勉强抬起头，哞哞叫个不停。危急关头，福谦双手死死勾住牛的脖子，双脚盘住牛的一条前腿，只露出鼻子和眼睛。福谦面色发白，心怦怦直跳。幸好福谦和牛被冲到百米外的一片开阔地，在这里洪水变成一群散兵，没了原先的凶猛气势，福谦这才战战兢兢地爬上牛背。乡亲们赶来，看到福谦已经脱离险境，都说："这孩子命大，是老水牛救了他的命！"一位大伯说："苦孩子命硬！"

让苦命人担惊受怕的事总是接踵而来。第二年农历七月十五，福谦像往常一样上山放牛。午后，雷阵雨骤然而至，他忙把三头牛赶进近处的草寮避雨。草寮是乡下农民用竹木、芦苇、茅草、藤条搭建的避风躲雨的简易茅屋。哪知这场雨来得快去得慢，像贪玩不归的小孩儿，久久不肯离去，直到黄昏还淅淅沥沥下个不停。福谦叹了一声："惨了，娘说不怕七月半鬼，就怕七月半水。雨下不停洪水会暴涨，我过不了溪涧今晚就得在荒山野岭忍饥挨饿、通宵不眠！"

天慢慢暗下来，夜渐渐深了，湿漉漉的云雾浸染了山林，慢慢地吞没了草寮。黑暗中牛儿躺在地上反刍，发出"喳喳喳"的声响。屋顶渗漏的水滴滴答答掉落到地面。福谦饿得肚子咕咕直叫。草寮里伸手不见五指，草寮外风雨大作。突然一道闪电，借着瞬间的光亮，福谦猛地看到一条一丈来长、碗口粗的白色蟒蛇盘在草寮屋顶的松木椽子上。又一道闪电亮起，福谦定睛细看，一点也没错，是条大蟒！福谦吓得魂飞魄散，急忙钻进牛群中间。他双手合掌念道："土地公啊，保佑我吧，别让蟒蛇伤害我！"念完他又对着大蟒念道："神龙啊神龙，你的仙洞被水淹了才来这里避难的吧？我们一样受苦受难，互相怜惜啊！"

这一晚，福谦又怕又饿又冷，通宵没合眼。天亮后，雨过天晴，大蟒也不知什么时候离开了，福谦把牛赶去水草茂盛的地方吃草。

福谦十三岁那年，人生出现转折。一天傍晚，福谦收工回家，母亲对福谦说："儿呀，你不要放牛了。牛交给你弟弟，你找机会学点手艺。"堂叔是个热心肠的人，受福谦娘委托，很快帮福谦找到一位木工师傅。木工师傅姓杨名益，老实巴交，手艺精湛。从此，福谦就跟着杨师傅学艺。福谦聪明好学，几个月工夫就基本掌握了木工工艺要领。在师傅的指导下，福谦设计制作了一个两层的能放置饭桶和篮子的木架，木架的六根柱子上还雕刻了六只神态各异的狮子。福谦看了很开心，很喜欢这个木架。这个木架以后成了程家传家的物品。

杨师傅不仅手艺好，而且有力求上进的精神。一天，他咕噜咕噜地吸着水烟管，慢条斯理地对福谦说："小池塘翻不起大浪。厦门离这里两百多里路，我们俩不如到那里闯一闯。即使闯不出名堂来，见见世面也好！"

听了师傅的话，福谦高兴得跳起来，着急地问："师傅，什么时候能去厦门？"

"从这里到厦门得走好几天。这一去翻山越岭，风餐露宿，还要边走边找活做。找不到活做会饿肚子，晚上得睡山神庙。山神庙没有门窗，晚上可能会有老虎出没，你不怕吗？"杨益说。

"跟师傅走，我不怕！"福谦坚定地说。

"好，我去问问你娘！"

"娘一定会同意的！"福谦很有把握地说。

福谦娘思想比较开明，她认为老鹰只有展翅高飞，才有广阔的天空；人只有高瞻远瞩，才有好的未来。杨益刚说明来意，她就答应了。

不久，师徒俩带着木匠工具出发了。他们翻山越岭，走村串户，终于在这年中秋月圆的时候到了厦门。师徒俩在轮渡旁租了一间阴湿低矮的小房间，两人白天做工，晚上挤在小房间睡觉。他们每天清晨只喝一碗地瓜粥，喝完就背着工具箱，带上锯子、凿子、刨刀、钻头等工具走街串巷，边走边喊："做木工哦！做木工哦！"居民们凡有家具坏的、门窗破的、桌椅散架的，就让师徒俩修理。他们有时也上轮船、渔船做一些零散的木工活儿，运气好时偶尔做张床或桌子，得到的工钱就多一些。

杨益手艺好，凡经过师徒俩修理的用具都很坚固，所以生意一天好过一天。他们退掉原先租住的潮湿木屋，改租了一间板房，还寄了些钱回去贴补家计。就这样，师徒俩在厦门兜兜转转过了两年。

但对于穷人来说，好日子并不常有。那时神州大地上军阀混战，民生凋敝。手工活越来越少，师徒俩有时甚至找不到活干，经常吃了上顿没下顿。杨益感到这条路再走下去是条死路，就对福谦说："福谦啊，都说赐子千金不如教子一艺，但这些日子你都看到了，我们虽有手艺但也挣不到钱。"杨益流露出无奈和忧愁的神情，摇了摇头，又说，"本想来到都市就有发展的希望，但现在的日子越过越艰难，我对你娘也没个交代。我们师徒无缘，思前想后只能分手。我在厦门有几个朋友，我找他们聊聊，帮你找个活干，好吗？"

福谦一时愣住了，眼里含着泪水，好久才答道："师傅，我拖累你了，不好意思！我听你的！"

几天后，杨益的朋友传来消息，说有艘走内海的轮船要招个挑水工，船长说见面后才决定是否雇用。杨益问福谦："你想想愿不愿意干。"

福谦笑着说："靠山吃山，靠水吃水，在海边打工离不开水。以前听我爹娘说，我五行缺水，干这个活就算是补水吧，很好的！"听了福谦的话，杨益就放心了。他想："这孩子聪明，是可造之材，将来一定有出息。"

第二天，杨益带福谦来见船长。船长是当地渔民，受聘于厦门的一家船务公司，姓吴名大洋，三十多岁，身高一米八，长得五大三粗，海上的风浪、天上的太阳把他铸成黝黑的铁罗汉，满布皱纹的脸上透露出一股阳刚之气，眼里流露出仁爱朴实的光芒。他同情福谦的身世，看见福谦身体瘦弱却眉目清秀，心想：聪明在耳目，富贵在手足，这孩子还读过私塾，是可造之材！他对福谦十分满意，微笑着地问道："小伙子，行船走马三分命，海上大风大浪，苦命人才干这个行当，很危险的，你不怕吗？"

"大风大浪我不怕！大家都说'吃得苦中苦，方为人上人'，我不怕苦，不怕累，也不怕死！"福谦答道，语气异常坚定。

吴船长赞叹道："好，小孩说大人话，不简单！有志气还有文化！不怕就好！但你要知道，初次上船很可能会头晕呕吐，快则三两天就适应了，慢的话就说不清啰！你怕吗？"

福谦回答："不怕，不怕！"

吴船长说："那好！你明天过来，我带你上船试试。"

福谦和杨益高兴极了，连声道谢。第二天一大早，福谦跟着吴船长上了船。吴船长把福谦交给负责生活的大副，还附在大副的耳边交代："这孩子机灵，对他要多加关照！"

大副告诉福谦："厦门人常说，不怕饿死，就怕渴死。为什么？因为厦门是海岛，很缺淡水，居民都要花钱买水。为了节约用水，半盆水有多项用途，洗头、洗澡又洗脚，最后用来洗地板。我们的船走厦门到广西一线港口，船上要多储存淡水和食物。你的主要任务是挑'船仔水'。"

福谦摸了摸脑袋，眨眨眼，不解地问："什么是'船仔水'？"

大副笑了笑，解释说："'山戾不识海鲎'①，果真的！'船仔水'指的是用小船专程去九龙江取淡水运回厦门码头，再让水贩子挑水沿街叫卖。我们大船用的水也是用小船从九龙江运来的，再雇人挑上船。挑水上船不容易，是件苦活。为了防撞，两艘船中间用旧轮胎隔着，上面架块木板，让工人挑水上大船。船在海上是无风乱晃荡，有浪打秋千。挑水上船要特别小心，掉进海里就去喂鱼啰！"大副举起双手装出害怕的样子，又说："告诉你怎样买水，慢慢你就明白了！"大副尽说些吓唬人的话，听得福谦额头冒汗。

接着，大副向福谦详细布置了每天的工作任务："你每天除了担水，还要干杂活，比如帮厨房的师傅洗菜、洗碗、杀鱼、切菜、烧水、端饭，饭后还要做清洁工作。总之，有啥事干啥事，活儿不算重，但事多累人！"福谦频频点头，表示一定会把工作做好。

大副交代完工作就去忙其他的事了。福谦走出船舱，看到一幅从来没见过的海天壮阔的景象：宽阔无边的海面上，波涛汹涌澎湃，停泊在海边的船只像喝醉了酒似的，随着时起时伏的海潮上下左右颠簸；白鹭在海面上自由自在地翱翔；海滨的礁石千姿百态，有的陡峭峥嵘，有的光滑圆润；海浪冲击着礁石，溅起一堆堆白色的碎银般的浪花；无数的渔船和货轮在海上穿梭，悠长的汽笛声、哗啦啦的风浪声、沸沸扬扬的人声汇成一曲雄壮的滨海交响曲。往返于鼓浪屿和厦门岛之间的渡轮上挤满了人，有衣着华丽的豪绅贵妇，有装束简朴的平民百姓，还有许多高鼻梁的外国人。

鹭江对面是风景优美的鼓浪屿，繁花绿树间掩映着亭台楼阁。雄伟突兀的日光岩横空而出，耸立在海天之间。成群的观光客在岩石间攀

———————————
① 山戾（sóng）不识海鲎（hòu）：指山里人见识少。

爬，缓缓蠕动。如此迷人的风光，真叫人流连忘返。

福谦想起他必须干的活儿，即刻走进厨房挑起水桶赶到岸边，满满地装了一担"船仔水"，小心翼翼地走在摇摇晃晃的木板上，身体和水桶随着海潮起伏忽上忽下。他脸色发青，心脏像青蛙跳水似的扑通扑通地跳个不停，生怕掉到海里……日复一日，他终于慢慢适应了在海上挑水的工作，能在木板上站稳脚跟上下自如了。虽然船上的杂活又脏又苦又累，但他没有半句怨言，没叫一声苦，硬是挺过来了。他对船长毕恭毕敬，与船员和睦相处。他总是满脸笑容，逢人就阿叔阿伯地叫，大伙都很疼他。

有一天，他们的船在开往湛江途中遭遇风暴。海上风高浪急，轮船一会儿昂头冲上浪顶，一会儿急刷刷地跌落浪谷，剧烈地颠簸着。福谦第一次遇到这样的大风浪，脑袋像灌了铅似的昏昏沉沉，双脚犹如弹奏中的琴弦瑟瑟发抖。最糟糕的是他呕吐不止，把吃进肚里的饭菜连同苦涩的胆汁全呕出来，弄得甲板上身上满是还没消化的饭粒、咸菜，他赶紧擦洗干净甲板。这是他遭遇的最糟糕、最凄惨的一次晕船。连续几天，他都有气无力，只能喝点淡盐水、粥汤。他苦苦撑着，一直挨到轮船抵达广州身体才逐渐康复。

轮船在广州停泊了两天，船员们卸完了货又装上货，开始了新的航行。

一个月后，福谦渐渐适应了海上生活，成了一个合格的小船工。他勤快好学且吃苦耐劳，博得大家的赞赏。吴船长特别喜欢他，有空就和他天南海北地聊家常。

吴船长常年在海上风里来浪里去，走的地方多，阅历广。福谦求知欲强，谦虚好学，常常向吴船长问询航海知识和南洋的风土人情。半

第一章　放牛娃下南洋

年后，吴船长的轮船调整航线，专线往返新加坡。

福谦在轮船上干了大半年，经受了大风大浪的磨炼，见的世面多了，眼界开阔了，胆子也更大了。他有了远大的志向，萌发了新的理想。他去过新加坡，也曾登岸实地观察。虽说只是走马观花，但他了解到新加坡刚刚从沼泽遍布的荒地变成世界大港，是个人人向往的淘金热地。在无边无际的大海上，没有事做的时候，福谦就遥望蓝天，面向唐山发呆，想着故乡的家人。他似乎看到亲人们辛勤劳作的情景，心想：人往高处走，水向低处流，只要下定决心，不怕劳苦，努力奋斗，一定能赚到钱，一定会改变自己的命运，让一家人过上好日子。他盼望有机会去新加坡拼搏，出人头地，干出个模样来。想着想着，福谦迷迷糊糊地走进梦幻般的世界。在这个世界里，他发家致富，成了一个腰缠万贯的番客①：身穿笔挺的西装，脚蹬油光发亮的皮鞋，戴着太阳镜，手持绅士杖，腕上戴着名表，皮箱里装满数不清的钱，衣锦还乡，见到家人，见到父老乡亲……

十八岁那年开春，有一天福谦坐在吴船长身旁，壮着胆子说出自己的心愿。吴船长听了很惊愕，说："你小小年纪，乳臭未干，怎么敢独自去人地生疏的新加坡闯荡，不怕掉进烂泥沟里？"

福谦说："走南洋的侨胞都是双手两片姜②，赤着膊子抢关刀③。有样学样，我会向老一辈侨胞学习，跟着他们的脚步走！"

"下南洋的人不是个个都光鲜，走投无路甚至丢了性命的也大有人在。"

---

① 番客：指客居南洋的中国人。

② 双手两片姜：两手空空。

③ 赤着膊子抢关刀：白手起家，艰苦奋斗。

吴船长想："这小子果然不一般，有志气，有胆识。好男儿志在四方，老留在我船上也不是事。马不吃险草不肥，帮他一把吧！"想到这里，吴船长说："好吧，下回船到新加坡你就上岸。路是你自己选的，一定要坚持到底。记住，开弓没有回头箭，好马不吃回头草！"

　　听了吴船长的话，福谦千恩万谢。

　　吴船长说："谢什么！明天我帮你办手续，还要招个人顶替你的工作。十天后我们要去新加坡，到了新加坡你结了账，领了薪水就上岸去吧！"

　　十天很快过去了，轮船乘风破浪，行进在湛蓝的大海上。吴船长有意要和福谦谈心，便抽空找到福谦。他靠着船舷点燃了短烟筒里的烟丝，深吸一口，语重心长地说："人生一世，草木一秋。好小子啊，你年纪轻轻，前程远大，到了新加坡要好好学习黄奕住先生！"

　　福谦问道："黄奕住先生是谁啊？"

　　吴船长说："你竟然不知道黄奕住是谁？他是南安县金淘镇人啊，他的名字响亮响亮的，是南洋侨领，全闽南人都知道他，全南洋人也都知道他！"

　　"噢，想起来啦！听说他以前家里穷，从小学理发，在乡里受人欺负，在家乡待不下去才下的南洋。"福谦想起了乡里的传闻。

　　"他如今是印尼糖王、南洋首富，说不定在中国也算数一数二的富翁。"

　　说到这里，吴船长干咳一声，看福谦听得入神，便喝口茶清了清嗓子，继续讲述黄奕住先生的发家史。

　　"金子不是从天上掉下来的，没有一个人生出来就是富翁。不经一番寒彻骨，哪得梅花扑鼻香？是的，黄奕住出生在一户贫苦农民家中，

第一章 放牛娃下南洋

年轻时以理发为业，常遭人白眼，才立志出门闯荡。十六岁时他父母卖了田地，把得来的三十六块银圆给他做路费，让他远走他乡谋生。黄奕住辗转到了新加坡，后来又去了爪哇三宝垅。他在爪哇生活得非常艰难，经常三餐不继，晚上睡破庙，白天帮人理发谋生。

"黄奕住本以为有一门手艺可以平安度日，哪知祸从天降，有一天，地痞流氓把他的理发工具通通丢进大海，逼得他走投无路。有个侨胞看不过眼，给了他十五块钱。这区区十五块钱竟成了黄奕住发家的本钱。他挑着货郎担到偏僻的乡村叫卖，稍有积蓄时就租地摊做小买卖。他一步一个脚印走过来，慢慢到达人生顶峰。

"听说他最近回国，准备捐资办学，还准备明年和民国政府合办中南银行。远的不说，你知道吗？他已经在厦门投资建立了电灯照明、自来水、运输、电话等公司，还准备开发房地产……"

吴船长如数家珍，滔滔不绝地讲着。

福谦全神贯注地听，他十分感动地说："阿叔，谢谢指教，我会向他学习。人过留名，雁过留声，我到南洋即使没出人头地，也不会做龟蛇鼠虫！"

船到新加坡后，福谦流着泪告别吴船长。他对吴船长说："阿叔，你的教诲和鼓励，我一辈子都忘不了。以后你来新加坡时告诉我一声，我想再聆听你的教导。"

"难得你有情有义。"吴船长说着，掏出一百元马币塞进福谦的衣袋，说："你初来乍到，人生地不熟，会遇到许多困难。这点钱你拿着，可以应急。"

福谦从衣袋里掏出钱，想还给吴船长，吴船长生气地说："再不收下给你一巴掌！"福谦掉下泪，收了钱，告别了吴船长。

第二章　一碗肉骨茶

福谦终于圆了下南洋的梦，来到新加坡。上码头时已是夜晚，码头上灯光明亮，福谦随便买了点小吃，在码头上溜达，累了就靠在长凳上闭眼休息。当霞光洒满大地的时候，他在滨海街道上走走看看。对他说来，这是一个全新的天地：满载货物的各种各样的车子络绎不绝；载客的人力车上的小铃铛随着车夫小跑的脚步，有节奏地叮叮当当地响；街道两旁的店铺鳞次栉比，骑楼廊道上悬挂着五彩缤纷、形状各异的招牌，店铺的外墙贴满花花绿绿的广告；洋货、各式各样的土特产琳琅满目；街上人头攒动，黄种人、白种人等各种肤色的人穿梭往来，叫卖声、讨价还价声、小孩的欢笑声交织成一曲美妙的乐章。这里到处是生机勃勃的繁华景象，福谦平生第一次见到这样的景象。

福谦想：要在一个全新的环境安身立命，应该先熟悉环境，了解当地的风土人情，走对路、进对门才能找到发展的机会。他一路走，一路看，一路想，见到了许多之前从未见过的新鲜事物。

他走进一家锡器店。好家伙，锡制的酒壶茶杯、碗碟锅盘、瓢勺筷子等各色各样的餐具不仅齐全，而且制作精美，酒壶盖上的双龙戏珠栩栩如生，茶壶上的朝阳丹凤展翅欲飞。他左看右看，好奇地问这问那，流连忘返。如果能在这里工作多好，福谦想。正好老板走过来，很客气地问："小伙子，有什么需要帮忙的吗？"福谦回答："不，看看哩！你们店招不招工？"老板回答说："现在不缺人手。"

福谦想：当务之急是先找份工作，不应苛求，有杂活做就行，待以后熟悉环境再另图他计。整整一个上午，福谦进过佛具店、图书文具店、药店、茶叶店……问了一家又一家，但都没找到工作。

"龟有龟路，鳖有鳖路，天无绝人之路！"福谦坚信新加坡一定是自己可以立足的地方，是自己日后发展的宝地。虽然一时找不到工作，但他也不气馁，几天来，他寻寻觅觅，走过一条又一条街道。

他听说唐人街是新加坡最繁华的地方，想去那里碰碰运气。但他初来乍到，人地生疏，不知往哪个方向走。正踌躇时，恰好有个华人老奶奶迎面走来，福谦很有礼貌地问道："您好，奶奶！我想去唐人街，您能告诉我走哪条路近些吗？"

"噢，刚从唐山来的后生家！我当年来的时候也是分不清东南西北！"奶奶热情地指着前面说，"你顺着这条路直走，过两个街口向右转，那里人多，你跟着人群走就能到唐人街了。"

"谢谢奶奶！"福谦道了谢，一直往前走。

过了两个街口向右拐，看到人多，福谦断定唐人街就在不远处。他随着人群，来到新加坡河畔南面的大街，街上人潮涌动。"这里就是唐人街！"福谦脸上绽开笑容。

走在唐人街上，福谦像置身于闽南老家，听到的尽是亲切的闽南话，街上店铺招牌和广告上大都是汉字。大街小巷，纵横交错。骑楼下的店铺，一间挨着一间。带着淡淡海腥味的海风轻轻吹来，福谦顿觉神清气爽。弥漫在空气中的肉骨茶香，扑鼻而来。福谦忽然想起吴船长说的话："新加坡肉骨茶远近闻名，人见人爱。人们都说：'没吃过肉骨茶，不算来过新加坡。'据说，三百多年前一个闽南人带着中药秘方来到马来亚，他把中药倒进猪排骨汤里炖，再加一些调料，做成肉骨茶，味道独特，鲜美诱人。吃过肉骨茶的人都称赞不已，不久肉骨茶风靡马来半岛。后来经过不断改进，肉骨茶成了闻名南洋的一道经典佳肴。"

下南洋的华侨绝大多数是农民出身，文化水平低，没技术。那时能操剪刀（裁缝）、操菜刀（厨师）、使剃头刀（理发师）的，就能在南洋立足。没有这"三刀"功夫的，只好当苦力，干些杂活、脏活、重活。福谦想："我没有一技之长，还是去美食店碰碰运气，学着操菜刀，说不定日后能当个厨师，就能在新加坡站稳脚跟。"福谦沿着美食街边走边看，大街上有各种各样的美食店，有西餐馆，有马来人、印度人开的不同风味的餐厅，但最多的还是中国人开的粤菜馆、闽南菜馆、浙江菜馆、湘菜馆、徽菜馆……其中又以闽南和海南风味的肉骨茶店居多，福谦决定到肉骨茶店看看。他走了一二十家肉骨茶店，想找份活儿干，但都被婉拒。有个店主还带着讽刺的口吻说："没三尺水就要扒龙船！"[①]

福谦奔波了几天都没有结果。天黑了，他买了碗稀粥填饱肚子又继续找活儿。夜深了，人困了，他在骑楼下找了个僻静的地方坐下休息。清冷的月光洒满大地，阵阵海风轻抚着他疲倦的身躯。忽然他听到对面

---

① 没三尺水就要扒龙船：没本事还想做事。

楼上传来袅袅的歌声，仔细一听，是闽南民间小调《五更更鼓下南洋》：

一更更鼓月照山，赤子天生苦煎熬。

天南地北无路走，风波浪里下南洋。

二更更鼓月照乡，悲愁纠结像麻团。

离父离母心头酸，抛妻别子刈心肠！

三更更鼓月照房，背井离乡心凄凉。

肝肠寸断三回头，一抔黄土作念想。

四更更鼓月照庭，小船颠簸海中行。

夜深风高礁如刀，波峰浪谷半条命。

五更更鼓月照厅，孤身漂泊到狮城。

生死茫茫唐山渺，何日返乡见亲人？

　　歌声哀怨凄凉，福谦觉得自己就是歌曲里的流浪者，心像被针扎一样，泪水夺眶而出。福谦听着听着，靠墙睡着了。

　　运气总是青睐有准备的人。第五天午后，福谦走到一家挂着"福建风味肉骨茶店"招牌的店门口，正好遇上一个五十多岁的男人坐在门口乘凉。男人胖乎乎的，秃头，穿着白色短袖衬衫和蓝色短裤，一手摇着芭蕉扇，一手拿着白毛巾擦额头的汗。福谦估计他可能是老板，就上前问候："生意好呀，阿叔！"

那人抬头一看，见眼前是个脸蛋儿黑里透红、五官端正、眉目清秀的少年，就说："后生家，看你的模样，是刚从唐山来的吧？"

"是呀，阿叔！"福谦回答。

"哪里人？"

"福建泉州岚平人！"

"呀，算是老乡——我祖上是漳州的！"阿叔高兴地笑了。

"阿叔贵姓？"

"免贵姓李名悦。我的性格像名字，知足常乐，天天快快乐乐的。"男人性格爽朗，说话风趣。

两人越谈越投机，当福谦提起找工作的事时，李悦说："你不说我也知道。这家店是我开的，正缺个帮厨。你要是不怕苦不怕累，就在我店里干！"

"好的，谢谢关照！"福谦连日来处处碰壁，心里很不是滋味，今日总算"山重水复疑无路，柳暗花明又一村"，他高兴得脸上泛起红光。

李悦拍拍福谦的肩膀说："先去理发，洗洗澡，换上干干净净的工装。"福谦照做了。当他穿上店里的白色工装走到李悦面前时，李悦眼睛一亮，高兴地说："哈，是个美少年，又高又英俊，我看你会给我的店带来财运的。"

"谢谢夸奖！谢谢夸奖！"福谦忙不迭地作揖。

店里有三个女人正低头忙碌着，洗菜的洗菜，切肉的切肉，个个忙得满头大汗。

李悦向福谦介绍道："切菜的是我老伴，那两个年轻的是我的宝贝女儿，大的叫琼花，小的叫梨花，都出阁了。"

说完，李悦对三人说："这位英俊少年叫福谦，我新招的帮手。"

"欢迎欢迎！"三人抬头看了福谦一眼，异口同声地说。

李悦想，福谦是生手，没做过餐饮工作，特地再三交代："我们做餐饮的，最注重服务。首先，要热情真诚，笑脸迎客，以礼待人，周到服务，要给客人留下好印象，这是做好生意的关键。第二，要讲究卫生，里里外外必须打扫得干干净净。你的工作就是剁骨头、切肉、洗菜、洗菜盘、摆碗碟，总之有什么活就干什么活！"

福谦说："我一定好好学、好好干，让我们店的生意红红火火！"

李悦听了这话很高兴，连声说："好！好！好！"

自从福谦到了李悦的店里，真的给店里带来财运，店里的生意比以前好了许多。午餐和晚餐时段顾客盈门，十来张餐桌都不够用。

这一变化使得本来就爱笑的李老板更是整天高兴得合不拢嘴。他注意到，来客中许多是少女，她们特别喜欢和福谦搭讪，喜欢看他那张充满青春气息的笑脸，喜欢听他讲"诚招天下客，义取四海财""生意兴隆通四海，财源茂盛达三江"之类文绉绉的生意经、船行大海的故事和唐山的掌故。一回生，二回熟，少女们慢慢成了店里的常客。

"福谦果然是喝过墨水的，当然店里生意好和他那张英俊的脸蛋也有关系。"一天，老板娘像发现了天大的秘密，笑呵呵地对丈夫说。

岁月如白驹过隙，自福谦来到肉骨茶店工作，一晃过去了两个年头。他脚踏实地，钻研业务，留心观察每一道工序的操作细节，也常去周边肉骨茶店暗中察访学习。

没过多久，福谦就把肉骨茶的制作流程、操作技艺谙熟于心。虽然他只是帮厨，但对食材选择、中药配方、炖煮时间、火候控制等关键技术及调味品配比分量等细节都了如指掌，只是老板还不放心让他掌勺。

有一天，李悦由于过度操劳，突然昏厥倒地。福谦快手快脚地关了店门，和老板娘、琼花姐妹把老板送去医院检查。诊断的结果是李悦得了中度中风，眼下虽没有生命危险，但必须多休息调养，不可操劳。突如其来的变故使老板一家焦急万分。稍微清醒过来后，李悦问："你们看，这店该怎么办？"

女人们急得团团转，一点办法也没有。老板娘说："你能捡回一条命已是万幸，还敢奢望什么？"

福谦想，两年来老板视我如己出，与我情同父子，现在李家有难，我理应挺身而出。想到这里，福谦说："阿叔，您别急，我试着掌勺一两天看看。我不懂的地方您多指教，我一定会煮好肉骨茶，不会影响生意，您就安心治病，好好休养！"

李悦惊奇不已，问道："你能掌勺？那我先考考你。"

李悦说："好，您问！"

福谦问："福建风味肉骨茶配方都有哪几味中药？"

福谦答："川芎、枸杞、玉竹、当归、甘草、桂皮、八角、茴香、白古月、公丁香共十味，也可以看情况添加丁香叶之类的中药。"

李悦又问："十斤排骨或十斤三层肉配多少药量合适？"

福谦回答："川芎、枸杞各一两五钱，玉竹三两，当归、甘草各二两五钱……"

听到这里，李悦吃惊地问："你怎么记得这么清楚？"

福谦笑着说："还不是阿叔您教的？制作肉骨茶时，都是阿叔给我配方，叫我按照配方去买中药。我牢记在心，久而久之就背得滚瓜烂熟啦！"

李悦说道："你这鬼精灵！那你说说用什么做调味品？"

"两斤肉配带皮蒜头三个，适量酱油、姜片、米酒和胡椒粉。"福谦答道。

李悦想，福谦连配方都懂了，炖煮时间、火候调控肯定也没问题，不必再问了。他紧锁的眉头舒展开来，笑着说："明天你做给我看，做得好你掌勺。我跟一段时间看看，没事我就专心疗养。店里的事由你和你婶婶商量着办，再招个杂工做你的帮手，我按掌勺师傅的工钱给你开工资。"

福谦又高兴又激动，说："阿叔，您对我这么好，信任我，培养我，我绝不会辜负您的期望。"

李悦说："就这样定了，你就是这家店的小老板兼掌勺师傅。"

李悦招了杂工小陈做福谦的帮手。肉骨茶店在福谦的经营下生意兴隆，钱财像不会枯竭的泉水汩汩而来。两个月后，李悦见福谦厨艺娴熟，踏实勤奋，热情肯干，便额外分一成利润奖励他。一年下来，福谦多收入了上千元。他生活俭朴，除了寄钱回老家贴补家计外，剩下的钱都存起来。

虽说李悦有病在身，但尚可走动。现在这家肉骨茶店是鸿运当头，好事连连，店门前那棵树上的喜鹊总是叽叽喳喳叫个不停。说来也巧，隔壁的粤菜馆主人因全家移民澳大利亚，想低价出让店面，一百多平方米的店面出让价才五万元。福谦想，这是扩张生意的好机会，就向李悦提出建议说："我们店常因客人满座谢客，隔壁粤菜馆正要转让，不如把它盘过来，稍加装修，扩大店面，我想我们的生意会更好。不知阿叔意下如何？"

李悦沉思了一会儿，说："如果不是乘人之危，可以考虑。资金没问题，帮厨、服务生也容易请，就是掌勺师傅难找呀！"

福谦说："我年轻力壮，辛苦些不要紧。只要尽快把小陈和琼花姐、梨花姐培养起来，人手就绰绰有余！"

李悦还有顾虑，他心想：两间店合起来三百平方米，"小鬼仔未见过烧大拨金银"①。他问福谦："如果店大客少，入不敷出，到那时叫天天不应，呼地地不灵，如何是好？"

福谦早就想到老板担心的事，说："我想过了，我们原先经营的肉骨茶以猪肉为主要材料，品种单一，应该增加牛肉、羊肉、鸡肉等品种，迎合不同口味的客人，一定会受欢迎。我们的招牌菜正宗地道，会百年不衰的！"

福谦说得头头是道，把李悦说得心动了。李悦见福谦老成持重，思维缜密，分析问题有理有据，办事滴水不漏，说："你也投资入股吧！"

"我哪儿来的钱？"福谦说。

"钱不够我先垫付，我们三七开，赚的钱你三份我七份。生意都是由小做大的，哪有人生来就有钱？成事在天，谋事在人嘛！你好好干，我不会亏待你的！"福谦又惊又喜，再三道谢。

福谦做事一丝不苟，没做好工作，总是吃不下饭，睡不好觉。他仅用半个月的工夫，就加班加点把刚买来的店铺装饰一新。原本灰暗的墙面被粉刷得雪白，刚铺好的地砖平平整整，四面墙壁上贴着精美的图画，台面上铺着艳丽的印花巾，全新的餐具摆放得井然有序。他别出心裁，定做了一个两米长、八十厘米宽的红底金字招牌，上面写的是："狮城正宗福建风味肉骨茶馆"，店门旁挂了两副用花梨木雕刻的红底金字楹联：

第二章 一碗肉骨茶

———————————

① 小鬼仔未见过烧大拨金银：力量不够，做不了大事。

肉骨茶里思骨肉　唐人街上梦唐山

清风明月陶朱志　价实货真生意经

　　对联是福谦请一位私塾先生撰写的，境界宏阔，寓意深刻，读来令人回味无穷。侨胞们看了啧啧称赞，都不由自主地走进店里品尝肉骨茶，体验一回家乡的味道。

　　扩大店面开业那一天，李悦心情特别好，打拼一生的他从来没像那天那样开心。他特地买来八个大花篮挂在大门的两边，请来舞狮队助兴，还买了上千响的鞭炮。上午九时，庆祝仪式开始，亲朋好友们前来祝贺，鞭炮噼里啪啦震天响。舞狮队生龙活虎的小伙子一步跃上八仙桌，再腾空，从狮口伸出手，拿下挂在门楣上的大红包。围观的客人纷纷拍手叫好："好，好，好功夫！"李悦平生节俭，不讲摆场，但他这次特地邀来亲朋好友齐聚一堂、举杯庆祝。因为是喜庆日子，店里八折酬宾，吸引了许多顾客，店内座无虚席，但还有人陆续前来，店员们不得不临时加摆餐桌迎接客人。

　　这时，一位穿旧长衫、戴金丝眼镜的男人走到店门口。这人大约三十出头，瘦高个子，眉目清秀，举止端庄。他注视着那副"肉骨茶里思骨肉"的对联，连声说道："好联，好联！"然后面北鞠躬，又说道，"骨肉情，唐山根，南洋大海隔不断！"福谦见此情景，马上走到男人身边，说了一声："先生，请进店里坐！"说着，他把男人请进店里。男人自我介绍道："我姓蒋名经，广东虎门人，自幼发愤读书，希望日后考取功名，光宗耀祖。岂知宣统年间废了科举？考取功名无望，又肩不能挑，手不能提，迫于生计，告别爹娘，离乡背井，来到新加坡。刚来的时候我举目无亲，常常露宿街头，后来在天后宫大门旁摆张桌子代人写家书，有了微薄的收入，可以供奉唐山双亲。我来狮城已有十载，思乡思亲心切，但因一事无成，没脸回国见乡亲父老。刚才看到门外的对联，触景生情，感慨良多。"

说着，蒋先生悲伤地流下眼泪。他们两人都是离乡背井、浪迹天涯，所以彼此惺惺相惜。从此，福谦和蒋经经常往来，成了莫逆之交。有一天，蒋经感叹道："十有九人堪白眼，百无一用是书生。我漂洋过海，至今一事无成，实在惭愧。以前读书时，一位同乡学弟名叫蒋光鼐，读了五年私塾后报考了保定军校，现在是国民革命军将领，平步青云！我上不能报国，下不能安家，惭愧啊，惭愧！"

福谦安慰他说："先生不要灰心，会有时来运转，鲤鱼跃龙门的一天！"

日子一天一天过去，李悦的病情不见好转，身体越来越虚弱。他预感自己时日无多，该考虑身后事了。有一天，他把福谦叫到自己卧房，想把压在心头的话和福谦说说。

一阵寒暄后，李悦说："福谦啊，我有一事相求，不知你愿不愿意？有话直说，不愿意也没关系！"

福谦回答："阿叔您对我恩重如山，有事尽管说，我会尽力而为，不要说相求的话。"

李悦说起自身经历："我来南洋几十年了，风餐露宿，艰苦打拼，把身体都累垮了，现在病成这样，估计留在世上的日子不会太多了。我有一件心事，像千斤重担压在心头。我此生命里没儿子，后继无人，如今最牵挂的是两个女儿。大女儿琼花嫁给公司职员，育有一儿一女，家庭和顺殷实，日子过得还好。最不放心的是二女儿梨花，她十六岁

第二章　一碗肉骨茶

出嫁，谁知丈夫是个心理变态的浪荡子弟，生性顽劣，又吸毒又酗酒，不把梨花当人看，开口就骂，动手就打。有时他酒后兽性大发，撕烂梨花的衣服，捆绑她的手脚，用破纸烂布塞住她的嘴巴，糟蹋淫乐。"说到这里，李悦深感对不起女儿，老泪纵横。他呷了口茶，继续说："都怪我当初有眼无珠，没查清男方底细，轻率应承下这门亲事。可怜我女儿受不住折磨，跑了回来，几经周折，最近才离了婚！"

"可恨之极，禽兽不如！"福谦非常同情梨花的遭遇。

李悦说："福谦呀！现在梨花孤身一人，你是一个诚实可靠的人，我希望你和梨花结成夫妻。我想把生意交给你打理，了却一桩心事，到了两腿伸直那天，也能走得安心！"

福谦沉默了一会儿说："我今天才知道梨花姐是个苦命人。人非草木，孰能无情？阿叔视我如己出，梨花姐虽然大我几岁，却也生得标致，勤劳节俭，聪明灵巧，但……"

"怎么样？"李老板担心福谦拒绝。

福谦非常为难地说："阿叔，在我出生的第二年，母亲抱养了一个女婴，起名阿彬。家父去世得早，母亲含辛茹苦把我们姐弟四人养大。我和阿彬从小一起玩，一起砍柴干活，形同兄妹。离家那天，小妹依偎在母亲身旁哭得像个泪人儿，母亲抚摸着她的头安慰她。此情此景经常浮现在我眼前，她的哭泣声时时在我耳边回响。"

"噢，你母亲收养了童养媳。我们唐山有这个风俗，我老伴当年也是童养媳，我们俩也是一起长大的，青梅竹马。"李悦说。

"前天我母亲来信，要我今年一定要回家和阿彬完婚！"福谦从口袋里拿出母亲寄来的信说，"母命难违！"

"好说！"李悦很快找到了解决问题的办法，"你年底回乡完婚，那是原配结发妻。婚后返回新加坡，选个黄道吉日，再与我女儿结婚也可以。你在外拼搏，单身一人也得有人照顾，相信你母亲和你老婆不会反对。况且这也符合唐山的传统，华侨家庭大都如此！"

"那好，年底我回唐山和家里人商量商量！"福谦说。

"一言为定！"李悦的心结打开了，精神了许多。

肉骨茶店经过福谦打理，生意跟门楣上的招牌一样红红火火。每天一大早，福谦就带小陈到肉店采购猪肉、鸡肉、鸭肉、牛肉、羊肉，然后切成方块，再按不同物料分别定量放入三口大铁锅焯水、洗净、滤干，倒入一口口大锅备用。肉骨茶既可以炖汤，又可以红烧。厨房里"一"字形的灶台上放着六个大圆锅，加水至锅的七分容量，加进中药、香料、大蒜，水烧开后改文火炖一个小时，香味四溢，这时再投入肉块烧沸，用文火炖煮到肉块软烂，添加胡椒、酱油等，出锅保温，等候客人点菜用餐。琼花、梨花姐妹也一起学一起干。很快，小陈、琼花、梨花都掌握了烹饪技术，福谦也向他们传授经营管理的经验。

时间过得真快，福谦开始打点年底回乡的事。一天，他到港口转了一下，希望能打听到吴船长。如果吴船长来新加坡，能搭恩人的船回唐山该多好，既方便又可叙旧。他问了那家和吴船长有业务往来的客运公司，得知吴船长最近不会来新加坡后，就往回走。他走进一条小巷子，突然有五个十六七岁的少年挡住了他的去路。其中一个胖子碰了一下福谦后忽然倒地，按着左小腿，只见腿上渗出几滴血珠。"你瞎了眼吗？看把我撞出血啦！"胖子放声号叫，"痛啊，痛死我啦！"

另外四个混混随即破口大骂："你这只山猴竟敢故意撞人，瞎眼鸟不怕枪①！"话音刚落，四个人不由分说对福谦一顿拳打脚踢，把福

---

① 瞎眼鸟不怕枪：太岁头上动土，不怕死。

谦打得额头乌青，摔倒在地。其中一个高个子气势汹汹地说："故意撞人致伤是犯法的。你看，是私了还是公了？公了是送警察局，私了就给一百元马币。"

真是秀才遇到兵，有理说不清！福谦本想和他们理论，但想起小时候私塾老师给学生讲的韩信胯下之辱的故事，心想：忍一时风平浪静，退一步海阔天空。他就说："不和你们多嘴，给钱算了！"

福谦从地上爬起来，拿出钱包，抽出一张百元马币。高个子看见钱包里还有钱，随即改口说："一百元能了结？没那么容易！还有营养费呢？再加两百！要不，你插翅难飞！"

福谦忍无可忍，气愤地说："你们讲不讲理？这是讹诈，青天白日，当街抢劫啊！"

他话音刚落，混混们一拥而上，又是一顿拳打脚踢，把福谦的钱包也抢走了。

福谦自认倒霉。这时，他突然听到有人大喊一声："歹子兵，你们狗胆包天！鸭母屎没三寸烟[①]，竟敢当街抢劫！他是我的同乡、我的朋友，知道吗？再胡缠，我就不客气了！"

福谦定睛一看，是一个二十来岁的穿着蓝色短袖衬衫的英俊青年，身材十分魁梧。那个叫歹子兵的小头头双手抱拳道："阿养哥，不好意思，大水冲了龙王庙[②]了！"说着，立即把钱包还给了福谦。

"小兄弟，好路歹路自己走，善报恶报不由人，好手好脚的别作践自己了！"

"是，是。"几个混混作个揖一溜烟跑得无影无踪。福谦双手抱拳，

---

① 鸭母屎没三寸烟：没本事。

② 大水冲了龙王庙：本是自己人，因不相识而发生误会冲突。

向那位青年道谢。蓝衣青年还了礼，说："这伙小混混经常在街头游荡，见了生人，用刀片轻轻刮了自己的手脚，对路人敲诈勒索，今天还好你遇到我。噢，听你口音是唐山泉州人吧？"

福谦回答说："正是泉州岚平县十五都杏花村人。"

蓝衣青年说："真巧，咱们是乡邻，我是离杏花村十几里路的成功镇樱林村人，也算是老乡吧！"

福谦说："难得，难得，今天得到老乡相助，幸哉，幸哉！对面有间茶楼，咱们喝杯茶去！"

蓝衣青年连声说好。两人进了茶馆，要了一壶家乡的铁观音茶，点了几样点心，边喝茶边闲聊。

蓝衣青年很健谈，刚坐定就打开了话匣子。他自我介绍说："我姓林名养，全家有六口人，父母、我、两个姐姐和一个弟弟。父亲是庄稼汉，整天在地里忙，母亲体弱多病。我们家住的是破屋，三代人只有祖上传下的一间房，另借用堂亲的一间房。因家穷我二姐三岁时被送给别家抚养，被带走那天，她拉着母亲的衣襟不肯离开，被抱走后哭了三天三夜，不吃不喝，没办法，又被送回来。之后又被转送给另一家抚养，这次留下了。我大姐聪明伶俐，吃苦耐劳，七岁就帮邻居放牛，还要照顾我和弟弟。她十四岁那年，不知咋的，突然发高烧，连续几天高烧不退。那时我家没钱请医生救治大姐，父亲听人说用草药煲汤喝能退烧，就上山采草药煲汤给大姐喝，但大姐仍然全身发烫，病情一天天加重，白天晚上净说胡话。"说到这里，林养双眼噙着泪水。

福谦安慰他说："这个社会哪有穷人的活路！"

林养接着说："大姐临终前两手紧紧抓住床柱，两脚使劲蹬，仰起头，散着头发，两眼直愣愣地望着床架，口吐白沫儿，不一会儿就断

第二章　一碗肉骨茶

气了。"说到这里，林养的眼泪像串珠似的掉下来，忍不住哭出声来。

"大姐走后，母亲伤心欲绝，连续几天滴水未进。"林养继续讲着辛酸的家世。

"可怜天下父母心！"福谦感慨地说。

林养心中悲伤，长叹一口气，说："人们都说穷则思变，为了活命，五年前我随舅舅来到新加坡。第一年我拿剪刀学裁缝，后来摆菜摊。第三年开了间杂货店，雇了个店员帮忙。我担心江湖险恶，要防患于未然，挤出些时间到星洲永春白鹤拳馆学了些三脚猫功夫防身。刚才那几个敲诈路人的地头蛇都认识我，害怕我的拳头，便乖乖跑了。我们今天相遇是缘分，交个朋友吧！"

福谦也将自己的身世说给林养听。两人同病相怜，意气相投，越说越投机。福谦叫了酒菜，两人继续吃喝。

林养提议："我们漂泊在外，举目无亲，不如结为兄弟，好有个照应，你看好吗？"

福谦非常高兴地回答："太好了，我们在异地他乡闯荡，结为兄弟好有个照应！"

两人走到茶馆小厅的关公神像前，点燃香烛，按照古人的结拜仪式，轻声说出各自的身世、心愿、誓言。林养大福谦三岁，是哥哥，福谦是弟弟。礼毕，福谦对林养说："大哥，我母亲催我年底回老家完婚，我得遵命回乡，看来我们将有一别！"

"恭喜！恭喜！"林养说，"我离家多年至今还没回过家，很想念家乡。正好父母也来信催我回家相亲，我们一起回去吧！"

福谦大喜过望，说："好，一起回去，路上好做伴！"

天黑了，两人虽有说不完的话但也得告别。

第三章　首次回唐山

一九二四年底，福谦担心梨花姐妹过于劳累，就雇了两个年轻人帮忙操持店务。他仔细安排好肉骨茶店的工作后，告别了李悦夫妇和员工，与义兄林养一起乘船回唐山了。

福谦和林养两人自从下了南洋，都是第一次回国，兴奋之情溢于言表。两人都要办理婚事，可算是双喜临门，心情格外舒畅。海风轻拂，清爽宜人。湛蓝的天空下，浩瀚的大海上，海鸥绕着大船悠然翱翔，像是欢迎归家的游子。林养和福谦归心似箭，走到甲板上，遥望北方，好像阔别已久的故乡、日思夜想的亲人就在眼前。

"老弟，这次回去几时成亲？"林养问。

"这是母亲心里的大事，我想母亲应该已经准备妥当了！我和阿彬从小一起长大，成婚不须多费周折。婚期母亲说了算。"福谦说。

"别忘了请我参加婚礼！"林养故意说。

"等选好日子了，会通知你。大哥，回去要抓紧时间相亲，光阴不等人。"福谦笑着说。

经过二十多天的日夜航行，两人终于到了厦门。在厦门稍事休息后，他们便搭船到泉州，再改乘小船，经后渚港，沿晋江东溪溯流而上，直达岚平县青峰山下的青峰渡口。

林养家和福谦家分别在青峰山的西北和西南方向。

从接到儿子返乡的家书起，福谦娘就每天从早到晚一直在大门口翘首以盼。她还像当年送儿子离开家乡时那样，把手搭在额前向远处眺望。她不知道新加坡在哪儿，离家有多远，但她只有一个信念：等下去，或许明天，或许后天，儿子就会出现在眼前。阿彬拿张凳子给母亲坐，端茶给母亲喝，有时也倚在门旁一起眺望，心里想：哥哥也许到泉州了，也许到青峰渡口了，也许就在村口……她时进时出，毕竟有很多家务要做。

终于等到了母子见面的那一天。福谦快到家门口时，见到母亲正倚门眺望，于是三步并作两步走到母亲面前，扑通一声跪下，泪流满面。母子二人泪眼相对，悲喜交加，心情久久不能平静。这时，阿彬赶了出来，见了亲人泪水夺眶而出，心里有千言万语却又不知从哪儿说起！她默默站着，过了一会儿和福谦一起扶母亲进屋。厅堂的桌子上早已摆好蜡烛和果品，福谦敬奉列祖列宗后，一家人围坐在一起，倾诉思念之情。福诚在山上放牛，远远看到哥哥回来了，就拴好牛从山上一溜烟直冲下来，跑到家时已经气喘吁吁。他上气不接下气地说："我在山头看了好多天了，今天终于等到你了！哇，哥哥穿得这么帅气，像个有钱人啦！"阿彬走进厨房快手快脚地煮好面线。这是家乡的习俗，一大碗面线里放两个剥了壳的水煮蛋，祝福远道归来的亲人福寿绵延。她把面线端端正正地放在福谦面前。

"娘吃吧！"福谦先敬母亲。

"这是专门给你煮的，一定要吃下。吃了平安蛋，身体康健，没灾没难；吃了长寿面，长命百岁，福气满满！"母亲说。

从青峰渡口上岸后，福谦一路翻山越岭，肚子早已饿得咕咕叫，于是埋头就吃。母亲坐在他对面，眼睛直直地盯着他，左看右看，总觉得看不够。阿彬站在福谦身后，一只手摆弄衣角，低着头看福谦，越看越觉得福谦跟以前不一样了：他身穿崭新的浅蓝色西装，脚上的皮鞋乌黑锃亮，头发梳得整整齐齐，油光发亮，以前黑黝黝瘦巴巴，现在又白又胖，英俊潇洒，端庄儒雅，和离家时判若两人。她心里乐滋滋的，想着：这样英俊的如意郎君哪里去找？不吃不喝天天看肚子也会饱！但她转念又想：应该不会飞吧！不会的，想飞就不会回来了。娘说是特意叫他回来成亲的！阿彬看着福谦，心里有许多悄悄话要和他说。她抬头望了望天上高悬的红日，觉得今天的太阳跟往常不一样，老悬在空中纹丝不动！

本来大家都有一肚子的话要说，但或许团聚的幸福来得快反而让人相顾无言。没过多久，堂亲们闻讯赶来嘘寒问暖，百年老屋里顿时沸腾起来，欢声笑语，热热闹闹。亲人们的话像一大筐织草席的麻线，拉不完，扯不断，大家都称赞福谦娘培养出一个出人头地的儿子，老人家听了很开心。

阿彬炒了一大盆香喷喷的米粉款待大家。炒米粉的配料是三层肉、香菇、海蛎干，这在乡下是待客的上乘菜肴。

太阳终于收敛了最后一道霞光，藏到山背后去了，天渐渐暗了，山里人晚上没地方去，都早早睡了。

福谦回来的第三天，母亲为福谦举行了简单的婚礼，邀请了亲戚和林养一家。客散了，天黑了，母亲说："你们去睡吧！别像馋猫贪嘴，

第三章 首次回唐山

早睡早起，身体要紧！"

母亲刚跨出房门槛，福谦就紧紧搂住阿彬，在油灯下细细端详眼前人：水灵灵的眼，弯弯的眉，微微泛红的双颊，浅浅的笑容，身材匀称，肌肤丰满，是个标致的美人儿。他喃喃赞叹道："女大十八变，大山里也有金凤凰！"

阿彬深情地说："你变化更大，当年的放牛娃变成了美少年！"

此时，福谦思绪万千，百感交集。他经历过雨雪风霜的煎熬，也沐浴过春日的温馨。父亲病逝的悲哀，童年放牛的辛酸，搏击风浪的苦涩，星岛谋生的酸楚，历历在目。他也想起乡亲的关爱，杨益的帮助，吴船长的体恤，林养的情义，感受到人间的温情。他含情脉脉地看着阿彬姣好的面庞，一切辛酸顿时消失。眼前的阿彬像飞进心窝的燕子，给他带来和煦的春风和明媚的阳光。他陶醉了，满足了！

福谦用手压了压床板，觉得同四年前一样，挺结实的，就抱着阿彬上了床。

"看你急得像猴子！娘还没睡呢！"阿彬贴近福谦的耳朵说。

两人上了床，小心翼翼地抱在一起，如胶似漆，又怕发出声响。过了一会儿，床"嘎吱嘎吱"地欢叫起来。情到浓时，他们什么都不顾了。母亲敲着间隔木板说："该睡了，别闹了！"

"娘，床是老旧的，多了一个人翻身摇摇晃晃，咯答咯答地响！"阿彬说。

"贫嘴！"母亲说。

福谦把头钻进被窝里吃吃地笑。

尽管还是严冬季节，鸡鸣时候，阿彬还是和以前一样起了个大早，娘也跟着起床了。婆媳俩喂猪、喂鸡、煮饭，里里外外忙个不停。福谦虽起得迟些，但当太阳从东边露出头，把金灿灿的霞光洒满大地的时候，他已在屋前的田埂上观赏田园风光，呼吸新鲜空气了。阔别家乡几年，他似乎觉得故乡的空气比以前更清新，山山水水也更加娇美，门前屋后一层层梯田上苗壮成长的麦苗青葱翠绿……

婚后头几天，福谦夫妇忙着探亲访友。因记挂林养的婚事，第四天早饭后，福谦走到母亲身边，说："娘，我前几天说过，我和林养在新加坡结为了兄弟，娘多了个儿子。这次我们一起回国，他要相亲，也有一大堆事等着做。他怕相亲看走眼，要我帮着掌掌眼。我想阿彬眼尖，带她一起过去走走！"

"好哇，亲帮亲，邻帮邻，在家靠父母，出门靠朋友，离乡背井的有人扶持最好。你们去吧，早去早回！"母亲说。

吃过早饭，福谦等阿彬梳妆打扮后两人一起出门，顺着田间小道朝樱林村林家的方向走去。一路上福谦紧紧拉着阿彬的手，生怕她丢了。阿彬觉得不好意思，说："山里人不兴这一套！"无奈福谦不松手，担心伊人像小鸟似的飞走。他们俩一边走一边和乡亲们打招呼，七八里路走了一个多钟头。

"清早起来听到树梢喜鹊喳喳叫，知道你们会来，而且会带来喜气！"林养笑嘻嘻地迎了出来。

"这就是你弟媳！"福谦介绍阿彬给大哥认识。

"前天见过呀，你们俩真是郎才女貌！"林养嘴里这样说，心里也是这样想。

进屋后，福谦夫妻俩问候了林养的父母。

乡村里男女婚姻大事都是遵从父母之命，媒妁之言。在催促林养回乡结婚的同时，焦急的林家双亲已经放出消息，要给儿子找个好老婆。

因为华侨家庭比较殷实，媒婆乐于四处奔走。

林养刚回到家，就有媒婆前来探访，一是看看他长得俊不俊，长得俊媒就好做；二是摸摸底，探听男家有何要求，摸清底细才不会跑冤枉路。

媒婆说："我做了几十年媒人，你们要求最高、最难侍候。我待会儿带你们去看。事成后，脚皮钱翻倍，鸡蛋面线得吃两份！"媒婆半是认真半是开玩笑地说。双方约定当天下午相亲。

男方带了六个人到女方家，女方的母亲泡了茶请客人喝，说："我女儿名叫李阿姗，十六岁，读过三年新学。"说到这儿，她喊了一声："阿姗，出来跟大家见见面！"阿姗"嗯"了一声掀开房间的竹帘，轻挪脚步，走到大家面前。只见她穿着浅红色上装，蓝色裤子，绣花布鞋，身材匀称，细腰修腿，柳眉如画，明眸皓齿，下颌丰盈。媒婆小声问林养："满不满意？"

"还用问吗？满意！"林养低声回答。

大家看了都很满意，彼此用眼神交流示意。林养心里暗暗高兴，恨不得马上抱得美人归。

林养本就是一个风度翩翩、百里挑一的美少年，如今在南洋做了小老板，阿姗看在眼里，喜在心尖。李母人情世故见多了，一眼认定林养是打着灯笼也难找的女婿人选。媒婆在两家之间说和，很快谈妥了这门亲事。按本地习俗，男方吃了女方的鸡蛋面线点心后，又留下来吃午餐，临别时送给女方定情红包，这桩亲事就算是定了。其他事宜诸如聘金彩礼、嫁妆多寡、订婚结婚日期等由媒婆来回奔走斡旋，最后两家决定正月初六订婚，同月十六日结婚。

山里民风淳朴，一家有事，百家出动。林养婚期紧迫，堂亲们主动上门帮忙，采购的采购，请师傅的请师傅，清理打扫的清理打扫，分工合作，各司其职。几天工夫就把破旧的祖屋粉刷得亮堂堂，房前屋后，除了杂草，清了垃圾，焕然一新。手巧的木工把双人床、破桌子、烂椅子修理得结结实实。房间里的梳妆台、脸盆架重新刷了油漆，如同新买的一样。过道和厨房冲洗得干干净净。新房里器皿、被褥等一应俱全，贴上大红双喜贴纸、窗花、彩带等，布置得光彩夺目。结婚当天吃的用的没有一件遗漏。一切准备就绪，就等良辰吉日。

正月十六日大清早，林养身穿红衣，胸挂大红花，跟着花轿子、仪仗队到女家迎娶新娘。新娘家的堂亲女眷、小舅子等送亲。迎亲队伍沿着乡间小道逶迤前行。两家离得并不太远，只隔了几个小村庄。一路上吹吹打打，热热闹闹。婚礼仪式按照闽南习俗按部就班地进行。

"念四句"是闽南流传久远的婚嫁习俗，它是用通俗诙谐的打油诗祝福新郎新娘喜结连理、早生贵子、家庭兴旺。这一天，李家请来三个专职的"送嫁姆"念四句。迎亲队伍到达男方家时"送嫁姆"马上念道："大厝厅门两边开，金银财宝送进来。新娘新郎入房内，生儿生孙中秀才。"从新娘走出闺房直到入洞房十几个环节"送嫁姆"都要紧跟其后，口中念诵。每念一次，都能获得一个红包，所以"送嫁姆"念得很起劲，使得婚礼场面气氛热烈，喜气洋洋。

中午时分，亲朋好友齐来道贺，宗亲故旧欢聚一堂。一串鞭炮声响过，宴席散了，前来道贺的客人纷纷离去。这时到了新娘行请茶礼的时候，厅堂上早已坐满了人，林家二老坐在厅堂正中央，姑婶姨妗、伯叔弟兄按辈分排列两旁。主婚的堂姊唤道："阿姗，给亲人敬茶！"阿姗应声："好！"随即掀开门帘走到大厅。这时"送嫁姆"念道："新娘一朵花，进门先叫爸和妈，公公婆婆很辛苦，勤俭节约来持家！"茶水早由专人泡好斟好，是红糖芫荽泡茶叶，代表婚姻甘甜，夫妻有缘。阿姗双手端起一杯茶，主婚人带着阿姗走到林父面前，说："阿姗，这位是你爸！"阿姗叫声："爸，请喝茶！"林父笑呵呵地接过茶杯，一饮而尽，从口袋里拿出一个红包送给阿姗。阿姗逐一向内亲外戚敬茶，逐一称呼。喝了茶的亲人都送给新娘红包，祝贺新婚幸福。

喜庆的婚礼一直延续到晚上。厅堂上红烛高照，坐满亲朋好友，新郎敬烟，新娘请糖。孩子们在天井点鞭炮，爆竹声噼里啪啦响个不停。"送嫁姆"高声念道："新郎娶了新娘来，明年生个双胞胎，后年盖大厝，再添一个状元才！"

闹洞房是婚礼的高潮。小伙子们千方百计为难新郎新娘，一会儿要新郎新娘唱闽南民歌《桃花搭渡》，一会儿要新郎抱新娘点亮高高挂在廊柱上的橄榄灯。新郎只得听话，抱起新娘点燃了灯，大伙齐声喊："添丁啰！添丁啰！"

闹洞房的花样不断变化，有人要新郎新娘口对口咬红枣花生，咬上了，大伙拍手叫好，高喊："早生贵子啰，早生贵子啰！"有个小伙子鬼点子多，端来一个装着水的脸盆，里面放了几条活泥鳅，随后又递给新郎新娘一人一双筷子，要他俩夹泥鳅。泥鳅在盆里游来游去，用手抓都很难，何况用筷子夹？筷子刚碰到泥鳅，泥鳅摆了下尾巴就溜走了。再夹，唰的一声泥鳅跳出盆外。折腾了许久，新郎新娘一条泥鳅也没夹到，急得额头冒汗。小伙子们拍手叫好，眉飞色舞，一直闹到半夜方收场。

夜深了两夫妻步入洞房，林养紧紧握住阿姗的手，把她搂在怀里，越抱越紧，灼热的双唇亲吻着她。阿姗双目含情，依偎在爱人身旁，千般妩媚。他们的心交融在一起。

日子一天一天地过去。一天，阿姗没了灿烂的笑容，双眉紧蹙，话也少了，活生生的一个人说变就变。晚上，一阵云雨过后，林养问："阿姗，你身体不舒服吗？"

"没……没有呀！不是好好在你怀里吗？"阿姗欲说还休。

"你这几天双眉紧锁，一定有心事。你说出来，我帮你解忧！"

"嗯，我想，你在我身边，我有依靠就幸福美满，你若走了，我怎么办？"阿姗终于说出了心里话。

"男子汉大丈夫，志在四方。我现在年轻力壮，应该努力拼搏，让全家人过好日子！"林养说。

"南洋是该去的，不去靠什么过日子？但我心里总不踏实。"

"怎么啦？"

"我问你件事，你说过你舅舅五年前回国，带你一起去了新加坡。他这次为什么没回来？"阿姗心有疑惑。

"舅舅是个粗人，回国前，我拜访了他，希望和他一起回来。你猜他说什么？"

"说什么？"阿姗急切地问。

"他说，不回来，这里子女一堆，要吃要喝的，不赚钱行吗？"

"你没多劝劝舅舅？"阿姗问。

"说了好多好话，他就是不回国。俗话说：一言不中，千言没用。更何况'天上天公，地下母舅公'，我是晚辈，哪容得我啰唆？"

"不回来也得寄点钱捎点东西呀！"

"我也问过他要不要捎点东西给妗母，他说：'她有吃有穿，没必要捎东西。'回家后，我以舅舅的名义，给妗母送了些钱，还有一些东西。"

"这样好，别让妗母太伤心。"阿姗又愤愤地说，"没什么捎的，说得轻松！一别就是五年，人生有几个五年！前天我们探访妗母，我有留意她的眼神，是伤透了心！我想这里面一定有文章！"

"还是你心细！我没留意妗母的眼神。"林养说，"舅舅妗母五年前发生了一件不愉快的事！"

林养讲起了陈年旧事："夫妻生离死别，在华侨家庭是常有的事。丈夫死了，年深日久伤痛终有抚平的一天。可是，嫁进华侨家，走进红砖厝，丈夫常年在外，老婆在家就是守活寡。长夜漫漫，总盼望丈夫回来一家团聚。一天天、一年年地盼呀盼，有的十年八年才见一次面，有的终生盼不到亲人回。哪只猫儿不吃腥？哪只耗子不贪油？都说寡妇门前是非多，活寡妇何尝不是如此！单是乡里的地痞流氓，成天绕着活寡妇房前屋后转，已经够烦了。万一被有权有势的，如陈国辉的那帮团长营长连排长们看上，枪口对着你由得你分说吗？陈国辉底下那帮人强占华侨妻子为妾的事屡见不鲜，他的狗腿子遇上有几分姿色的女人，连拖带拉抢进破瓦窑奸污的事时有发生。人有七情六欲，又处在这种恶劣的环境中，妗母难以洁身自爱，有了情人，还生了个男孩子。好事不出门，坏事传千里。舅父知道妗母的事后赶回来，一进门不由分说，揪住妗母的头发一顿痛打，还说要将她赶出家门。左邻右舍闻讯赶来苦苦相劝：'你在外面又娶了老婆，就原谅她吧，给她一条生路！'妗母娘家是大姓大族，听说妗母被打，一窝蜂来了三四十人，有拿锄头的，有带木棍、铲子的。他们要为妗母讨回公道，围住舅舅要打要砍，把舅舅吓得裤子都尿湿了！"

"后来呢？"阿姗急切着问。

林养说："妗母的娘家人说不是苗子坏，是男家风水不好！她娘家人一定要舅舅带姈母去南洋，舅舅死活不答应。最后族长出面摆平，说："事出有因，有错改了就好！今后断绝与外人来往就是了！"族长要舅舅盖手印画押，保证常回家看看，供养姈母一生一世，才平息了这场风波。但此后舅舅除了到年底寄些钱给姈母度日，再也不回家了。"

林养稍停了一会儿，又说："一场风波平息了，姈母还是打碎了牙往肚里吞。最糟糕的是孩子有爹不敢认，有名有姓没人叫，文明一点说是私生子，在野孩子的嘴里是'杂种'，更难听的叫'狗杂种'。"

"我怕！"阿姗有些颤抖，林养紧紧把她搂住。

"透不过气，放松些！"阿姗移开林养的一只手臂。

林养深深吸了口气，颇有感触地说："嫁进华侨家，被人尊称为'番客姈'，有吃有穿有面了，大都住进红砖厝。可'番客姈'背后的辛酸苦涩少有人知，有苦自己受。舅舅家的堂亲还算好，好言相劝，帮姈母把事情摆平。东山脚下的吴姈才惨呢，她丈夫出洋，撇下她一人在家，一去不回头，钱是寄了些，不死不活，勉强度日。吴姓的族长满脑子封建思想，有次见吴姈和一个娘家的男人聊天，就认为吴姈不守妇道，叫来几个人，不分青红皂白就把吴姈绑在大厅的柱子上用粗棍子打得青一块紫一块。那年我八岁，跟人跑去看热闹，被打人的场景吓得心惊肉跳！"

第三章 首次回唐山

阿姗听了吴姈的遭遇，流下眼泪。她说："杏花村的恶霸薛云腾，有权有势，独霸一方，最会勾引霸占别人家老婆，尤其喜爱侨眷，姘头四五个，天天逍遥，不必供养人家，又有的吃又有的玩乐，骗财骗色，软饭吃得香喷喷！唉，真是几家欢乐几家愁！"阿姗叹了口气，继续说，"我家邻居伟伯十五岁那年去了南洋后就没回过家。第二年，他母亲为他相了门亲事。不知道伟伯是不愿回还是没钱回家，他母亲左等右等等不到儿子回来，但最后还是把新娘迎娶回来，让新娘抱着公鸡拜了天地拜了高堂，算是成婚。从嫁过来那天起，乡里人都叫她'伟嫂'。五十年过去，这姑娘从青丝等到白发，乡里人管她从'伟嫂'叫到'伟婶'。'伟婶'名分得到了，但没见过丈夫一面。人老了，伟伯想起唐山还有一个未曾见面的结发妻，拄着拐杖回家。年轻人好事，当晚趴在窗外想听听这对老夫妻说了什么悄悄话，只听女的悲伤地说：'五十年了，没见过一面！'伟伯无言以对，只是一声长叹。这一句辛酸话在乡里传开，催人泪下。为了弥补对妻子的亏欠，伟伯也盖了红砖厝。但红砖厝再好再漂亮，也追不回逝去的青春啊！"

"你读过几年书，牙尖嘴利的，知道这么多！相亲那天怎么想都不想就要嫁给我？我也是'番客'，你不担心我一去不回头？"林养不解地问。

阿姗沉默了一会儿，说："我看你面善，不像黑心肝的人。人人都说嫦娥爱少年，谁叫你长这么俊，不马上答应，你走了我到哪里追？再说父母之命，媒妁之言，婚姻也不是我能做主的。不过如果你长得龇牙咧嘴倒好办，我一口回绝，一了百了！"

"谢谢，我会铭记在心！十天半个月后我要走了，你说如何是好？"林养问。

"很难吗？我们村有个'番客婶'，苦等丈夫十几年，有一年她丈夫从吕宋回来，她把护照给烧了。没了护照，男人再也走不了了，两厢厮守直到如今！"阿姗回道。

"好办法，我的护照在抽屉里，你也烧。我守你一辈子，不走了！"林养笑了笑说。

"我没那么傻！"阿姗贤惠明理。

"看你聪明过人，请问有何妙计？"

"我等你一年，一年内你不带我走，就你走你的阳关道，我过我的独木桥！人穷糟糠可糊口，没情没爱，何必多情等待！我是跟你搏一次，不要说我没把丑话说在前面！过几天你回南洋了，一年之内不回来，就当我落花随水流了！"阿姗的眼眶湿了，说得又狠又伤心。

"你走了，我父母呢？"

阿姗说："我嫁给你不是嫁给你父母，再说家里还有你弟弟。明年回来把我的手续办好，我们一起去海外打拼，日后盖座比谁家都大的红砖厝，让唐山一家人天天啃猪脚剔牙缝，日子过得红红火火，神仙都羡慕！"

"有见识，有眼光！说什么女人头发长见识短？有了女娲娘娘，不怕天塌下来！娶了你这个聪慧的妻子值了，我没有看走眼！"林养赞同阿姗说的这个办法，又问，"怎好向父母说呢？"

"转个弯，找你结拜兄弟去，由他向你父母提好些！"阿姗说。

"好办法，明天我去求福谦兄弟！"

"我和你一起去！"

第二天，林养起了个大早，吃过早饭夫妻双双来到福谦家。两对新婚夫妇喜笑颜开，哥哥弟弟嫂子弟妹叫得很亲热。阿姗和阿彬促膝聊天，林养拉着福谦说去门外走走。

"大哥！"福谦贴近林养耳边半开玩笑地问，"大嫂不是河东狮吼，没看走眼吧？"

"没吼比吼还厉害，不愠不火，竹筒倒黑豆，叽里咕噜说了一大堆！"林养把昨晚夫妻俩的话说了一遍，并说今天专为此事向他求援，共商对策。

"厉害呀，不是一般农家女！"福谦说，"嫂嫂说得有道理，是女中豪杰，大哥有福！伯父伯母那里我尽力劝说，相信两位高堂会应承。谁不疼惜自己的儿女，谁又愿意让自己的儿子儿媳劳燕分飞，况且家里还有弟弟看顾二老！"

"弟媳呢？也想跟你走吗？"

"八抬大轿也抬不走她。我问过，她说，我娘年纪大又裹脚，她走了谁来照顾娘？我常回家看看，她就很满足了！"

"说得也是，弟媳深明大义。婆媳俩相依为命，情感深呀！"林养很感动。

林养夫妻俩早上出门，下午回家有福谦夫妻相伴，一路上有说不完的话，不知不觉到了家。福谦和阿彬一起来到义父母房里问安，义母紧紧拉着福谦和阿彬的手，义父赶快去沏茶。二老问长问短，夸福谦夫妻，像仙童玉女，是天造地设的一对。

福谦问："二老身体可好？"

两位老人齐声回答："好，好，好！"

阿彬说："林养哥结婚啦，义父义母心里的石头终于落地啦，真是恭喜呀！明年嫂嫂生个胖娃娃，义父义母就天天口里含着糖啦！"

二老爽朗大笑，说："阿彬你明年也生贵子，那才叫添丁进财！"

福谦觉得是帮哥哥斡旋的时候了，便试探着问："义父义母，哥哥嫂嫂如果一起下南洋，互相照顾，一起做生意好不好？"

二老不假思索地说："好啊，好啊，我们正有此意，只是还没说出口。这些年家里有吃有喝，日子过得挺好！不出外打拼，哪有好日子过？而且我们身旁还有林生。"

阿彬说："义父义母真疼爱儿子儿媳啊，这是一桩大好事呀！"

"双亲都同意了，我们抓紧办手续，推后一个月回新加坡。"福谦走出房门，告知林养夫妇这个好消息。林养和阿姗喜出望外。大家商量因办手续推迟出国的事，福谦本就与阿彬难分难舍，正好推迟行程多团聚一阵。

第三章

首次回唐山

第四章　筹建红砖厝

在东苍乡，薛云腾是个有头面的人。年少时，他和福谦同在薛氏祠堂读书塾，能念些子曰诗云之类的句子。他城府颇深，说话慢条斯理，乍一看文质彬彬，凶起来脸上横肉饱绽。在军阀横行的年代，他和陈国辉的狗腿子抱成一团，做尽坏事，是东苍乡的土霸王，乡里人都怕他。

福谦回乡次日就拜访了薛云腾。跟其他回乡探亲的"番客"一样，福谦送给他一些手帕、牙刷、铅笔之类的物品。当时乡村经济不发达，这些小物品算是拿得出手的礼品。乡里人如有回访，会送些面线、鸡蛋之类的东西，"番客"除了请吃饭，必须回赠棉布或是红包，也有的给至亲的人回赠金戒指之类的首饰。这是当时的习俗。

不知是路过还是专程而来，午后，福谦探访姐姐、姐夫后刚到家，就看见薛云腾朝他家走来，福谦即刻迎上前招呼："腾哥，你好，屋里坐！"两人进了屋，阿彬沏茶招呼客人。

"谦弟，富贵不离祖。你现在赚了钱，应该盖座红砖厝，给祖先争光，给自己争气！"薛云腾鼓励福谦。

福谦说：“哪个跑南洋的人不这么想？但是力不从心呀！南洋风风雨雨路难走，钱没那么容易赚！富上天的少，手无寸铁的多，到南洋一去不复返的也有。福谦不才，愧对父老乡亲呀！”

“你不同，你不是回来了吗？乡里都传开了，知道你当了‘头家’^①，发了洋财，不要藏着掖着，云腾祝贺你！”薛云腾拍了拍福谦的肩膀，又说，“不用急不用急，路一步一步走，计划个三年五年。你回家一趟不容易，这回先买地砌墙基，下次回来上屋梁盖屋顶。我帮你安排！”

“岂敢劳驾！建大屋是大事，不像买菜说买就买，马虎不得！”福谦说。

“我家双狮山下那五亩荒地离你家最近，是我祖辈留下来的。五亩地可大啰，盖座两进双护厝的红砖厝绰绰有余，屋后还可以砌大花台，门前铺上大石埕，屋前余下的地可修条路，五亩正好。地小不够气派，大了浪费，‘裄鞋正合脚穿’^②，我看你有出息，便宜卖给你！”薛云腾一口气说了一大堆。

这块地离福谦家不远，福谦怎会不知道？福谦先前也曾想过：如能买到这块地盖座红砖厝多好！但人家是大族大姓，这块地又是祖传的，即使卖也轮不到小家小姓的买。现在听薛云腾说要主动出让，福谦心里痒痒的，但他听说薛云腾是“东苍一霸”，心里又毛毛的。

“云腾兄吃穿不缺，会卖地吗？”福谦疑惑地问。

“本不想卖，但你不同。我俩是同窗学友，不卖给你卖给谁？说话算数！”薛云腾拍着胸膛说。

福谦想：薛云腾不是省油的灯，搞不好一身蚁，但他转念又想：

---

① 头家：闽南方言，店主、老板的意思。

② 裄鞋正合脚穿：正合适。

荒地留着没用，卖了它也是常情，何况还是同窗学友，他在乡里，我在海外，大道朝天，各走一边，井水不犯河水，应该不会有事吧！这么一想，福谦稍微放心，问："办大事不贪小便宜。你如果真的有诚意卖，按市价，该多少钱就多少钱，你想卖多少钱？"

"不多不少，两千大洋！"薛云腾伸出两个指头。

福谦暗想：不贵呀，值得买！但他没急于答应，说："我和家里人合计合计再回复你！"当晚，福谦和母亲、堂叔、弟弟、阿彬一块儿商议，大家都说："过了这个村，没有这个店^①，这块地离家近，正合适，机会难得。好地皮被别人买走了，今后有钱也买不到。钱不够先砌墙基，一步一步来！"

第二天，薛云腾又来了，两人"喊天捉皇帝"^②地闲聊。

福谦想，逢人只说三分话，不可全抛一片心。他不露声色，装作对荒地没啥兴趣的样子。

薛云腾猜不透福谦的心思。他眨眨眼，盯着福谦，提高声调说："兄弟啊，那块地风水好呀，万金难买！我本想自己盖大屋，奈何有心没力！看在兄弟分上成全你，让你交好运，发大财，平安吉祥，大富大贵，封妻荫子，代代发达！"薛云腾把大吉大利的话说了一大通，眨眨眼斜睨福谦，察看福谦是否动了心。

见福谦不动声色，薛云腾有点急，站起来挥挥手，说："兄弟啊，那块地是百里挑一的聚风藏气的吉地，自古以来流传一个故事。"

"还有故事？讲来听听！"福谦对故事饶有兴致。

"有！话说很久很久以前，有个道长从双狮山下经过，被四周的

---

① 过了这个村，没有这个店：错过机会，再也得不到。

② 喊天捉皇帝：漫无边际。

山峦涧溪吸引了，大赞道：'好风水！好风水！'道长问乡里人：'对面那三座山叫什么名字？'

乡里人说：'左边是牡丹岭和笔架山。'

'右边呢？'道长又问。

'右边是盘龙山！'

道长详细观察山川走势后，脱口而出：'形神兼备！左有双狮迎祥，右有云龙腾空，面迎富贵花红，妙！妙！妙！好风水！'

道长低头思索，又问：'盘龙山可有潭水？'

乡里人答：'有！有！有！大山的泉水直流而下，在山崖下汇成一个一亩左右的水潭。清澈的潭水顺着小涧淙淙流出，绕过双狮山脚流入涛溪，在青峰岭与晋江东溪汇合直奔大海。'

道长说：'好！好！好！水聚财，财源滚滚；笔架山笔字当头，早晚会出名人，我送一副对子给你们村。'道长沉吟片刻，摇头晃脑地念道：'双狮牡丹染紫气，笔架盘龙写文章。'说完哈哈大笑，飘然而去！"

本来福谦假装若无其事，漫不经心的，此时竟也被薛云腾讲的故事吸引，听得津津有味。他说："你好口舌，单听故事都值得买。好，托你吉言，成交！请咱们村李光伯和薛来福做中人，写文书立契约。我准备好文房四宝，今晚大家小饮三杯！"

"福地福人居，福人居福地。兄弟你够豪爽！"薛云腾起身回家，一路上哼着闽南小调，吹着呼哨，打着响指。

正午时分，李光伯、薛来福和薛云腾一起来到福谦家，福谦还请了两位德高望重的堂亲作陪。弟弟福诚忙前忙后，热情招呼客人。

该来的人来齐了，彼此寒暄后直入主题。薛云腾把双方买卖荒地的意向以及议好的价钱详细介绍一番，福谦点头，表示薛云腾说的一点不差。堂亲们都说这是一桩好买卖，对双方都有利，应该支持，应该祝贺！福谦研墨，李光伯执笔，写写改改，终于拟好契约。李光伯念道：

"买卖山地契约。甲方：卖地人薛云腾；乙方：买地人程福谦。兹有薛云腾自愿把双狮山下祖传的五亩山坡地卖与程福谦作为兴建房屋之用。双方同意地皮价两千大洋。本合约在买卖双方、中人签字后生效，购地款项即日交付清楚，双方不得悔约。民国十二年农历二月初十。"

契约一式两份，买卖双方各执一份，查阅无误后，甲乙双方和中人在契约上签名并按手印。

福谦做事小心谨慎，提议付款之前先丈量土地。薛云腾满口答应："好呀好呀！"李光伯和薛来福也说："应该应该！"他们几个人有的拿镐头，有的拿长尺，一起来到一里外的双狮山下丈量土地。那是一片田埂用乱石砌成的略呈长方形的荒地，草木丛生，砂石遍地。荒地分成五块，每块都大小不一、高低不平，最大的两亩左右，也有几分地的，最右边那块有一亩多。这几块地是薛云腾的祖辈从几个田主那里买来的，虽然不是良田，但是建屋的好地皮。三人丈量土地时去凸补凹，取长补短，最后确定实际面积为五亩略微出头。

薛来福说："山地丈量应留有余量，这是惯例，多给点地合情合理。这么大一块地建座两进双护厝前埕后花台，包括围墙、左右巷沟的大屋足够了，理想理想！"

福谦听了很高兴，说道："谢谢大家支持！还得请大家帮忙用尖锥挖个坑，打好木桩，在边界处做好标记。请云腾兄把地契给我，我收了地契付清款项，这事就妥了！"

福谦心满意足。他相信这次买地的所有环节都周密完善，滴水不漏，这是平生最稳妥最完善的一桩买卖。他充满自信，觉得自己不愧是个精明干练的生意人。

福诚早已从街上买回猪肉、牛肉、羊肉，一条大草鲢，一只鸡，还有蔬菜、豆干、海产品、米粉，外加一大瓮高粱酒。他帮嫂嫂洗洗切切，起火烧柴。阿彬手脚敏捷，又炖又炒又煮，备好了十来样菜肴。不一会儿薛云腾拿来地契交给福谦，福谦检查后发现，五块地本该有五张地契，但少了右边那一亩多地的地契。

大家不约而同地问薛云腾："怎么少了一张地契？"

薛云腾解释道："这地契是祖上留下的，过了几代人都发黄了，原来就缺一张。都是自家兄弟，虽说少一张，但还有四张为据，又有中人证明，我们的买卖算是合乎规矩。农村土地买卖有时连契约都没有，靠的是'信用'两字。几代人过去了，没人找碴儿，大家放心，绝对没事！"

福谦犹豫不决，两位中人说："福谦，有我们中人在，没事呀。云腾你日后仔细找找，找到了交给福谦！"

薛云腾回道："一定！一定！"福谦心里七上八下，不太踏实，但心想事已至此，不好反悔，且众人所言也在理，便回屋里取了两千大洋交给薛云腾。这时饭菜备好了，大家高高兴兴吃着大鱼大肉，喝着大碗酒，齐声祝贺双方买卖成功，恭喜福谦捡了个大漏。几个人喝得东倒西歪，直到太阳偏西才各自回家。

离开程家，薛来福对薛云腾说："你、我、福谦都是同窗学友，你今天少交一张地契，以后可别出啥乱子。你财大气粗，但我做事帮理不帮亲，我们祖上是一家人，你如果滋事，我和你没完！"

"来福说的是正理，做人要讲良心，做事要讲诚信。云腾你读书明理，懂得该咋办！"李光伯也敲边鼓警示薛云腾。

"想到哪里去了？一言既出，驷马难追！"薛云腾喝得醉醺醺的，也不知道自己说了什么。

第二天，福谦请来一位风水先生牵罗盘定方位，还请来泥瓦匠配合定点、派料。工匠们按派料清单买条石、角石、碎石、沙子、白灰、水泥等等。没多长时间，就砌好了面向西北的大厝墙基。福谦圆了心愿，高兴得整天眉开眼笑。

是福不是祸，是祸躲不过。号称"闽南王"的陈国辉集官匪于一身。他手下一个名叫彭虎的营长，在清明节前三天上午，派了一班荷枪实弹的士兵，气势汹汹地来到杏花村，不由分说就把福谦捆绑起来。阿彬婆媳呼天抢地大哭，紧紧抱住福谦，凶恶的士兵用枪托砸她们，把她俩砸倒在地。乡亲们闻讯围上来，指责士兵无故抓人。带队的班长朝天鸣枪，又继续用枪托砸阿彬婆媳，强拖硬拉把福谦绑走了。婆媳俩跌跌撞撞，哭着喊着，跟在后面，到了公路上。福谦被推上车子押走了。

一波未平一波又起！午后，又来了三个士兵，扔给阿彬一个布包。阿彬打开一看，是一个血淋淋的小指头！

士兵恶狠狠地说："长官有令，你们买了五亩地没交捐税，必须补缴五百元土地捐。你丈夫推说钱花光了，没钱交。有钱买地却拒交捐款，违规动工，按规定斩一个小指头以示警诫，三天内没交足五百元断一只臂膀！"说着士兵把一个手帕丢在桌上说，"这是你丈夫用断指写的字，你自己看！"阿彬边哭边解开手帕，见上面用鲜血写着"速找林养"四字，号啕大哭。福诚赶紧拿着手帕去找林养。

林养急匆匆赶来。

阿彬说："阿谦带回来的钱用于结婚、买地、砌墙基，所剩不多。陈国辉还要我们缴交五百元捐款，否则要断阿谦一只手臂。如今祸从天降，去哪里借钱啊？"

林养说："你放心！我还有些钱，今晚我去兵营接福谦回来。"

"我们一起去！"阿彬心乱如麻，不知丈夫被折磨成什么样，泪流满面。

林养匆匆回家取钱，和阿彬、福诚一起赶到兵营，交了钱把福谦赎回家。

受尽屈辱、离开匪穴的福谦回到家里，薛来福、李光伯和其他乡亲纷纷前来看望。福谦向大家致谢，又愤怒地控诉陈国辉和他的爪牙的罪行。

薛来福说："现在的社会官匪一家，民不聊生。去年观音乡马来亚华侨李添财刚回家，当晚，陈国辉的狗腿子就破屋而入，一开口就派捐三十万大洋。人家一时去哪儿弄这么多钱？土匪把李添财抓去关了半个月，打得死去活来。他家里人四处筹借，勉强凑够十万，托人说情才把李添财赎回来！这世道，哪还有老百姓的活路！"

福谦回乡住了三个月，当映山红开遍山野的时候，福谦和林养告别亲人和乡亲，重新踏上那条非走不可的离乡背井的路。

第四章 筹建红砖厝

第五章　蓬莱阁艳遇

薛云腾十八岁结婚，他老婆名叫魏兰，比他小两岁，是十五都云山村人。她的堂妹是陈国辉的大老婆。清明节过后，陈国辉岳母做寿，陈国辉大老婆回娘家祝寿，魏兰也跟着回云山村。寿宴上她坐在主人席陪堂妹。陈国辉军务繁忙没来祝贺，特派外号"大猫"的营长彭虎给岳母祝寿。大猫带了七八个连排长，坐在紧邻主人席的贵宾席上。

大猫年近三十，中等身材，圆头短嘴，大脑袋像是套在肩膀上，是少有的短脖子。他人虽猥琐，但穿了军装也显得威风凛凛。宴会厅上，他环视全场，看见斜对面有个年轻貌美的女子正和陈夫人闲聊，那个女子就是魏兰。魏兰正巧转过头来看见彭大猫，彭大猫的心为之一震，觉得这女子花容月貌，直勾勾地看着她。魏兰脸蛋一热，两颊泛起红晕，低下头腼腆地微微一笑。一会儿她又抬起头，含情脉脉地看着大猫。大猫异常兴奋地盯着魏兰，两人暗送秋波。

席后大猫借故找陈国辉夫人讨茶喝。魏兰殷勤地说："我来沏！"于是三人走进左护厝小厅。坐定后，魏兰端来茶具，沏好茶先敬堂妹，再敬大猫。陈夫人指着彭大猫向堂姐介绍："他是彭虎营长，大家叫他'大猫'，和国辉是同乡，小时候一起放过牛，贩过猪苗。他作战勇猛，是国辉的心腹猛将和左膀右臂。"说着，她回过头对大猫说："这美人儿是我堂姐魏兰，三年前嫁到东苍乡。她可是我们乡有名的乡花，人称'白玉兰'，不但人美还聪明乖巧！我看这一带找不出几个来。大猫你风流成性，我可要警告你，人家已有夫婿，可别贪荤眼馋！"

大猫听了哈哈大笑，说道："哪里哪里，有缘认识大美女，三生有幸！"大猫又端详了一下魏兰，越看越觉得漂亮。他眯着眼逗笑说："看你眉毛弯弯会勾人，眼睛圆圆会逗人，笑容满满会迷人，皮肤粉粉会黏人，酒窝浅浅会醉人！"

魏兰吃吃地笑着说："彭营长给我画像啦，又加彩又添色，我哪有那么美！"

这时，陈夫人站了起来说："我看看老母亲去，你们在这儿喝茶等我！"

陈夫人走后，大猫双眼死盯着魏兰说："人说穷山恶水出刁民，想不到云山村也能飞出你这只七彩凤凰！"大猫甜言蜜语，几句话说得魏兰倍感欢喜。刚见面时她还有点羞涩拘谨，现在变得难以自持。

"山高人横吧？你们酒都山怎出了你这只大老虎？大猫就是老虎，老虎会咬人嘞！"魏兰说着，装出惊恐的样子。

大猫话题一转："可嫁个如意郎君？"

魏兰说："没那福气，是个大老粗！"

两人你一言我一语地挑逗着，慢慢靠在一起。

大猫轻声说："阿兰，到我营部做客好吗？我营部后面有座蓬莱阁，装饰豪华，别具一格，如同仙境。我请你喝茶。"

"兵营有大兵把守，轻易进得去吗？"

"你只说找我，谁敢拦？明天我雇轿子抬夫人和你一起去！"

魏兰嫣然一笑，娇滴滴地回道："好呀，明天我陪妹妹一起去！"

下午四点左右，大猫向老太太和陈夫人告别，对魏兰笑了笑，扮了个鬼脸，骑着大黑马带着军官们回兵营去了。魏兰在娘家过了一宿。第二天大猫雇了两台轿子，派一班士兵来请陈夫人和魏兰。陈夫人要堂姐陪她在兵营休息几天，然后去泉州城找陈国辉。当晚彭大猫把陈夫人和魏兰安排在蓬莱阁休息。蓬莱阁在兵营的后面，是一座有两层楼的小巧玲珑的小庭幽院，是彭大猫寻欢作乐的场所。大猫在蓬莱阁宴请陈夫人，几位军官作陪。宴会结束时已近三更，陈夫人说："连日忙，现在好困，我回房洗漱休息！"大猫送陈夫人和魏兰到楼上，带到各自的客房安寝。一切安排停当，大猫道声晚安出了房门。

魏兰独自躺在床上，脑海里翻腾着两天来好吃好喝好玩的场景，回味坐在轿子里晃晃悠悠的快感，辗转反侧不能入眠。

"堂妹不知交了什么好运，居然嫁给陈国辉做大老婆，如今风光无限，享不尽的荣华富贵。"魏兰漫无边际地想着，对堂妹既羡慕又妒忌。"如果我也有个像陈国辉这样的如意郎君该多好呀！就算攀不上高枝，退而求其次，嫁个像大猫那样的男人也不错。真的是同人不同命！"她叹了口气，安慰自己：过去像江水流逝，一去不复回，现在如能交官搭府攀高枝，有朝一日有权有势出人头地也不枉此生。想着想着，大猫的身影浮现在她眼前：他穿着整齐的军装，威风凛凛，眼睛色眯眯地看她，对她说着悄悄话，唉，他是只喜欢腥味的猫……

魏兰越想越精神，没了睡意。突然，吱呀一声，房门开了又关上，房间里的灯亮了。大猫喝得醉醺醺的，颠三倒四，高一脚低一脚，笑嘻嘻地扑向魏兰，把她紧紧搂在怀里。这突如其来的一幕，令魏兰的心怦怦直跳。她坐在床沿低声嗔道："大猫，你吃了豹子胆，想做什么？怎敢三更半夜私闯良家女子的卧房？"

大猫一身酒气，眯着眼，说："你不是说大猫是老虎吗？老虎就有豹子胆！"

魏兰假意推大猫，却怎么也推不动，轻轻抚摸大猫的胸脯，嘟嘟囔囔地说："你太野了！"

大猫说："不野你也不喜欢！"说着把魏兰搂得更紧。

魏兰说："你若真的疼我，以后常相会。"

大猫说："我会真心对你好！"

魏兰又说："听人说你有几房妻妾，个个如花似玉，你怎会真心对我好？"

大猫举起拳头发誓："从今天起你有什么话什么事尽管对我说，我事事从你帮你，时机到了娶你做姨太，给你名分，让你享清福。我说到做到，如食言就死在枪……"

魏兰急忙捂住大猫的嘴："好好的，别发毒誓。男人都是六月的芥菜，假有心！只要你真心待我就好，我们常相会。你躺好不准动手动脚动嘴巴，一切听我！"

…………

大猫和魏兰频频往来出双入对，风流韵事传遍了十里八乡。薛云腾知道了，不气不恼，心里暗想：我也不亏，能借这个机会升官发财，管他帽子什么颜色。他装聋作哑，睁一只眼闭一只眼。

第六章　勇闯爪哇岛

这一天阿姗起得很早，梳妆打扮后，叫醒她的丈夫林养。今天是她平生最快乐的一天，因为她即将乘坐希望的帆船，驶向理想的彼岸，可以像人们说的那样夫唱妇随，和丈夫一起到一个陌生又梦幻的地方去打拼发展，不必在唐山独守空房，过着牛郎织女般孤寂难熬的生活。几天来喜鹊叫个不停，她想：喜鹊在为我歌唱，漫山遍野的映山红为我绽放，美好的前程在向我招手！

阿姗是土生土长的农村人，从小受着传统习俗的熏陶。马上就要阔别家乡，她在大厅神龛前的供桌上摆上水果素斋，奉上茶水，点燃香烛，烧了纸钱，夫妻俩跪拜列祖列宗。阿姗双手合十，细声祷告："列祖列宗在上，不孝男阿养、媳阿姗今天外出谋生。虽然古人说宁恋故乡一抔土，莫爱他乡万两金，但我们此次远渡南洋，为的是发家致富，光宗耀祖。敬请列祖列宗保佑我们夫妻在外平安，保佑家中老少身体康健，万事如意！"

林养也默默念道："敬请先祖保佑我们一路顺风顺水，兴旺发达。

来日当重修祖祠，光宗耀祖，敬奉列祖列宗。"礼毕，夫妻双双起身，林养向父母请安，阿姗进厨房煮面线鸡蛋，按习俗孝敬爹娘。她把寿面摆在双亲面前，深情地说："爸妈，我和阿养不能膝下尽孝。这碗面线表达我们的心意，祝愿二老吉祥平安，健康长寿！"

林养语重心长地嘱咐弟弟："我们今天又下南洋，你要好好服侍爹娘！我们常去常回，争取来年盖座红砖大厝。你要好好读书识字，读好书才能走万里路。"

说完，夫妻二人跪拜双亲。像以前一样，老父亲送给林养一个包着家乡土壤的粗布小包，郑重交代说："这是根，故土难离！水土不服时用得着它，想家时看看它能解乡愁！"老母亲一手拉着儿子，一手拉着儿媳，潜然泪下，久久说不出话。

林养和福谦相约在福谦家会合。当夫妻俩到程家的时候，福谦也已准备就绪。这次福诚也同去新加坡，他精神抖擞，欣喜若狂，早已把褡裢放在肩上。

林养一行四人辞别阿彬婆媳，结伴而行。他们走过蜿蜒曲折的田间小道，翻过两座山，爬过一道山脊梁，到了青峰渡口。他们搭乘内陆木船，顺着回乡时走过的那条水道，开始了第二次南渡。

艄公紧握竹篙撑着船，时而把竹篙插进溪底，时而顶着岸边的石壁，时缓时急，顺流而下，驶过林荫掩映的芙蓉村、梅山街、洪濑古镇、石砻石窟、丰州县城……故乡是如此美丽，如此令人留恋！福谦站在船头眺望戴云山东南余脉的崇山峻岭，看着逶迤澄碧的东溪水想：人生什么最值得珍惜，无非是家乡和亲人！人生最悲哀的是什么？是生离和死别！想到年迈的母亲、结婚才三个月的妻子、官匪的欺诈压迫……世路之难，令福谦心里五味杂陈。他对少不更事的福诚说："弟弟啊，

第六章 勇闯爪哇岛

你看两岸青山一座座迎面扑来，连绵不绝。人生路也是这样，翻过了一座山，前面还有许许多多崇山峻岭，艰难险阻没个尽头。这次回乡，哥的遭遇你看到了，人生的路也是这样。今天你跟哥去新加坡，要做好吃苦的准备啊！"

林养感同身受，满怀对故乡依依不舍的情感，泪光闪闪。听了福谦告诫他弟弟的话后，他接着说："是啊，我们内山唐人到南洋谋生，都是从这条东溪到泉州，再去厦门，漂洋过海下南洋。闽南俗语说：'地瘦栽松柏，家贫做番客。'不是饥寒交迫，不是被欺凌压迫，谁愿意奔走异乡？下南洋不是什么鲤鱼出大溪，而是去拼搏，去找活路啊！"

福诚说："两位哥哥说得是，我会像你们一样努力打拼。"

他们从厦门登船，轮船在时而风平浪静时而波涛汹涌的太平洋海面上航行，颠簸了近一个月后他们终于回到了第二个故乡。登岸后福谦迅即到肉骨茶店，店里的生意依然红火，小陈和琼花姐妹把店管理得井然有序。福谦安排弟弟在店里帮工学艺。过了几天，李悦夫妇催促福谦和梨花举办婚礼。从此李悦心里的一块石头落地了，女儿女婿美满和睦，他们夫妻也老有所依。

林养回国后，店员把小店管理得有条不紊。阿姗进了店犹如走进一个崭新的世界，自己居然成了老板娘，阿姗做梦也未曾想过会有这么美好的一天。以前在乡里，见到的都是穷山恶水，牛粪狗屎。现在呢？街市繁华，人流如鲫，生机盎然，与山乡比起来真是两个世界。最让阿姗感到欣慰的是眼前的店铺居然是自家的。店面虽然不大，但大米、面粉等粮食一袋袋堆放得整整齐齐，各种农副食品应有尽有，琳琅满目。阿姗东看看，西摸摸，问这问那，希望能像店员那样接待顾客做买卖，开始新的生活。她想：命运是靠自己争取的！她对丈夫说："让我做你的店员，店里多个帮手！"

福谦家和林养家相隔不远，两家隔三岔五就会见面。有一天，林养夫妻来到福谦店里，拜见福谦的岳父岳母后，兄弟俩天南地北地聊起来。林养说："都说山外有山，天外有天。有一天，我去港口的一家茶馆溜达，你知道的，茶馆的客人来自五湖四海，见多识广，特别是海员，见过的世面更多更广。有位船工说，新加坡南面有个国家叫印度尼西亚，风景优美，物产丰富，它的首都椰城是东南亚最大的城市。那是个开放的城市，受外来影响较深，现代和传统、进步和落后、新的思潮和旧的保守习俗交织在一起，共生共存，许多侨胞都去那里发展，赚得盆满钵满。老弟，我们现在都有帮手，走得开，不妨去看看！"

福谦说："有发展的机会要紧抓不放！路是人走出来的，走，我们去那里开辟新天地！"

两个结义兄弟有共同的特点：不墨守成规，勇于探索，而且做事雷厉风行，说干就干。几天后，福谦和林养登上开往椰城的轮船。船上有许多旅客，大都是生意人，其中有不少是中国人。两兄弟性格开朗，在船上见到中国人，像是见到亲人，上前搭讪，天南海北，无所不谈，结识了两个岚平县乡亲。他们二人一上岸，因无亲友认领，被警察扣住，罪名是非法入境，按规定必须拘捕关押在监牢里。同船老乡得知消息后，告知岚平县同乡会，同乡会即刻派人担保认领，最后二人平安入境。

福谦和林养到椰城后，四处走访察看。椰城地势平坦，视野开阔，有一望无际的平原和繁华喧闹的街市。两人走街串巷，特意参观了椰城西区历史悠久的唐人街。他们惊奇地发现：进了唐人街犹如走进一个华人世界，到处洋溢着中国文化气息，随处都能体验到熟悉的风土人情。经过几天的走访考察，两人得出一个共同的结论：这里是一个能够大展拳脚的好地方。

"老兄，看你心动了，你想做哪行？"福谦问。

林养说："我们家乡有句俗话，说的是，人生在世，一食二衣三行四用。民以食为天，我拿'食'字做文章，开间粮店，兼营食杂。"

"是呀，隔行如隔山，还是老本行好做。在新加坡你也是做食杂生意，熟门熟路，不怕栽跟斗。"福谦应和道。

"必须找个地点旺人流多的好地方。好地方自然有好生意，但地点旺租金一定贵！"福谦说。

"租金贵不怕，做零售生意，第一是地点旺，第二是地点旺，第三还是地点旺！"

"有道理，我看你一定能找到好地方！"

"刚刚我们走过的马林街道和宝圭街道的十字路口，有一间店铺的大门上贴着招租告示。我观察了好一阵，地点好，人流多，街道后面是居民区。租金可能贵些，但生意好就不怕。"林养蛮有信心地说。

福谦高兴地说："老兄精明能干，想得对头看得准！"他略微停顿，接着说，"那条街南面三百米处也有个交叉路口，恰巧也有间店要出租。我看顶适合做日常生活用品生意，我想租来开布店。俗话说，'人靠衣裳马靠鞍'。做人嘛，身要衣裳口要食，我们做的生意即使赚不了大钱也不容易亏损！"

林养很赞成福谦的观点，说："你想得周到，挺有生意头脑！我们俩想到一起了！"

福谦又道："哥哥你想开粮食店，本钱要大些，有没有问题？"

林养说："来新加坡这么多年，生意一般般。这次回乡花了些钱，现存两万多元。我想把新加坡的店转让出去，估计能收回两万多元，再挪借四万元，总共近八万元，开个粮店资金应该足够了！"

福谦连连摇手说："不行不行，新加坡的店千万不能转让。人算不如天算，生意有风险，做什么事都有万一。那家店是你立足之本、衣食之源，万万不能转让出去！"

"那怎么办？"

"这样吧，我借给你三万。你明天就去问询租店的事。"福谦说得坚决豪爽。

"你把钱借给我，你开布店咋办？"

"你先把店开成，今后的路好走。我开布店，少说也要十八万元本钱。我现有八万多元，回新加坡再想办法。新加坡肉骨茶店生意好，我老丈人做了几十年生意会有些积蓄，只要走对路，他老人家一定会支持。如果真的筹不够资金，我缓一步也可以，你的粮店先开张，回了本再帮我！"

林养感激万分，说："恭敬不如从命，难得弟弟盛情，大恩不言谢！"

"不谢，你帮我很多。我们是兄弟，兄弟如手足，要互相扶持，就这样定了！"

第二天，林养和福谦来到马林街那间看中的店铺，大门正好开着，他俩走进去。一个身材矮胖、眼斜鼻歪的人迎了出来，他是这家店的主人。林养说明来意，店主说："我这店地点好，做哪行都发达！"两人看了店，大约八十平方米。

"请问月租多少钱？"

"租金嘛——"店主清了清喉咙，眨眨眼说，"不多不少月租三千，首付三个月租金，另需交两千元押金！"

"贵了些，便宜点吧？"林养想讲讲价。

第六章　勇闯爪哇岛

"已经是优惠价。真不巧，昨天已有人想租，交了两千元定金。我忘了撕下招租启事，让你们白跑一趟，对不住！"老板坐在摇椅上，右脚在地上一蹬，胖乎乎的身体前后晃着。

"既然有人交了定金，我们另找店铺！"林养说着，转身想走。

"请留步！昨天那人只是交了定金，还没签合同。凡事都有商量，如果你每个月多给四百元租金，帮我赔两千元违约金，就租给你们！"说完，他拿出收取定金的收据底联，在林养面前晃了晃。

林养把福谦拉到一边，小声说："我看这老板鬼头鬼脑的，是个大滑头！我说要走时，他紧张起来，说话口气都变了。"

"人们常说进店感觉好就是好兆头，不要轻易放弃。还是跟他磨一磨，月租多给两百元，其他的不理！"福谦说。

两人商议妥后，和店主讨价还价，最后店主同意租给他们，每月多付两百元租金，租期五年。

福谦贴近林养耳朵说："为免夜长梦多，还是趁热打铁，现在就签合同交定金。"两人又和店主磨了一阵嘴皮，最后商定即刻交定金，租金待开业时一次交清。双方当即签好合同，之后店主把钥匙交给林养。

福谦想租的那间店，还有两个月租约。这段时间，福谦往返新加坡、椰城两地，帮林养筹款、装修店面、购置货架、查询粮油批发商及五谷杂粮副食品的进货渠道。两人起早贪黑，亲自动手，足足忙了一个月才把店铺装修好。一切准备就绪，一九二六年八月十八日上午八点，他们在店铺的门楣挂上"林家粮铺"的招牌，放了几串鞭炮正式开张营业。

两个月的时间很快就过去了，福谦去他心仪的宝圭街九十号的店铺看了一下。原来的租客因经营不善没再续租，店主正愁没人接手。这时福谦找上门，店主大喜过望，刚刚退了租就有人承租，真是交了好运。

两人谈得很融洽，店主说："本店面积是一百五十平方米，月租照旧五千元，不涨价。"

福谦说："好，够爽快！我需回新加坡筹钱。先交定金，半个月后订合同行吗？"

店主说："行，我不管你几时开业，租金一个月后也就是十月一日起计。"

福谦回道："好的好的，一言为定！"

当晚福谦把租店的情况告知林养，而后急匆匆搭船回新加坡。到家后福谦把自己想在椰城开店的思路、计划、资金筹措等一五一十告诉岳父、岳母、妻子和弟弟，并征求他们的意见。大家对他精明的打算和创业的热情很赞赏，他岳父说："就是砸锅卖铁也要支持你！"福谦高兴极了。李悦把自家的积蓄盘了出来，不敷之数向亲友借贷。两三天的工夫，钱款筹措得差不多了，福谦带弟弟一起去椰城，让弟弟当自己的助手。到了椰城福谦与店主签好合同后，着手筹备开张事宜。他特别招聘了三个会讲闽南话、印尼话和粤语，又在布行当过伙计的熟手店员，其中有位印尼本地姑娘。十一月二十八日，店门口挂了"椰城谦诚棉布行"招牌，开始营业。

生意场上有句话："人追钱不会富，钱找人才会发。"说的是做生意也讲机遇，抓住机遇就成功了一半。林养的粮行以卖粮油为主，兼营豉油酱醋等调味品，吸引了四方顾客。待到店铺的经营转入正轨，林养就把阿姗接到了椰城。粮行由阿姗主管，另聘了两个营业员，都是年轻力壮的小伙子，有力气又细心。阿姗头脑灵活，在新加坡的店里工作一段时间后，对做生意已经熟门熟路。她对待雇员亲切和气，知重知轻，知冷知热，把雇员当成自家人看待。雇员认她作姐姐，把生

第六章 勇闯爪哇岛

意看成自家的事，认真负责，干起活来不分分内分外，吃苦耐劳，既肯动脑筋又肯出力气。阿姗对待顾客真诚热情，服务周到，童叟无欺，把顾客当作衣食父母，赢得了好口碑，粮店的生意像烈火蒸糕——蒸蒸日上。

福谦布店里的三个员工也尽心尽力，帮着出点子。对于买卖布料，福谦本是外行，但他勤动脑筋，多问多实践，亲自外出洽谈进货事宜，调查市场行情。在店里又当老板又当店员，上柜台剪布卖布。有一次盘点布匹时，福谦发现一匹蓝色卡其布长度有问题，账面上记录进货长度是六十米，但卖完累计只有五十六米。售货员说以前从没发生过这种情形，不知为什么。福谦心想：店员做事认真负责，不贪小便宜，不会出问题，必须查明原因。于是他拿了一匹同期进的未拆封卡其布，展开后从头到尾量了一遍，发现实际长度比进货入账时少两米。很明显，问题出在供应商那里。他叫来店员说："你们看，每匹原装布头布尾各盖一个章，作为度量长度的起讫点。这匹布和卖出去的那匹布一样也是长度不够，问题在供应商。小数怕长计，一匹布少两尺，一百匹就少两百尺，我们亏大了。我们要去找供应商理论。"

店员都夸奖福谦："老板虽然入门不久，但比我们精明！"不出半年工夫，福谦已熟悉布行的业务，成了行家里手。

之前福诚听哥哥的话，上私塾读书认字，断断续续读了三年多，认得不少字，也懂得用算盘。他吃苦耐劳，很快也入了门，熟悉了业务。老板和店员同心协力，把布店的生意做得有声有色。几个月后，店里各类布匹的花色、品种逐渐增加，中国的棉布、丝绸、哔叽，欧美的各种面料应有尽有，印花精美，适合印尼的热带气候和民族风格，每天都有很多外国人和本土男女老幼到店里买布。

看到自家店后面有家裁缝店，福谦又想到一个点子——和裁缝店合作。有顾客到裁缝店量体裁衣，裁缝店工作人员介绍他们来福谦的布店挑选布料；凡进布店买布的客人，店员就介绍他们到裁缝店加工成衣。这招真是别出心裁又有奇效，两家店互相成就，顾客也非常满意，这样福谦店里的生意真像椰城上空的日头红火火。

做生意要讲诚信，讲思路，讲人脉，讲经营管理。南洋华侨有个好传统，重亲情，重义气，常说"同行如同命"，有事大家帮，而且能吃苦，会动脑筋，会经营。福谦和林养情同亲兄弟，相扶相济，三年来两人在椰城的生意一帆风顺，都发了财。林养在椰城买了座四房小院，福谦和弟弟一起买了座六房小院。两座小院相距不足百米，地处花木掩映、依山傍水的清静之地。

林养遵从双亲之命决定年底回阔别多年的家乡，福谦也决定年底回国建造他梦中的红砖厝，两人又相约结伴同行。

第六章　勇闯爪哇岛

第七章　魏兰设圈套

　　福谦虽然只读了三年私塾，但在贫穷的山村也算是个小秀才。他辍学后经常借书看，不仅读了《东周列国志》《三国演义》《水浒传》，还会讲故事给别人听，写家书也不必求人。一九二八年初冬，福谦冥思苦想，修修改改，终于给阿彬写了一封文绉绉的信。信中写道：

　　阿彬爱妻如晤：

　　　　婚后一别，已近四载，思念之情，无时或释。每念及爱妻婆媳相依，孤苦伶仃，独守家门，诚于心不忍矣！

　　　　余远渡重洋，亦为家计。近年虽诸事顺利，然南洋并非避风之港，椰城亦非安乐之域。此地常骤起排华浪潮，杀人烧掠之事时有发生。余诚如大海上之一叶扁舟，颠簸于波涛之中，险行于暗礁之上，或有葬身鱼腹之虞也！然每念父母之恩、故土之情、爱妻之苦，志存高远，立志拼搏，置生死于度外，冒风险图事业，唯望上报祖宗，奉养慈母，以慰爱妻！余经年辛劳，略有积蓄，故拟腊月返梓，续建红砖厝，以偿夙愿。

先此布意，即颂时祺！

夫　福谦书

民国十六年十一月二十日

阿彬收到信后，激动得泪珠扑扑簌簌往下掉。她赶紧把这个消息告诉母亲和堂叔，母亲喜不自禁，堂叔也喜出望外，夸道："福谦会挣钱，又不忘家乡，真有出息！"

这个消息像长了翅膀似的传遍山乡，村里人从心底里祝福福谦。薛云腾自然也知道了这件事，他嫉恨在心，牙齿咬得咯咯响，对魏兰说："福谦这小子居然混得人模狗样，有钱盖红砖大厝！"

"既然他发了财，也该给土地爷爷烧烧香。想办法让他放放血，要他孝敬孝敬咱们。"魏兰说。

"俗话说：得罪土地公，小鸡养不活。你想想怎样整治他。"

"这么简单的事还问我？当年卖地时，你不是留下一张地契吗？就在这张地契上做文章。"

"还是你好记性，我差点忘了。老婆你有头脑，交际广，想个万全之策！"薛云腾高兴得手舞足蹈，"纸笔千年会说话，有了这张地契，土地就不是他的啰！他想争，千口难辩！你想让他补偿多少？一万块银圆好吗？"

"看你一个大男人，胃口这么小。一不做二不休，最少两万大洋。要不，想盖红砖厝，没门！"魏兰说。

"量小非君子，无毒不丈夫。机不可失，时不再来，就这样定了。"

薛云腾赞成老婆的意见。

魏兰当天迅速赶到蓬莱阁，把门的士兵即刻通知大猫，说是魏兰有急事商量。大猫命令士兵回去吩咐厨房准备酒肉款待魏兰。晚上十一点左右，大猫只身赶到蓬莱阁，厨工急忙把酒菜碗筷送到魏兰房内。两个人又是调情，又是大块吃肉大碗喝酒，几杯酒下肚，大猫问："有什么大事急如星火？"

魏兰笑嘻嘻地回答："请你吃老鼠肉！你这大猫不是最爱吃老鼠肉吗？"

大猫哈哈大笑，说道："好啊，吃完老鼠肉就吃七彩山鸡肉！"

两人吃吃喝喝，又说又笑，大半个时辰过后，大猫醉眼惺忪，说道："不喝了，要吃山鸡肉了！"说完关上房门。两人卿卿我我，过了好一阵，魏兰问："大猫，这几年来我的心肝都掏给了你，满意吗？"

大猫说："满意！满意！"

魏兰又问："你是男子汉，不会食言吧？我现在有事求你，你肯帮忙？"

大猫回答："哪有不帮的理！尽管说，一帮到底！"

魏兰把家中几年前卖地给福谦和福谦即将回国建红砖大厝的事告诉了大猫。她说："你们平时连小猫小狗都不放过，程福谦这条大鱼别让他溜了。抓住这条鱼，好过你做几十单生意。"

"对，拉大网捉大鱼，捉到好烧烤！"大猫说，"你应该有计策，说来听听！"

"那五亩宅基地，本来有五张地契，云腾卖地时故意留下一张。"

"妙计！妙计！买地哪有没有地契的道理？没有地契就是霸占他人田产，是大罪。你丈夫真有谋略，撒大网捉大鱼。"大猫竖起大拇指。

"别夸啦，他权势没你大，功夫没你好，点子倒有一些！这张网撒了四年，是收网的时候了！"魏兰说。

"地契在手，土地就是你的！"大猫喜形于色。

"我们分两步走，先用软的，软的不行再用硬的。来硬的就靠你的枪！死磨硬泡，直到程福谦降服为止！"

"小菜一碟。我这里牢房、脚镣、手铐，应有尽有！他在南洋发财，我们在家里发财。他几时到家？"大猫觉得自己又可以大赚一笔，高兴得忘乎所以。

"听说快到家了！"魏兰答道。

"我们张网以待。抓到这条大鱼给我多少好处？"

"得了便宜还要钱，贪得无厌。你说呢？"

大猫伸出一个巴掌，说："少说给我五千大洋！"

"你真是狮子大开口。话说回来，只要事成，五千银圆不算多，准有！"魏兰笑眯眯地说道。两个人喝酒猜拳，浪声浪语。

大猫若有所思，又说："强拉强抢好办，抢到手是自己的本事。但按法律办，要靠势力，靠钱打点关系。你明天先送来一千大洋。"

"是呀，事不宜迟，我明天中午就把钱送来。说说你的计谋！"

"一定要把岚平县法院院长喂饱，才能赢下这盘棋。对了，你回家叫你丈夫准备起诉文书。其他不必多问，等我消息！"

无利不起早。彭大猫在蓬莱阁和魏兰过了一宿，天亮后，他带了两个卫兵，直奔凤凰街找陈国辉最宠爱的苏姨太。

苏姨太原是"倚门女郎"，有名的烟花女子，才色双佳，能识文断字，还会吹拉弹唱。上自官员富绅，下至地痞流氓，慕其才色，纷至沓来。自从结识陈国辉后，她戴上陈国辉赠送的嵌蓝宝石的白金戒指满街招摇，吓走了那帮想白吃豆腐的下三滥，知趣的上流人士也纷纷退避三舍。不久，陈国辉就纳她为妾。她像乱草丛中的雏鸡忽然变成高栖梧桐树的金凤凰，涂脂抹粉，披金戴玉，衣着华丽，装扮时髦，成了泉州地区的摩登女郎，在各种社交场合和陈国辉出双入对。

大猫走进苏姨太新买的小楼，张嘴就叫："嫂嫂，大猫看你来啦！"

苏姨太在一楼小厅闲坐，见到彭大猫，说道："彭营长，这么早！什么风把你吹来的？"

"无事不烧香呵，求嫂嫂菩萨显灵，帮我一个大忙！"

"里面坐，喝了茶慢慢说！"大猫进了里屋，把薛云腾和程福谦买卖宅基地纠纷的事详细说了一遍。他说："云腾说一定要告到法院，讨回被占的土地。云腾是我的亲戚，不帮不能伸张正义。"说着把一张五百元的银票递给了苏姨太。

苏姨太说："法院院长姓胡名途，我和他有一面之交，是我入住新房请客时认识的。国辉跟他也熟，但不知这炷香烧得灵不灵？"

"狗不咬拉屎的，官不拒送礼的。拿人钱财，替人消灾，古往今来都一样！"彭大猫很有信心。

"说的也是，有钱能使鬼推磨！好，明天我请胡院长来我家！"

在生意场上摸爬滚打几年之后，福诚已能独当一面。福谦把椰城的生意交给他打理，没有后顾之忧。林养要回国，把椰城和新加坡的生意全部交由阿姗打理。阿姗现在已由一个天真烂漫的乡下女孩子，成长为一个落落大方的老板娘，办事干脆利落，雷厉风行，别说经营一两家店，就是十家八家也是小菜一碟。这回丈夫要回国，她说："放心去吧，没牛用马，我会把生意的担子挑起来。"她担心林养留恋故土，嘱咐道：

"你回去办完事快回来，别叫我望穿秋水。这么一大摊子，没你在身旁心里不踏实！"

"别担心，鸭子下水身就浮①，客户都称赞你，说你做生意比我强。我安排好家里的事就回来！"

两个结拜兄弟又结伴回乡。他们于农历十二月十五日回到唐山的老家，各自操办要紧的事。

到家后，福谦和阿彬搀扶母亲到宅基地走走看看。母亲把拐杖插在地上，双手合掌，对着天地祈祷："皇天后土，保佑我们家道昌盛，事事顺利！"阿彬高兴得不知道说什么好，憧憬着未来的红砖厝。福谦开眉展眼，一脸灿烂。回到家中，他急切地请来堂亲和师傅，订计划派物料，忙得不亦乐乎。

盖红砖厝与盖一般的房屋不同，按规矩都得用大梁大柱才够气派！福谦想：要买大口径木料，必须亲力亲为，得进大山里买。他约好与三个堂亲连同木工师傅同行，准备到颖县深山老林去挑选梁柱。

过了新年，福谦一行五人一早启程。他们先乘船到颖县桃花街，再徒步跋涉到深山，一路经过的都是崇山峻岭间的原始森林。他们歇歇走走，第二天才到大山深处的木料市场。师傅是行家里手，很快就选定了建红砖厝所需的木料。福谦买的都是大口径木材，这样的木材做出来的厅前柱子一个成年男子张开双臂都围不拢。

去时爬山辛苦，回来可真惬意，福谦雇了三个放木排师傅，捆绑好木排，从深山里的溪流放排顺流而下。

东溪上游叫桃溪，山高水深，水流湍急。木排随着山势时而左转，

---

① 鸭子下水身就浮：不学自然会。

时而右转，在奇峰迭出、百转千回的溪涧里漂流。眼看急流中的木排快撞上崖壁了，三个放排师傅把竹篙轻轻往峭壁上一点，瞬间化险为夷；眼看急弯中的木排要飞上岸了，他们将长篙一撑，竹排就在水面上平稳漂流。

最开心是五个随行的人。他们有时坐在木排上，看着木排荡起水花，一圈圈波纹由近而远地消失在崖边，遥望翱翔蓝天的老鹰，静听岸上树林里小鸟悦耳动听的歌声；有时站在木排上，背着双手观赏无限美好的风光：一座座青山扑面而来又急速后退，烂漫的山花迎来送往，阵阵风儿迎面扑来，令人心旷神怡。

桃镇是颖县县城，位于桃溪岸边。到了这里，山势渐趋平缓，河面舒展宽阔，湿地绵延，湛蓝的溪水缓缓向东南流去。桃溪两岸的青山，茂林吐着新绿，竹子拔出幼节，杨柳迎着春风婀娜起舞。绯红的桃花、洁白的梨花争相斗艳，漫山花开，千姿百态，万紫千红。初春的桃溪，波光潋滟，碧流澄澈，映着蓝莹莹的天，真如诗里写的：清水一湾舞白鹤，风光两岸映桃源。老街巷陌里一座座红砖大厝，把春日的桃镇点缀得格外艳丽！

过了激流险滩，放排师傅心情放松，神采飞扬。到了一处水流平缓地面宽阔的地方，三个木排摆成"一"字形，稳稳当当在水面浮动。一个师傅开口唱起了闽南行船歌，另外两个师傅应和：

剞剋^①木成舟，

沓泵^②水中游。

---

① 剞剋（jī kū）：形容做木船的声音。

② 沓（zá）泵：形容船下水的声音。

欸乃① 双篙桨，

彳亍②到泉州。

相传这首美丽的歌谣是清初吏部尚书李光地写的，在东溪两岸传唱了几百年。

正午时分，骄阳悬挂在空中，船工们上岸生火煮饭。大家余兴未减，请福谦讲家乡的故事。福谦说："好！大家说说，我们闽南有三个与其他地区不同的习惯，外地人称'闽南三大怪'，你们说是哪三怪？"

大家面面相觑，一时说不出来。不一会儿一个木排工说："我看工夫茶当算一怪。泡茶为的是解渴，但在我们闽南却不一样，美其名曰品茶。喝茶时用的是小杯子，只可斟七分量，把茶杯端近鼻子前嗅一嗅，再啜少许茶水入口，闭口搅舌漱一漱，一小口一小口慢慢咽入肚，不像外地人用大碗咕噜咕噜一饮而尽。你说，怪不怪呢？"

"有道理，是一怪！"大家鼓掌。

福谦说："对的，工夫茶是一怪。其实说怪也不怪，它说明闽南人是性情中人，有高雅的情趣。'茶'这个字，草木中间一个'人'字，一草一木总关情，人在其中更有情趣嘛！这情就是乡情、亲情、友情，以至对世间万物的关爱之情。依我看，这工夫茶是誉满天下、情满天下了！所以泡茶是闽南人待客的传统习惯，表达闽南人待人情深义厚。"

"有道理！其他两怪怎么说？"有人问。

"操他佬，穿着拖鞋满街跑。"福谦答道。

他又说："'操他佬'虽欠风雅，但体现出闽南人的粗犷性格和

---

① 欸（ǎi）乃：形容摇橹的声音。

② 彳亍（chì chù）：慢步走，走走停停。

第七章 魏兰设圈套

率性自然的性格，连文人雅士、妇孺之辈也会偶尔脱口而出。这句话，粗野中糅合着旷达，没有矫揉造作之态。"

"'穿着拖鞋满街跑'，又是何解？"大家听得入神，又问。

福谦回答："我们闽南是'四季有花常见雨，一冬无雪却闻雷'的温润之乡，先祖风里来雨里去，农耕渔猎，人人都是'赤脚大仙'，衣着穿戴简朴随意，见怪不怪！"

"真的，我们都习以为常，我一年没穿过十天鞋。原来我们闽南有这么多轶闻趣事！"工人们说。

"多着呢！"

"开饭啰！"大伙快速吃饱饭，休息片刻，师傅们唱着奔放的山歌继续放排：

> 东溪瑟瑟夜雨奇，
> 短桨长篙箬蓑衣。
> 万载千船到泉州，
> 也应心间甜如饴。
> ⋯⋯⋯⋯⋯

下午三点，木排到达一个临时登岸地点。福谦雇了上百个乡里人，把杉木搬上岸。杉木长短轻重不一，轻的几十斤，重的几百斤。杉木长度平均五米左右，不能拖也不能挑，只能用肩扛。重的杉木，需两人或是多人抬着走。上百个人肩上扛着杉木走过田埂绕过山脚，往前看不到头，往后望不到尾，把山村搅得十分热闹。人们纷纷走出家门，欣赏多年未曾见过的奇观。大家议论着，有的啧啧称赞道："这回福谦发财了！"有的说："听说要盖有三四十间房的两进双护厝的红砖大屋！"

薛云腾看到如此壮观的场景，心里酸溜溜，牙齿咬得咯咯响，眼睛发烫冒火。"穷小子得志啦，在乡里显摆！好小子，我撒了网等着你，看你能蹦跶到几时！"

站在丈夫身旁的魏兰也是又嫉又恨，说："开始抓鱼吧，给他个下马威，叫他鳍断鳞伤！"

杏花村四周环山，不大不小的村落住着一千多人，十五个姓氏，人口最多的当属薛姓，其次是黎姓。论本地势力薛姓强，所以薛云腾敢称霸一方。人数最少的据说是伍子胥的后代伍姓，才一户三口人。当时的社会宗族势力不可小觑，大鱼吃小鱼，大姓氏欺负小姓氏的事经常发生。因山林水源的纠纷发生大规模宗族械斗的事时有耳闻。程姓在杏花村只有十几户上百口人，薛云腾仗着宗族势力，自然不把程姓放在眼里。现在福谦想盖红砖厝，薛云腾心理不平衡，心想："仁义道德算什么！人为财死，鸟为食亡。机不可失，时不再来。现在不捞一把，更待何时？"夫妻俩连夜商量下一步的行动。

第二天，福谦在堂亲们的帮助下，把杉木叠好，准备过了上元佳节后动工建屋。

第八章　福谦遭诬告

一天，福谦起床洗漱后正坐着喝茶，突然门外传来阵阵嘈杂声，一家人赶紧跑出去察看，只见薛云腾站在福谦宅基地上吆三喝四，指挥一班人拆毁福谦的红砖厝墙基。突如其来的变故把福谦一家人惊呆了，很快福谦就反应过来，薛云腾这是聚众闹事。他赶紧冲到宅基地，怒气冲冲地责问薛云腾："你聚众毁我墙基，安的什么心！"

"怎样？你敢在太岁头上动土？我只卖给你三亩五分地，右边这块地是我的。你狗胆包天强占我的土地！"薛云腾吼道。

"你怎么翻脸不认账？做人要有良心，做事要讲诚信。当年你说那块地的地契丢了，找到就还我。我买了你的五亩地，付清了钱，有你写的收据，光伯、来福是中人，可以作证。"福谦争辩着。

"收据是写了，但不包括这一亩五分地。什么中人！我是这块地的主人！千年纸笔会说话，我手中的地契就是最好的证据。"薛云腾得意扬扬地说。

福谦也不是好惹的，指着薛云腾的鼻子大声骂道："你横柴举入灶^①，蛮横无理，巧取豪夺，无法无天！"

这时阿彬婆媳也赶过来，指着薛云腾怒骂："你卖地给我们，现在又要强夺回去，你不得好死！"

左邻右舍围拢来，你一言我一语地指责薛云腾。

"我就蛮横，你奈我何？你以为这里是你的天下？我人多势众。你要这块地可以，再给两万大洋。钱给齐了，红砖厝由你盖，否则免谈！好戏还在后头，别让我告上法庭！"薛云腾拿着地契扬了扬，恶狠狠地瞪着福谦。

"告就告，谁怕你！你卑鄙无耻，欺凌讹诈！要两万大洋，除非太阳从西边升起！"福谦从小是个要强的小伙子，咽不下这口恶气。

薛云腾喘着粗气，威胁道："没有金刚钻，别揽瓷器活。^②看看是你硬还是我硬！"

大家慑于薛云腾的淫威，或说几句公道话或劝架，然后就一个个离开了，拆地基的薛氏族人也散了，薛云腾扬长而去。

一人难敌众手。福谦憋了一肚子气，扶着母亲回家了。

薛云腾跨进自家门槛，见了魏兰说："已经给他一场好戏看了，开出金额，要两万大洋！"

"给了下马威，看他怕不怕！先叫人去打探消息，看他给不给钱。乖乖给钱最好，不给钱，过了上元节再说。横竖墙基已经拆了，水泼落地收不回，开弓没有回头箭！"

"叫谁去？这个福谦挺犟的，说话比我还凶！"

"叫光伯去，光伯会说话，树上的鸟都能叫下来！"

---

① 横柴举入灶：蛮横无理。

② 没有金刚钻，别揽瓷器活：先掂量自己的能力，别做力所不能及的事。

"当年光伯是中人，他肯吗？"薛云腾认为让李光伯两头跑不适合。

"有钱能使鬼推磨，哪有肯不肯的？事成后给他一两百元，白花花的银子谁不爱？况且人在屋檐下哪能不低头？"魏兰的鬼点子多。

说着，夫妻两人来到李光伯家。这时，薛云腾的邻居风水师丁先生正在和李光伯下棋聊家常。薛云腾认为自己有权有势，粗声粗气地说明来意。

"云腾兄，得饶人处且饶人，都是本乡本土人。俗话说，七尺槌要留三尺后①，贪字贫字壳②，别惹来一身蚁！"丁先生看着薛云腾不屑地说。

李光伯说话不紧不慢，却带针带刺地说："当年你们两家进行土地买卖，我是中人。现在叫我做小人，自己打自己嘴巴吗？你玩我！送你一句俗语：'人能克己身无患，事不欺心睡自安。'"

"看得起你，才请你去劝说，给那小子台阶下。他愿意给钱，一了百了，事情不会闹大，保他平安！哼，连你也不识抬举！"薛云腾夫妇碰了一鼻子灰，悻悻地回家了。

"这些人胆子也够大！"魏兰说。夫妻俩受到奚落，心有不甘，嘴里嘟嘟囔囔。

"横竖要他多少钱已经说明白了，钱不送来，别想盖屋！"薛云腾在乡里作恶惯了，不相信福谦不低头。

"好戏在后头！大猫说法院那边已经打点好了。胡院长向我保证说：'我手掌不大，但还遮得住岚平县半边天！'"魏兰打着如意算盘，认定会打赢官司。

---

① 七尺槌要留三尺后：凡事留有余地，防患于未然。

② 贪字贫字壳：指贪婪是贫穷的根源。

福谦本来满怀希望，认为有钱天下无难事，日思夜想建座红砖厝。昨天惊心动魄的一幕，把他搞得晕头转向。他想：四年前被土匪陈国辉的姨太敲了竹杠，自认倒霉，花钱消灾。可现在恶霸的胃口越来越大，人心不足蛇吞象。这样下去，何日是尽头？

福谦找来林养、姐夫李引棣商量。林养说："对这些流氓恶霸不能一忍再忍，你越退让，他越得寸进尺，永无宁日。"

姐夫说："他不是说已经告上法庭，由他告去。常言道：衙门八字朝南开，有理没钱莫进来。他有势力也只能横行乡里，到了外头，不一定转得动吃得开。既然他要钱，就拿钱跟他玩。"

听了大家的议论，福谦下定决心："我也这样想，既然地保不住，就让他告去。钱没了还能再赚！"

这次回家，程福谦曾去寺院向一位老和尚请教动土建屋的好日子。老和尚说，元宵灯节后的第三天是黄道吉日。现在墙基被毁了，他不灰心，咬定青山不放松，一定要在正月十七日重砌墙基。

那时警察穿的是黑制服，常常到乡下骚扰民众。乡下人对他们恨之入骨，骂警察是"黑脚"，"黑脚"成了警察的代名词。一天午后，四个"黑脚"突然蹿进福谦家，不由分说地把福谦绑起来，指着福谦说："你强占良民田产，薛云腾已告上法庭，法官命令拿你归案。听清楚，在法院审理期间房屋不准建，听候判决！"

阿彬婆媳一听如五雷轰顶，号啕大哭。婆婆呼天喊地道："没天理啊，恶人先告状！"

阿彬紧紧抱着福谦不放。"黑脚"用脚踢，用枪托砸，打得阿彬鲜血直流。乡亲们拥了上来，你一言我一句地骂"黑脚"。"黑脚"吼道："你们妨碍公务，再闹把你们这些刁民统统绑走！"

第八章　福谦遭诬告

福谦被押走了，阿彬婆媳哭声凄厉，跟着追出来。福谦劝慰母亲："娘，你们回家，不要悲伤，照顾好身体，会有云开雾散的一天！"

婆媳俩一直站在榕树下，直到看不见福谦的影子才回屋。

福谦被抓到岚平县衙监狱，与六名年轻囚犯关在一间狭小的土牢房里。牢房阴暗潮湿没有窗户，墙角放了一个尿桶，地板上铺着一层薄薄的稻草，湿漉漉的，空气中散发着霉臊味。这间牢房关押的是一些打架斗殴、小偷小摸等一般犯人。这些人虽不是重犯要犯，但个个凶神恶煞，如狼似虎。福谦被警察推进牢房时，牢里的犯人个个死瞪着他。一个人高马大的人喊道："你这小子，过来，说说怎么'进宫'的！"福谦曾听说过监牢里旧囚欺新囚的事，大凡新进来的都会被里面的人殴打、敲诈。他知道对方不怀好意，便一声不吭。大个子喊了一声："小子，大胆，敢不理我，眼中没我这个大哥吗？兄弟们，敬他酒！"这时四个人围上来，有的抓住福谦的手，有的拦腰抱住福谦。福谦性格刚烈，哪容得这些宵小恶棍逞凶？挥起拳头把围上来的人打得跟跄倒地。不一会儿六个年轻小伙子一拥而上，把福谦按倒在地，有的抓手臂，有的按脚，有的按住脑袋，把福谦打得头肿脸青。大个子喊了声："一——二——三——敬酒！"六个人把福谦推向墙角，想把福谦的头按到尿桶里。福谦挣扎着，用尽全身的力气，双臂往后一顶，把几个无赖推倒在地。

正闹得不可开交的时候，狱卒听到乱哄哄的声响，跑过来敲打铁门，往门里瞧。这时囚犯们静声屏气，狱卒没发现什么动静就走开了。福谦说："朋友，我是被冤枉的，我们无冤无仇！"大个子说："好说，看你细皮嫩肉的像个女人，晚上陪我睡！"

福谦真是倒了八辈子霉，一肚子晦气没处发泄。这时林养和阿彬来探监，狱警开了门。阿彬看到丈夫被打得头破血流，伤心流泪，用手帕轻轻抹拭福谦脸上的血。过了一会儿，狱警把福谦转移到一间单人牢房。福谦洗了澡，换了阿彬带来的衣服。阿彬告诉福谦："林养哥好不容易托人找到典狱长，给了他二十块大洋，还给了狱卒每人两块大洋，你才能搬到这里！"说着阿彬眼圈一红，扑在丈夫胸前不停地抽泣。

"不要哭，要挺直腰杆，好好过日子。天塌不下来！" 福谦抱住阿彬安慰道。

阿彬回到家，姐姐、姐夫都来了。大家急得站也不是坐也不是，搓手跺脚。阿彬说不出话，只是不停地哭泣，用袖子擦拭泪水。

姐夫说："没想到事情来得这么快，这么凶险！才过了元宵薛云腾就兴风作浪。我明天去县城看看，找找门路！"

"分明是早有预谋，故意陷害，设局谋财！"堂叔说，"法警的任务本来只是传唤，但这次却不寻常，把福谦反绑押着走。这里头一定有鬼！"

"肯定是薛云腾搞的鬼！"阿彬说。

"在我们乡，薛云腾被称为'小鳄鱼'，狡诈凶狠，仗势横行。他老婆又是陈国辉亲信彭虎的姘头，他们沆瀣一气。现在情况比较复杂，胳膊拧不过大腿，目前最要紧是先救出福谦。你们放心就是，我去想办法！"姐夫说。

李引棣到县里托人疏通，过了几天，福谦终于回到了家里。

正月二十五日，县法院再次传唤福谦，并要求福谦带齐文件。有了前次传唤被打的教训，阿彬不放心，跟着前往，"黑脚"还是捆绑住福谦。到了岚平法院临时改为开庭审案。此时，薛云腾一帮人也出现在法庭上。

上午十时，法官宣布开庭审理"程福谦侵占乡民土地"一案。法

第八章　福谦遭诬告

官先作陈述："原告：薛云腾，被告：程福谦，事由：程福谦侵占薛云腾土地。"开庭时法庭验证双方身份，宣读起诉书，并让控辩双方表述事由和提出诉讼请求，然后宣读案情：

"被告程福谦向原告薛云腾买三亩五分荒地作宅基地，砌墙基时乘机侵占一亩五分地。"

接着到了双方陈述的环节。

原告薛云腾称："双方原商议买卖田地五亩，契约也写了。当我回家取地契时，老婆说不可五亩全卖，应留右边那块一亩五分地供日后自家盖房，最后只卖给程福谦三亩五分地，收取的也是三亩五分地的钱。因是乡亲相互信赖，故契约没有作废重写。现有一亩五分地的地契在我手中就是铁证。恳请法庭判处被告归还非法侵占的一亩五分地，并判被告程福谦缴交全部诉讼费用。"

程福谦自辩说："我在四年前向薛云腾购置土地五亩，付清土地款两千大洋。交地契时，薛云腾只给了我四张地契，另一亩五分地的地契没给我。他说：'一亩五分地的地契年久丢失，都是乡亲，大家互相信任，有人买卖土地连契约都没写，况且我们还有中人在场作证。'我当时轻信薛云腾的话，上了他的当。薛云腾颠倒黑白，所说的话不实，有意欺诈。当时写契约时薛来福和李光伯是中人，可以作证。恳请法官明察，传证人作证，判薛云腾交还地契，准予建屋。"

法庭按规定走完程序。胡院长装模作样地听完控辩双方的陈述，沉吟了一会儿当场判决："被告提交的合同、证人证词，证据不充分，本庭不予采纳。原告原始契约在手，证据确凿，诉讼请求合理，本庭予以支持。"

"当时买卖有中人作证！"福谦提出抗议。

胡院长不管三七二十一，大声喊道："休庭！"

福谦大喊："判决不公，冤枉啊！冤枉！我要上诉！我要上诉！"

阿彬失声痛哭，大叫："说什么有理走遍天下，无理寸步难行？鬼话！天地良心在哪里啊！青天老爷在哪里啊！"

法官起身喊道："法庭威严，不容哭闹！回去回去，判决书过几天寄去！"

薛云腾夫妇心中窃喜，露出得意的笑容。魏兰附在薛云腾耳边小声说："前几天彭营长告诉我，说县法院那里说好了，没问题。胡院长说官司包在他身上，果不食言！"

"哼，打官司靠的是烧钱，靠的是势力！只要咱想要，连程福谦这小子的人头都拿得下！"薛云腾恶狠狠地盯着福谦。

第八章 福谦遭诬告

第九章　陈国辉称霸闽南

陈国辉是福建南安九都镇人，集官匪一身，有"泉南王"之称。

多年前的一天，福建护国军司令吴瑞玉听到招兵处有人吵闹，定睛一看，一个少年吵吵嚷嚷地叫道："你们看扁人，又猫又矮就不能当兵？'一猫二矮三卷毛'是最机灵的人，我三占二！我猫五脸蛋可是一颗麻子一朵花，值钱哪！"

吴司令听后笑了。那孩子十五六岁，个子不高，瘦巴巴的，满脸麻子。招兵处的长官说："走开走开，小毛孩还没枪高！嘴上没毛，办事不牢，当什么兵！"

"没枪高还会长，上面没毛下面正在长，不信你看！"小孩说着要脱裤子，兵士和应征的青年们哄然大笑。

吴司令走过去，问道："小毛孩，叫什么名字？"

"陈国辉，外号猫五。"

"哪里人？多大了？"

"南安县九都人，今年十六。"

"干过什么？"

"牛司令、猪长官！哈哈，放牛卖猪苗的！"

"有特长吗？"

"有！爬树、游水、钻山沟，弹弓打鸟，百发百中！"

吴司令听了很好奇，对连长道："李连长，弄个弹弓、石子，再拿十来个茶杯，让这小孩试试！"

李连长把弹弓、石子递给陈国辉，把小茶杯排成一排放在二十米外的台阶上，说："小毛孩，十个杯子都打中就收你！"

司令和众人瞧着陈国辉。陈国辉不慌不忙，左手握住弓柄，右手拉弓，睁一只眼闭一只眼瞄准，只听到"当"的一声，石子把茶杯打得粉碎，接着"当当当"，杯子接连全被打碎。

连长说："好样的，有本事，收你！"周围看热闹的人都拍手叫好。

陈国辉高兴得跳了起来。

吴司令看了也很高兴，收他为贴身勤务兵，命令他学习枪法。经过一段时间的训练，陈国辉枪法进步神速，长短枪百发百中，闻名军中。他聪明勤奋，深得吴司令喜爱。吴司令常以三民主义革命道理教导他，他也颇有心得，进步很快。

第九章 陈国辉称霸闽南

一九一六年，吴瑞玉和泉州革命党人汤文河决定发动武装起义反袁。因叛徒泄密，汤文河等五位首领在泉州被北洋军统带阎广威围袭杀害。吴瑞玉复仇心切，率部进军泉州，一路连克敌营。三月二十九日，吴瑞玉部直抵泉州近郊马甲镇霞井村，策应城里革命党人待机，进攻泉州。阎广威急速纠集部属，星夜出兵，出其不意偷袭吴瑞玉部兵营。吴部连日行军作战，人困马乏。凌晨忽闻军营枪声大作，急速组织抵抗。吴瑞玉手持大刀，身先士卒，不幸身亡。吴瑞玉既殁，陈国辉收集其残部二十多人，抬着吴瑞玉的尸体回到九都山。

九都西通安溪，北连永春，东北与仙游相邻。东、西、北三面都是林木葱茏、蜿蜒起伏的崇山峻岭，地理位置优越，进可攻，退可守。陈国辉以南安九都为巢穴，以西南面的诗山、金淘、码头三镇为屏障，啸聚土匪数百人，占山为王实行军阀土匪统治。反袁失败后，陈国辉投靠过靖国军、护法军、北伐军、省防军……势力日大，羽翼渐丰，由一名目不识丁的卫兵升为国民党中将旅长。他在管治区域内，巧立名目，横征暴敛，杀人抢劫，无恶不作，给闽南、莆仙、闽西地区的百姓带来巨大的生命财产损失。

一九二七年，陈国辉当上福建省防军第一混成旅旅长，奉令进驻龙岩，陈国辉气焰嚣张、穷凶极恶，逮捕革命群众，通缉杀害共产党人和工会领袖十人。第二年三月至八月镇压后田和白土农民暴动，毒杀三十三名革命志士，杀害闽西共产党骨干谢宝萱、陈国华等人。

一九二九年五月，陈国辉奉命率主力三千余人到广东潮汕集结，参加蒋桂军阀战争。为保龙岩安全，除留守一个营外，陈国辉又调彭棠营到龙岩城协防。主力远离龙岩，城内守敌两个营加上警察兵力只有七八百人。

一九二九年五月十九日，红军秘密渡过汀江，出其不意地从山林小路行军，直逼龙岩城下。五月二十二日抵达龙岩以西小池，二十三日拂晓，向守军发动突袭。第一、三纵队神兵天降般突袭龙岩城前哨阵地龙门圩。攻克龙门圩后乘胜追击，直抵龙岩城下，猛攻西门和五彩巷的西桥，并分兵进攻南门，很快突入城区。此时，第二纵队也飞快占领北门外小山头，控制制高点。两路人马合围，势不可挡。守敌抵挡不住，营长彭棠率残部狼狈逃往永福，参谋处长庄凤骞逃往漳平。红军首战大胜。当时满街张贴《红军捷报》，写着：

农历四月十五日，红军第四军攻入龙岩及坎市。陈国辉部第一营、补充营、特务连、机关枪连全部缴械，活捉营长一人、连排长九人，俘虏士兵三百一十四人，打死敌方官兵九十余人，缴获机关枪两挺、驳壳枪二十三支、步枪五百四十九支、步枪子弹三十三担、迫击炮弹九担……

为诱敌归巢再予歼灭，红军于同日下午撤离龙岩，挥师永定。得知彭棠残部回巢，红四军第三纵队与闽西地方武装于六月三日突然杀个回马枪，迅速猛攻城门。彭棠残兵溃败，如鸟兽散，再次逃往永福。红军于六月六日退出龙岩城到新泉、才溪休整，造成向江西撤退的假象。

红军二克龙岩后，陈国辉恼羞成怒，率部从广东撤回闽西，企图一举剿灭红军。

陈国辉率两千多人进入福建境内，只见车流滚滚，枪炮上膛，战马嘶鸣，遮尘蔽日。他坐在轿车里，得意扬扬。情报处长向陈国辉报告："红军大部队已向江西方向撤退，只留一个装备极差的团为后卫。"陈国辉想借助险峻地势伏击红军。但红军前锋与他们稍微交锋后即佯装败阵撤退，一路还丢了许多枪支弹药、锅碗瓢盆、服装被子，迅速进入江西境内。陈国辉以为红军不敢与他交锋，已败走江西，哈哈大笑："哈，哈！草寇，草寇啊！哼，我看红军也不怎么样嘛！我这还没打呢，他们就被我吓跑了！"说罢，他带领部队趾高气扬地回城，想好好庆祝一番，扬扬军威，壮壮士气，于六月十八日率领部队进入龙岩城中。当时福建报纸头版头条报道："陈国辉大军回闽，一路把红军打得丢盔弃甲，人

仰马翻，节节败退，抱头鼠窜，死伤无数，逃回江西。"

　　进城后的陈国辉踌躇满志，当晚举行庆功宴会，犒赏官兵。官兵们日夜欢歌，得意忘形，个个酒足饭饱，直闹到凌晨才回营安歇。十八日，红军接到闽西特委情报，得知陈部全部会于龙岩，在赞生店部署三打龙岩城，随即下达命令"部队急行军奔赴龙岩，彻底消灭陈国辉部"。十九日凌晨，红军忽如天降，在地方武装的配合下，以迅雷不及掩耳之势把龙岩城的南、西、北三面围住猛攻。突击部队很快冲破城门，大部队像潮水般冲进城内，迅速控制全城，枪炮声、厮杀声、呼喊声响彻云霄。城里的敌人本已喝得烂醉如泥，一个个颠三倒四。士兵像被捅了窝的散蜂，四处嗡嗡乱叫乱闯，官找不到兵，兵找不到官。这场战斗从清晨一直持续到下午两点多，除旅长陈国辉在彭棠护卫下化装潜逃到漳州外，驻龙岩主力第一混成旅两千多人全部被歼。

　　两千人的部队一夜被歼，十来年惨淡经营的队伍瞬间付之东流，陈国辉越想越心痛。逃到漳州后，陈国辉收集残兵败将，返回老巢九都。他和团长、"军师"陈培育商讨东山再起的计划，决定招兵买马，拼凑闽南各地散兵游勇重整旗鼓。为增加财政收入，陈国辉巧立名目、乱派军饷，在泉州、安溪、诗山、永春、德化、惠安、仙游、莆田各县征人头捐、烟苗捐、牲畜捐、公路捐、筑路捐，强制农民种植罂粟，组织贩卖鸦片牟取高额利润。他们认为闽南华侨多，有钱人也多，是一条取之不竭的财路，暗中派人跟踪归国侨胞，对侨眷和回国侨胞抢掠绑架、杀人放火，手段凶狠残酷，导致民怨沸腾。

　　经过一番敛财及扩军休整，陈国辉东山再起，变本加厉地盘剥危害人民。一九三〇年五月，陈国辉仍任省防军第一混成旅旅长，下辖以陈育才、陈培育、彭棠为团长的三个团，如虎添翼，势焰熏天。为了扩大税源，增收军饷，陈国辉抢占永春县地盘。九月二十九日，他命令彭棠及其他民军号称"十三营半"，从桃源、仙溪进攻湖洋。湖洋民团本以保护地方为责，组织抵抗，但因兵寡力薄，加之宗族矛盾，不能一致抗敌，最后溃散，败走莆仙。彭匪冲进湖洋，扬言"扫帚也要过刀"，抢劫掳掠，一时间枪声大作，火光冲天，喊杀喊捉声惊天动地，老百姓哭声凄惨，匆忙逃命，村民家里的粮食、牲畜、家禽全部被抢光，房屋被烧。彭匪带兵一路追杀百姓。看到溪对岸一个逃命的年过六旬的老奶奶，彭棠拿过士兵手中的长枪"砰"的一声将其打落水中，待尸体漂走，彭匪一伙放声大笑，拍掌叫好。这次兵匪在湖洋杀害百姓五十多人，掳走男女六百多人，成千上万的百姓遭殃；烧毁房屋百余座，其中华侨的红砖厝三十余座，财产损失不计其数。据《永春县志》记载，彭匪进驻湖洋后还祸及永春县周围其他乡镇以及德化、仙游一带，致使十多万人流离失所，有的逃往海外。当时《福建省报》载文称："匪徒蜂起，骚扰地方，百姓相率遁逃，挈妻携幼，逃往海外。此吾邑年来所以十室九空也！"

闽南兵匪之灾，如同地震海啸，惊心动魄。每当孩子哭闹，乡民只要说"陈国辉来了"，小孩子顿时像秋蝉不敢出声，比说"老虎来了"还管用。

陈国辉大量搜刮民脂民膏，盘剥华侨钱财，短短两年就再度崛起，军队扩充到一万五千人。他从国外购买大量先进枪炮军械，部队装备精良，令省内国民党军装备望尘莫及。陈国辉有五架小型飞机、三部小汽车，在泉州、永春县修建了两个机场，购置了多处别墅，以鼓浪屿红楼最为出名，成了名副其实的闽南王。

陈国辉罪恶滔天，罄竹难书。一九三二年十一月二日，国民革命军十九路军入闽，总指挥蒋光鼐、军长蔡廷锴以召开军事会议为名诱陈赴福州，准备把他拘捕归案。是时陈匪误判形势，认为自己实力雄厚，有恃无恐。他以为十九路军无意留闽，必回广东，准备赴会。出门时，他家的大黄狗死死咬住他的裤腿，陈国辉猛踢大黄狗。大黄狗悲叫一声走开，望着陈国辉汪汪直叫。陈国辉令人驾机，只身飞到福州，当晚住在宾馆。十九路军四名特工破门而入，把睡梦中的陈国辉死死按住绑牢，关进死牢。消息传到印尼，旅外华侨拍手称快。广大侨胞拍电报给南京国民党政府和十九路军，声讨陈匪罪行，每天堆在蔡廷锴办公桌上的电报有一尺多高，纷纷要求枪毙匪首陈国辉。经南京政府审核，一九三二年十二月二十七日，福建省政府以"横征暴敛，擅创私税，勒种罂粟，屠杀人民，焚毁乡村，摧残党务，拥兵抗命"等罪名，依据有关规定合并论罪，把陈国辉押到福州东湖刑场枪毙。消息传遍全国和南洋，闽南全境百姓和南洋华侨欢天喜地，拍手称快。

第十章　椰城遇知己

福谦输了官司，忿忿不平回到家中。当晚林养、姐姐、姐夫、堂亲都来看望他。福谦说："我待人处事一向小心谨慎，想不到这次轻信薛云腾的鬼话，落入圈套，心有不甘！如今大屋盖不成了，我要告到泉州府！"

林养说："当今闽南地区天黑地暗，官匪一家，天理不存，苛捐杂税多如牛毛，绑架抢劫、欺诈诬陷的事哪天没有发生？薛云腾蓄意谋财，恶人先告状。他狗仗人势，勾结官匪。我们平民百姓像小麻雀，怎能与老鹰斗？现在急也没用，应从长计议。男子汉大丈夫报仇雪恨，十年未晚！当前最重要的是做好生意，手中没钱什么事也做不成！"

阿彬说："哥哥说的是。鸡蛋碰不过石头，急事缓办。俗话说善恶到头终有报，老天爷会保佑我们的！"

堂叔说："人生有起有落，祸福无常，诸葛孔明都有失算的时候。福谦，你不要伤心自责。老虎走路也会磕着脚！"

"如今豺狼当道，黑白颠倒，我们等待时日。上诉的事，我会安排，你放心回南洋做生意吧！"姐夫李引棣劝道。

"好的，我们回印尼！"林养说。

"就这样定了，半个月后走，官司缓办！"福谦咬着牙说。

一九二九年农历三月，福谦和林养回到印尼。两家生意还是和以前一样兴隆。福谦虽然财气亨通，但运气不怎么好。他心头压了一块大石头，沉甸甸，堵得慌，对于唐山的讼案尤其放心不下。有一天，他接到姐夫来信说，已经请讼师上诉到泉州府，钱花了不少，但至今进展缓慢，法院那里把这个案子暂时压下来了。

福谦和林养到印尼看了一下自己的生意。自他回国后，福诚独当一面，生意越做越好。他把倒霉事置于脑后，记挂新加坡的梨花和孩子们，把店务交给福诚后，就回新加坡了。

一天，福诚在店里整理账目，一个十七八岁的姑娘突然出现在他面前。她是印尼人，却操一口流利的闽南话，说道："你好！请问老板，贵店要聘用会计人员吗？"那时当地政府为了监督外国人，立了法例：凡是外国人经营的商店，必须聘用印尼人当会计。

福诚抬头一看，眼前这位姑娘柳眉大眼，牙白唇红，娇小玲珑，气质不凡。她穿着时尚整洁，头上披着色彩鲜艳的真丝头巾，身穿浅蓝色长袍。福诚问："姑娘好，你是印尼人，怎会说闽南话？"

姑娘自我介绍说："我是印尼人，名叫索妮娅，今年十八岁，我的家在椰城郊区，父母以种水果为生。因为邻居闽南人多，我从小学说闽南话。中学毕业后在布行做过两年工，夜晚进修英语。印尼语是我的母语，我还会说英语。做门市生意面对的是四面八方的来客，懂的语言多，哪个民族的人进店，都能对答如流，应付自如。"姑娘睁着大眼睛盯着福诚滔滔不绝地说了一大通。

索妮娅接着又说："几天来我一直在找工作，都没找到称心的。家里等米下锅，我一人出门在外也要吃的用的。老板你行行好，如果没有会计工作做，扫地、烧水、煮饭也行。"福诚动了恻隐之心，问道："你会记账？懂得会计工作就聘用！"

"懂！"姑娘高兴极了。

"好的，留下！"听到福诚这句话，姑娘高兴得眼睛眯成一条线。

索妮娅每天一大早就到布店工作。一进店，她就拿起扫帚把布店里里外外打扫得干干净净，再用一干一湿的抹布把柜台、厨具、桌椅擦得亮晶晶。她做事极其认真，擦洗完家具后，还会用手指摸一摸，看是否干净。她做完卫生工作又烧水，把几个热水瓶都装满开水。她会煮椰浆糯米团，或者做爪哇炒面、咖喱鸡饭，再配一盘杂拌什锦菜。大家吃得很有滋味，都夸索妮娅煮饭的手艺好。下班后，索妮娅把当天的账目分门别类整理得清清楚楚。她天天都是这样，最早进店，最迟离开。自从索妮娅来了之后，福诚如释重负，优哉游哉，像是一个活神仙。

索妮娅看福诚喜欢喝茶，也学着泡茶。有一天她问福诚："印尼的咖啡闻名于世，浓郁芳香又提神，你为什么不喜欢喝？"

福诚答道："我喝的是家乡的安溪铁观音。我老家和安溪只隔一座大山。这是我们家乡的土壤、家乡的泉水、家乡的阳光雨露培育的茶叶。喝了家乡茶，香韵留在心里，心情特别好！"

索妮娅又问："听说铁观音世界闻名，是吗？"

福诚说："是的！两百多年前，有个农民在安溪西坪发现一种和茶树相似的树丛，他摘了叶子泡茶，香飘四溢。消息传开后，大家争着剪枝培植。安溪山高多雾，气候很适合这种茶树生长。以后，这种茶树广泛栽培，尤其以西坪、感德等地的品质最好。人们摘了这种茶叶，经过复杂的工艺，做成了今天这样的茶。你看茶水颜色金黄似琥珀，馥郁芬芳似兰花香，醇厚甘鲜，回味持久。传说有一年，乾隆皇帝南巡，喝了这种茶龙颜大悦，赐名'铁观音'。铁观音茶香飘世界，成了中国十大名茶之一，远销世界各地！"

程福诚如数家珍，滔滔不绝地介绍着铁观音。索妮娅听得津津有味，兴冲冲地问："我看你泡茶时神秘兮兮、慢慢腾腾的，有时还摇头晃脑，这是什么说道？"

福诚兴致勃勃地说："学问多着呢！这叫工夫茶嘛！工夫茶是闽南茶文化的经典，从暖壶冲泡到关公巡城、韩信点兵，从待客奉茶到'三拜九叩'，从茶水入口到细啜慢咽都很讲究。一方水土养一方人，生活讲究，才有情趣！"索妮娅是个聪明的女孩儿，很快就领会了茶文化的丰富含义。

"华夏是礼仪之邦，茶文化讲究'礼'，称为'茶礼'。闽南人热情好客，亲朋好友来访，第一道礼仪就是泡茶待客，主客边斟茶边聊天，有事办理或有事相托，乃至于商业上的合作，都在喝茶过程中商议办妥，礼貌融洽，友好文明。茶文化蕴藏着闽南人对家乡的深情厚谊，不管走到哪里，闽南人都会牵挂家乡的山山水水，惦念家乡的父老乡亲，就像你今天看到的我，此时喝着家乡茶，梦回唐山。"

索妮娅好奇地问："听你越讲越神奇，什么叫'三拜九叩'？"

福诚慢慢讲解其中的典故："传说乾隆皇帝南巡来到泉州，为了不暴露身份，令随从乔装成皇帝，自己扮作随从。主仆进了一家茶馆，按规矩扮随从的乾隆皇帝应该泡茶敬奉假皇帝。当'随从'递上茶时，假皇帝一时不知所措。他急中生智，用三个手指在茶桌上敲了三下，表示三拜九叩，谢主隆恩。以后这成了礼仪，主人敬茶时，客人用三个手指在茶几上敲三下，表达对主人的谢意。"

索妮娅笑道："想不到泡壶茶有这么多学问和故事！"

福诚越说越兴奋，打开话匣子，口若悬河地继续讲那流传千年的故事："我们闽南的文化博大精深呢！有句话说'地下看西安，地上看泉州'。西安是十三个朝代的古都，地下文物自然多。泉州城文化积淀深厚，城里名胜古迹数不胜数：南门有天后宫，西街有开元寺东西塔，清源山上有老君岩，还有海内第一桥洛阳桥……都是跨越千年历史，蜚声中外。"

索妮娅听福诚讲故事，越听越觉得神奇，提出了一个她最想问的问题："这么美丽神奇的地方，实在令人神往。世界上很多地方有清真寺，你们泉州有吗？有伊斯兰教吗？"

福诚说："当然有！泉州的清净寺有上千年历史，名列中国十大名寺之一。你们的祖先在数百年前就到我们泉州做生意，有的和当地人通婚汉化了。泉州海边有个渔乡叫蟳埔村，传说这里住的大多是阿拉伯人的后裔。现在村里还保留着许多古阿拉伯人的风俗习惯。村里妇女穿大裾衫、宽脚裤，盘头插花，住蚵壳屋，这些风俗习惯都和阿拉伯民俗有关。"

索妮娅从没听过这么多新鲜事，她说："啊，多美呀，你回国带我去看看！"

福诚说："好的！我们中国人自古以来都欢迎和善待四方来客。你也不例外，一定带你去看看。"

索妮娅说："我们要止恶扬善，不能用口和手伤害人，不同种族的人要幸福地生活在同一片蓝天下！这和你们闽南多元文化相通呀！"

索妮娅在福诚店里努力工作，两人日久生情。半年后，她对福诚的

第十章 椰城遇知己

身世经历、性情为人、志向抱负了解得清清楚楚。有一天，她约福诚到一家咖啡店见面，说有要事商量，福诚应邀前往。索妮娅点了两杯咖啡，几样印尼甜食。她对福诚说："对不起，今天约你来先要向你道歉！"

听了这话，福诚如丈二金刚，摸不着头脑。索妮娅嫣然一笑，接着说："我的身份是瞒你的，怕进不了你的店才编造的。"

福诚不解地问："你的真实身份是什么？为什么一定要来我的店里工作？"

索妮娅介绍自己的身世。她说："我父亲是印尼军官。我高中毕业后，父亲要送我去荷兰留学，将来好在政界谋个职位。我不喜欢政界的工作，也不想去荷兰留学，几个月前和父亲闹翻，离家在外面闯荡，故意刺激我父亲，希望父亲改变主意。有一天，我逛街路过你的店，正巧看见两个人殴打一个印尼土著老人。你见义勇为，冲出店门口救了老人，还送给老人家钱。你怜贫敬老的精神深深感动了我。我觉得中国人很善良，我很敬佩你。从这天开始，我就想接近你，亲近中国人。我在你店里工作半年多，觉得你聪明过人，会做生意，侠义心肠，为人诚实，不知不觉喜欢上了你。我是独女，父母视我如掌上明珠。我深深爱着你，想和你合作做生意。我把我的想法告诉了母亲，母亲偷偷来店里察看，回去夸你有才有貌，为人诚实，她说我没有看错人，但还得征求我爸的意见！"

福诚听后惊愕不已，连连摇头说："你爸是当官的，我是平头百姓，不敢高攀。"

"你就是有三妻四妾，我也跟定你了。我们办家公司，我动员父母也投资，在唐人街开布店，也可以做土特产生意。你当董事长，我做总经理，赚的钱分三份，你、我、我父母各一份，你说好吗？"

福诚说："你真会出难题！我必须和哥嫂商量。你也必须和你双亲再合计合计，下次再商量好吗？"

索妮娅说："做生意是正途！我想父母会支持的。我非你不嫁，你不答应，我这辈子不嫁人！"

和索妮娅相处半年多来，福诚觉得这女孩儿不错。听了索妮娅的表白，福诚一时拿不定主意，说："今天就谈到这里吧，这是大事，双方都要慎重，还要征求家长的意见！好，我们该回店了。"

索妮娅回到家后，对母亲说了她和福诚见面的事，并表示自己铁了心非他不嫁。母亲还是那句话："和你爸商量商量！"

果然不出所料，索妮娅的母亲向丈夫巴蒂说明女儿的心事后，巴蒂气得鼻子冒烟，两眼出火，狠狠拍着桌子说："要她留学她不去，现在呢，婚事又擅作主张，看上华侨商人，岂有此理！"

"你宝贝女儿的脾气，你不是不知道。从小到大，要风得风，要雨得雨，性格独立，都是我们惯的！你不顺着，她说要待在家里不嫁人，你怎么办？再说嫁个中国生意人也挺好！"

"随她去吧，我不管！"巴蒂生气地说。

母亲把父亲的意见告诉了宝贝女儿，索妮娅哭闹不已，扬言要离家走天涯。

母亲两头劝，对巴蒂说："还是依了女儿，福诚这孩子我见过，长得标致，心地好，又能独当一面，很会做生意。女儿嫁个商人衣食无忧，嫁个政界官员有什么好？官场风云突变，万一有闪失全家遭殃。女儿长大了，有自己选择对象的自由。路，让她自己走吧！"母亲讲了一大堆道理，父亲巴蒂听后沉默不语。

索妮娅细心观察父亲，觉得父亲态度有些软化，暗自高兴。

几天后恰逢索妮娅父亲生日。索妮娅趁着父亲高兴，在生日宴会上爸爸长爸爸短叫得蛮甜，庆祝生日歌曲唱得蛮响，频频敬酒又不断撒娇，把父亲哄得心花怒放。宴会结束后，她恳求父亲成全自己和福诚的婚事。父亲松了口说："宝贝，你翅膀硬啦，飞翔吧，去寻找自己的爱窝吧！祝愿宝贝幸福！"索妮娅高兴得像只快乐的小鸟，飞也似的找福诚报喜去。

索妮娅进了店，见了福诚紧紧拉着他的手说："成了，成了，爸爸答应了！"

"答应什么？"福诚问。

"答应我俩的婚事！"

听了索妮娅的话，福诚暗自思忖：虽说平生不结交官员，但印尼情况特殊，和官员往来未尝不可，对日后发展也有好处。索妮娅小鸟依人，纯洁善良，乖巧可爱，我们两个志同道合，相互配合一定会把生意做得更加兴旺。如果她家也投资，今后事业一定有腾飞的机会。天下熙熙，皆为利来；天下攘攘，皆为利往。生意人嘛，有利可图，何乐而不为？在这里也必须有个家。想到这里，他说："好的，我答应你，索妮娅！但我得征求哥哥嫂嫂的意见！"

索妮娅喜滋滋地噘起小嘴说："婆婆妈妈的，我们的事我们做主，还要征求意见？要是他们反对不就吹了？"

"吹不掉的，哥嫂常常催我在这里安一个家。征求他们的意见，这是礼貌，能得到支持的！你放一百个心吧！"福诚说。

过了几天，福诚告诉索妮娅："全家都支持我们的婚事！"

福诚和索妮娅的婚事得到双方亲人的支持，择期举行婚礼。索妮娅亲自布置洞房。她善解人意，按照唐山习俗，桌上摆着一对大红烛，床上铺着绣着鸾凤和鸣纹样的大红丝绸被单，枕巾绣着鸳鸯戏彩画，红地毯上印着"吉祥平安"四个金字，门口贴着一副"百年恩爱同心结，千里姻缘一线牵"对联。她和福诚穿上大红的绣着象征爱情的凤凰于飞的唐装。她要随着丈夫梦回唐山，她要用事实诠释，爱是不分国度和民族的。

福诚为在异国他乡邂逅一位善良、纯真、美丽、知心且性格活泼的伴侣而无比欣喜。夜阑人静，他把索妮娅搂入怀中亲吻。索妮娅落落大方，性情奔放，两颗心紧紧连在一起，如胶似漆。他们的情意有时像海上的波涛汹涌澎湃，有时像平静的港湾微波荡漾，有时像喷薄而出的彩云红光四射，有时像点燃的炽烈火焰熊熊燃烧。

索妮娅不愧是一个经商人才。在她父母的帮助支持下，这对新婚夫妻办起"椰城布业批发零售公司"，下辖四家店铺，在椰城同业中逐渐有了名气。

第十一章　收养流浪儿

一九三〇年十月，福谦接到阿彬来信。信里说：泉州府法院定于一九三〇年十二月十日开庭审理土地纠纷案件。福谦于十一月启程回国，十二月初到达青峰码头。他想青峰街和家乡只是一山之隔，抄近路四五十分钟就能到家，而走大道要绕行大半天。福谦小时候就知道盘山小道有老虎出没，夜间常听到老虎咆哮的声音。福谦想：老虎的习性是夜行昼息，现在是正午时分，红日当空，走小道应该没问题。他拿定主意上了岸，手提柳条箱，背了包袱独自上山，穿行在行人稀少、崎岖不平的大山里。他走了一半多路，爬上山顶，隐隐约约看到远处山坳里的家，就在山岗上的风雨亭歇脚。突然间，树丛里传来"沙沙沙"的响声，四个手持刀枪的大汉向他冲来。情急之下，福谦顾不得拎包袱，一纵身跳进亭前小路旁的山沟。一个彪形大汉举起左轮枪朝他连开三枪，一枪打中他的左臂，鲜血流了出来。他用右手捂住伤口，拨开树丛里的枝丫钻进密林深处。土匪们四处寻找，不见动静，骂了一句："操他佬，让你捡条命！算你命大！"土匪拿了福谦的包袱消失在树林里。

福谦一手压住伤口，一手拨开灌木丛四处探望。他小时候常在这里放牛，对这里的一草一木非常熟悉。听到没有动静，他断定土匪走远了，弯着腰钻出树丛。村民听到枪声赶紧敲锣，大喊："捉土匪喔！捉土匪喔！"一群年轻力壮的青壮年拿着鸟枪、土雷、棍棒呐喊着赶上山。福谦从树丛里出来走上山路，朝着前来救援的乡亲快跑过去。乡亲们一看是福谦，赶紧迎上去，见他左臂血流不止，有人赶紧在路边采草药，放在口里咀嚼后给他敷上，还有人撕下衣袖解了裤带帮他包扎。福谦道谢，说："天无绝人之路，谢谢大家的救命之恩！"

一位后生家说："福谦是好人，土地爷显灵庇佑着啦！"说着大家进村回家。

福谦回到家里，母亲和阿彬又喜又悲。喜的是福谦虎口逃生，逢凶化吉，伤心的是福谦命运坎坷，灾祸不断。看到众人前来探视慰问，阿彬赶紧烧水泡茶招呼客人。堂叔和许多堂亲也来了，大家坐在一起，对早上发生的持枪抢劫的事议论纷纷。

有人提出疑问："一般土匪拦路抢劫，用的是土枪、鸟枪，今天这伙人用的却是左轮枪，来头不小呀！"

有的说："一般土匪要的是钱财不是人命，但今天的情形像是要人命的！"

也有人说："土匪怎么知道福谦今天回家，下了船还会走小路？"

大家七嘴八舌地议论着。

堂叔沉默许久说："事有蹊跷！包袱抢到手还要开枪，明摆着是要人命。官司开庭的事早在乡里传开，福谦回国的日期也能推测到。看来有人搞鬼。福谦下船后回家有两条路可走，可能两条路都有埋伏。冤有头，债有主，其中的秘密不难猜出。俗话说：害人之心不可有，防人之心不可无。明枪易躲，暗箭难防。当今坏人当道，福谦你要有思想准备，处处留神！"

福谦说："堂叔说得有理，谁搞的鬼也能猜出七八分，我会小心防范。这次丢了包袱是小事，所幸银票在身上，损失不大。"

大家也商量起保护福谦的办法。第二天福谦和堂叔去泉州银行取钱，给全村乡亲每户送五十大洋，病残孤寡的乡亲多送一份。乡亲们万分感激，都说福谦菩萨心肠，好人有好报。

当时的法院是二审定谳。二审开庭那天，双方当事人、代理讼师、家属、证人都到法庭。开庭程序简单，只是双方各自陈述。最后法官宣判：二审控辩双方提供事实不清楚，理由不充分，证据不充足。控辩双方必须继续提供材料，择期再审。

表面上是开庭审理，实际上是双方在背后角力。福谦的姐夫尽力找靠山拉关系，以为胜算在握。没承想当时泉州是闽南王陈国辉的天下，胳膊拧不过大腿，能取得缓期再审已经算是不错了。薛云腾夫妇本来想讹诈福谦两万银圆，至今仍未得手，气得七窍生烟，但薛云腾还是强装镇静，露出得意的狞笑。魏兰狠狠地瞪着福谦说："蚍蜉撼大树，可笑不自量。我不相信你能告赢，鸡蛋碰石头，白费心思！"

福谦瞪着薛云腾夫妇，厉声斥责道："你们是螃蟹横行，蚂蟥吸血，恶蛇伤人！你们勾结土匪买通官府谋财害命。即使赢了官司，也输了道义！苍天有眼，恶有恶报，我一定告到东溪无水晋江枯！"

福谦回家以后大家议论法庭上发生的事，姐夫李引棣分析情况后说："薛云腾是东苍一霸，有权有势。他老婆又是彭虎的姘头，靠山硬，想告赢一时有困难，还是从长计议，我继续找关系想办法。他们现在想暗害你，拦路抢劫就是他们演的一场戏。今后我们要更加谨慎行事，性命攸关，不能不防。留得青山在，不怕没柴烧！"

说话间，有个八九岁的男孩子进来。小孩子衣衫褴褛，骨瘦如柴，脸无血色，全身生满疥疮。母亲告诉福谦："他叫程墨，今年九岁，是我们程氏长房黄佩珍的儿子。佩珍的丈夫去年过世，留下一男一女。女孩子给外乡人家做了童养媳，现在想卖这个男孩，还没谈成。佩珍的丈夫死后，她改嫁泉眼村，丈夫名叫李弘。佩珍是个歹命人，男人抽大烟，本来还殷实的家被李弘糟蹋得像猪舍狗窝，穷得叮当响。李弘对佩珍不是骂就是打，也不让程墨随母亲过，逼着佩珍把孩子卖掉。想收养程墨的人很少，个个都嫌孩子年龄大难留！现在程墨无依无靠，还好堂亲们都帮他，见他可怜轮流给他饭吃。"

"记起来了，娘！我第一次回国时他才两岁，白白胖胖很可爱。现在竟成了这个样子！"福谦摇摇头，很同情孩子的遭遇。

阿彬见程墨进屋，知道他饿了，立刻进厨房盛了一大碗饭给程墨吃。

"娘，赤子天生，一根草一点露①，不如把程墨收养了，好好教育培养，将来传宗接代，防老送终，不知阿彬怎么想的？"福谦说。

"我也和阿彬说过，就怕程墨年龄大，难留！"母亲说。

"只要对孩子好，应该没问题。又是堂亲，不必换姓！我们多给些钱，佩珍应该不会教唆孩子逃跑！"福谦动了恻隐之心。

"我想慢慢找，最好抱个婴儿，亲手把孩子带大，犹如己出，有感情，稳稳妥妥！"母亲还是坚持原先的意见。

"唉，孩子可怜，年纪小小的没爹没娘，不知往后的日子怎么过！"福谦为程墨的未来担心。

———————

① 一根草一点露：天无绝人之路。

阿彬在隔壁房间听到母子的对话，凑过来说："我也担心孩子大了留不住，难管教，一旦跑了，竹篮打水一场空。到时候，钱没了，还添乱添堵，自讨苦吃！"

"程墨是可怜的孤儿，无家可归。我们收养他，让他上学读书。天可怜见，不会那么倒霉吧！"福谦想尽量说服老婆。

"你有心就试试吧！"阿彬心想自己膝下无儿无女，丈夫又坚持，终于答应领养程墨。

佩珍的家离杏花村十来里路。毕竟牵挂自己的骨肉，也时常回来看望孩子，手头如果有几个铜板，就买点零食给孩子。知道佩珍来了，堂兄福阶和福谦等人和佩珍商议收养孩子的事。佩珍觉得把孩子给自己的堂亲好些。她心想：烟鬼要的是钱，多给些钱没问题。

"我回去商量商量，明天回复你！"佩珍说。

在那个时代买卖孩子是寻常事。大家谈好价钱，请中人作证，按乡规民俗用大红纸写好契约，有关各方按手印，算是做成一桩买卖。程墨有了归宿，有爹有娘，因是同宗同族，保留了原来的姓名。

福谦长年在外，这次回国多留了几个月。慈母在上，爱妻在侧，又添了个儿子，一家人其乐融融，把倒霉事都忘了。他十二月回来一直待到清明，想多陪母亲和老婆一些日子。留在新加坡的梨花一个劲地催，来信说："再不快回来，恐怕就见不到爸爸妈妈了！"福谦这才开始考虑回新加坡。

确定回去的行程后，福谦跟阿彬说："看来程墨还是好样的，到了我们家，理了发，洗了澡，治了疥疮，穿了新衣裳，变了个样。年纪不大还帮忙砍柴放羊！过几天安排他去读私塾。你还有别的什么要求尽管说，办得到的咱们抓紧办！"

"只有一个要求。现在有个男孩，再找个小女孩。小两口生活在同一个家，长大后是一对。"阿彬的要求不是没有道理。她自己就是婆婆从小拉扯大的，现在成婚了，夫妻相敬如宾，婆媳俩心连着心，相依为命。

当时，农村收养童养媳是普遍的现象。有女孩子的人家，一般想早早把女孩卖出去，能得些钱，又能少负担一个人的吃穿；有男孩的人家，则想收养个童养媳，省得日后操心儿子的婚事。华侨家庭更是如此。一家人商量妥当马上行动，条件是要长得俊，身体健康的。老母亲托人介绍，到四周乡村精挑细选，几天后终于找了一个五岁的女孩子。女孩是秋天出生的，取名秋韵，倒有点诗意。小女孩伶俐乖巧，惹人喜欢。福谦对这女孩很中意，觉得她聪明伶俐，视如掌上明珠，改名翡翠。现在家里多了两个人，母亲高兴得眉开眼笑。阿彬也忙里忙外，精神特别好。福谦觉得现在的家不再像以前那样沉寂，娘和老婆身边多了两个人，热热闹闹的。阿彬也像娘疼她那样疼翡翠，认为女孩家应该读书识字。她按例炒了一斤黑豆，带程墨和翡翠去姐夫家，拜了孔子像后，在姐夫的学堂里读书。

程墨、翡翠上学后没几天，福谦便起程返回新加坡。

佩珍把卖儿子得来的钱如数交给丈夫李弘。这下李弘乐了，有了钱，天天躺在床上吞云吐雾。佩珍不再挨打受骂，日子也好过多了。

如此平静的日子过了几个月。

有一天，李弘恶狠狠地把老婆叫来，不由分说地抓住佩珍的头发，将她拖到门外粪坑边。佩珍怕得浑身发抖，不知哪儿得罪了丈夫，问也不敢问。李弘粗声粗气地嚷道："你知道为什么把你叫来这里吗？"

佩珍摇头说："不知道！"

111

"不知道？等会儿下粪坑你就知道了。钱用完了，你不知道？"

"我一个女人家，不会赚钱，哪儿来的钱？"佩珍哭了。

"还用你赚钱？把你儿子叫回来，卖到颖县、同德去，不就有钱了吗？笨猪！"李弘怒吼道。

"不是已经卖了？钱都给你了！"佩珍争辩。

"还敢驳嘴！"李弘抓着老婆的头发，把她推入粪坑，"扑通，扑通"地按下去又提上来，一连按了几次。

"你明天就去，把你儿子带来。我安排人接手卖出去！"李弘看佩珍没吭声，又嚷道，"不去，就死在粪坑里！"说着又把佩珍推下粪坑，自己"噔噔噔"进屋了。还是邻居看不过去，把佩珍救上来。

第二天，佩珍来到杏花村，真把儿子带回来了，没两天李弘就把程墨卖到颖县。

阿彬以为佩珍思念儿子，见见面是人之常情，怎知孩子一去不见了踪影。几个月前一家人商议领养程墨时，阿彬就有些担心，现在担心的事终于发生了。阿彬去泉眼村问个究竟，得知程墨被卖进深山，她对着李弘和佩珍气愤地说："程墨是我用真金白银买来的，大家写了契约按了手印。你们骗我，现在程墨在哪儿？快把孩子还我！"

佩珍自知理亏，默默无语，倒是李弘蛮横地说："要人吗？有，在颖县逢湖陈家坳，自己拿钱去赎！"说着，他举起竹扫帚向阿彬甩过来。佩珍眼快，一个箭步冲上前拦住，阿彬才没被打着。

"倒霉遇上难缠鬼，没理讲。"阿彬骂了李弘几句就回家了。她把事情的经过原原本本地说给娘听。娘说："卖得那么远，又是深山老林，上哪里找去？"

"佩珍给了我地址，我跑一趟试试，看能不能找回来！"阿彬说。

第二天，阿彬备了干粮走上了去颖县的路。一个女人家一路跋山涉水，穿行于深山密林之间，担惊受怕。她顾不得危险，按照佩珍给的地址找到了程墨。她非常诚恳地对主人说明来意，表明想赎回程墨的意思。山里人性格耿直，为人老实，认为这样的孩子难养，同意收了赎金后，让阿彬把人带回去。从颖县到岚平不是一天能够来回的，阿彬当晚在主人家过了一宿，第二天往回赶。到了岚平地界，程墨借故解手钻进树林，久久没见出来。阿彬走进去查看，发现程墨已经跑到对面山脚下。阿彬还不到三十岁，有的是力气，边喊边追。前面有所学校正好放学，学生们拥出校门。同学们看到一个男孩在前面跑，一个女人在后头又喊又追，察觉到孩子是逃跑的，同学们蜂拥而上把程墨围住。阿彬追得上气不接下气，怕程墨再逃跑，向大家说明情况，并要了一截绳子绑在程墨裤带上，拉着绳子，把程墨带回了家。

阿彬听人说，对会逃跑的小孩，只要把孩子拴在磨粉的石磨木柄孔上，再用罩鸡鸭的竹笼把小孩罩住，以后孩子就不会再逃跑了。阿彬半信半疑，但为了程墨不再逃跑，认为不妨试试，或许灵验也说不定。结果一点效果都没有，反而使程墨记恨在心，自此母子越来越疏远。过了几天，程墨还是翻山越岭跑了。李弘像以前一样在程墨面前把老婆痛打一顿后，对程墨说："现在把你卖出去，不听话，打烂你妈的贱骨头！"李弘叫来人贩子，又把程墨卖了。他吩咐人贩子说："不要卖太远！让那个婆娘再去赎！"这样折腾了三五次，阿彬心灰意懒。她想：不怨天不怨地，就怨自己命中无儿。想着想着，她潸然泪下，阿彬不再找赎程墨。程墨一次次被卖进深山，一次次跑回泉眼村，以后年龄大了些，没人要买了。李弘也去世了，程墨和生母住在了一起，但名义上还是福谦的儿子。

第十二章　林生显身手

林养的弟弟林生比林养小七岁。林养年少时因为家贫只断断续续读了点书，深感遗憾。林养在南洋做生意赚了些钱，他希望林生读完小学后继续升学，日后学有所成。林生小学毕业后，林养写信要父母安排弟弟去厦门读中学。林生死活不愿意，他说："我不是读书的料，读小学常留级，中学就不读了！"

父亲说："傻孩子，要不是你哥哥赚钱让你读完小学，你早就是放牛娃了！穷孩子想读书没得读，你真是身在福中不知福。你年纪轻轻不读书想干什么？"

林生回道："想学武！我在街头看到走江湖的拳师挥舞刀枪棍棒，进进退退'走三战'，打着永春白鹤拳，都看入迷了，好喜欢嘞，连饭也忘了吃！"

"穷文富武，学武要花很多钱的！"

"请哥哥帮忙，我也节俭些。"

"写信问你哥哥，等他回复。"父亲终于答应了。

"爸，你要向哥哥多说几句好话，希望爸爸和哥哥成全我！"

林养收到父亲的信后，心里想：牛不喝水强按头也没用。弟弟不是读书的料，悟性比较差，既然他喜欢学武，就让他试试。自古道："学成文武艺，货与帝王家。"学好武艺为国出力也是正道，况且自己也颇好武艺。林养主意定了，写好信汇了钱要父亲把弟弟送到永春五里街白鹤拳馆拜师学艺。信上千叮咛万嘱咐："弟弟，五里街是白鹤拳的发源地，武术正宗。学武要有恒心，不要三天打鱼两天晒网，不然捉不到鱼，又丢了篓。学武要有吃苦的精神，做到拳不离手。只要刻苦勤奋，好学多问，功夫不负有心人，一定会学好的。"

林生默默记住哥哥的话，高兴得睡不着觉。

林生过了十三岁生日，林父选了一个好日子，和林生一起带着面线、鸡蛋、七八斤带蹄猪腿和两瓶"春生堂"药酒乘船到颖县五里街白鹤拳馆，他们向馆长说明来意，并送上拜师礼。馆长欣然收徒，指定方七娘后人作林生的师父。林生此去三年，从练功练气、步履手法、拳掌脚腿基本功学起，再练七步三战、十三太保、八分寸法等徒手套路，最后专攻独具特色的以鹤为形、以形为拳，弹绊腿功近身短击，快速进攻、灵巧变化的正传永春白鹤拳法和"双龙出水"的鹤翅双刀绝招。林生对武术情有独钟，三年来风雨不移，寒暑不辍，拳不离手，勤学苦练。出师时他虽然算不得高手，但功夫也得到师父的肯定。那年他十六岁，身高一米七五，体重一百五十斤，长得大眼睛长方脸，高鼻梁大嘴巴，不苟言笑，庄重威严，是个器宇轩昂、铁骨铮铮的汉子。

出师后，馆长把林生安排到厦门白鹤武馆工作。大山里的孩子向往城市，现在有机会去厦门，林生欢欣雀跃。他想在武馆做事，见多识广，有机会继续练习，提高白鹤拳技艺，广交朋友。

第十二章 林生显身手

厦门白鹤武馆是厦门党组织为掩护地下活动建立的一处联络站，时任团省委干部的菲律宾归侨叶蛟龙经常到联络站工作，结识了林生。两人是老乡，交谈甚欢，往来频繁，成了莫逆之交。叶蛟龙认为林生为人正直，疾恶如仇，思想进步，精通武功，向他传播进步思想和革命道理，有意发展他加入共青团组织。经过一段时间的考察，林生加入了共青团，不久又加入中国共产党。他接受组织安排，负责保卫和交通员的工作。

林生在厦门白鹤馆工作期间，不论三伏三九，雨晴晨昏，坚持刻苦练武，虚心向师长学习，与师兄弟交流切磋，武艺不断提高。他如锥处囊中，鹤立鸡群，技高一筹，渐露锋芒，引人瞩目，很快成了厦门武术界的佼佼者。

经过日本武术界五十年的研究传播，空手道武术在日本备受青睐，高手如林。一九二九年初，伊藤拓真教授获悉永春白鹤拳在中国很有名气，而且了解空手道起源于白鹤拳，很想到泉州永春白鹤武馆走访交流，决定选拔日本空手道高手组成友好交流团到永春学习。日本交流团一行四十人，其中空手道六至八段的高手二十四人，拟与福建永春白鹤拳拳师比武，交流技艺。

永春武馆也在全省各地遴选了二十四名白鹤拳拳师，与之对阵。双方商定，通过淘汰赛、循环赛决定团体冠军和个人名次。

林生被厦门白鹤拳武馆推选为比武拳师。距离日本交流团来泉还有两个月时间，他日夜深入研究空手道的武术理论、实战技巧，向武术界前辈请教迎战空手道的谋略和技巧，模拟实战，反复进行针对空手道技击特点的训练和推演，逐渐做到得心应手，应对自如。

林生分析，空手道闻名于世，是日本传统格斗术结合琉球武术唐手而形成的。日本格斗术表现的是刚，琉球唐手表现的是柔。常用招式是手直拳、膝、刀侧击、手切击等八种，因为源于白鹤拳，其招式、技艺、内功原理与鹤拳相似。鹤拳十三太保招式刚柔兼备，攻防并重，只要好好发挥、灵活运用就有取胜把握。

两个月后，伊藤拓真教授率团来到永春五里街。第一件事就是到白鹤拳史馆谒祖。交流团一行在永春武馆馆长等人陪同下进入史馆，恭恭敬敬地给白鹤拳创始人方七娘塑像鞠躬上香，随后与永春武馆的师傅们品茶论道，亲切交谈，交流技艺，追溯本源，展望今后两种拳术的交流学习、弘扬发展，随后双方派出选手表演武术。

第二天，双方选手抽签分为二十四组，展开淘汰赛。当日日方十人获胜，十四人被淘汰。

第三天，鹤拳选手派出十人再与日方选手抽签比武，赛后日方四人被淘汰。经双方商讨，第三天双方各派出鹤拳和空手道三位选手参加循环赛，根据最后总得分决定名次。

前面两轮比赛，林生打得比较顺手，不费周折就战胜了对手。鹤拳组委会分析林生的拳法，见他技法灵活，年少刚猛，决定将其作为决战人选。

这场公开比赛是中日两种拳术的巅峰对决，引起中国各地武林高手和热爱武术的观众的关注，大家纷纷来永春一睹为快。

循环赛开始了，林生亮相擂台。台下观众掌声、欢呼声响成一片。

林生的第一个对手叫山田，空手道七段，身高一米九，体重九十公斤，比赛经验丰富。

山田身体伟岸强壮，像一座白塔。他光着脚，穿着空手道白色道服，系着一条黑色腰带。林生穿着白色对襟唐装，足蹬一双胶底布鞋，身高体重略逊于对方，但也英姿飒爽，意气风发。两人站在擂台上指定的位置。主裁判示意比赛开始，两人面向观众、裁判行礼致意后相对举拳致意，旋即前后左右不断移动脚步，握紧双拳在胸前一前一后做出击打的试探动作。林生实战经验较少，初与空手道选手交手更加小心翼翼，试图以防为主，窥探对方虚实，伺机攻击。山田是个老手，一眼看出林生虽然稚嫩，但年轻力壮，两眼发亮，手脚敏捷，也不敢轻敌怠慢。

两人在台中绕着圈子，飞拳踢腿试探，均不近身主动攻击。台下观众看得焦急，齐声大喊："林生加油！林生加油！""山田加油！山田加油！"观众的喊叫声，逐渐把比赛推上高潮。

山田眼见林生只防不攻，便瞅准一个空当，跃近林生身边，飞起一腿。林生眼疾手快，闪身躲过，一掌劈向山田的小腿，山田收腿躲过，突然三百六十度转动身体来个"舍身踢"，卧地后迅猛踢腿。林生猝不及防，被踢中右膝，连退三步才站稳。

第二回合，山田以空手道主要技法"回踢""扫腿"进攻林生。林生以白鹤拳"左挑右挣""右擒左裁"的一手防一手攻技法应对。彼此一进一退，一来一往，纠缠盘旋。双方或攻或防，攻如鹰击迅疾，守如磐石稳固，彼此各有得失，势均力敌，不分伯仲。热烈的比武场景、精彩的搏击技艺让观众大饱眼福，台下喝彩声、鼓掌声雷动。

第三回合，山田基本摸清了林生的实力。他想早点取胜，决意拿出自己的看家本领。一开始，他主动进攻，一次次近身用"手直拳"出击，力量猛，威胁大，是谓重拳。间或"刀侧击"，直劈林生的太阳穴和颈部，刀掌险恶可怕。林生遭此凌厉攻击，没有招架之功、还手之力。忽然，山田使出膝功，腾身而起，用右膝盖猛力顶击林生的腹部。这一膝击，力大如山，势似奔雷，出奇制胜，林生抵挡不住，跌倒在地。

擂台下的观众既为林生嘘唏惋惜，也为山田鼓掌叫好。

裁判长汇总擂台四角四位裁判的评分宣布比赛结果：

日本山田胜，中国林生败！

林生第二场循环赛的对手叫田中石郎，是空手道六段，武功娴熟，不是等闲之辈。林生认真总结第一场比赛的经验和教训，反复思考应对空手道常用招式的技巧和如何发挥白鹤拳的攻防特点，又与白鹤拳前辈和师兄弟们一起探讨接下来应对几场比赛的策略和技艺。比赛开始后，他艰难拼搏，终于打败对手，过了第二场比赛险关。

最后一场循环赛是关系到团体总分，也关系到个人能否进入前三名的关键比赛。林生想：一定要再接再厉，顽强拼搏，一鼓作气拿下最后一分，为夺取团体冠军出力，为永春白鹤拳争光。他又想：第三轮对手也是空手道七段，曾是琉球冠军得主。要打赢他，不能凭匹夫之勇，一定要做到防守得当，进攻得法，刚柔兼备，以谋取胜。他连夜制定了一套白鹤拳对决空手道的灵活套路，不断推演，并与师兄弟们一起模拟格斗演练。

第三天上午是最后争雄斗胜的时刻。比赛开始，林生精神焕发，威风凛凛地跑上擂台，来个"白鹤展翅"亮相，台下人山人海，掌声如雷。日方选手佐藤豪气如虹，健步如飞，一个箭步跑上擂台，来个"舍身踢"亮相，博得一阵喝彩。裁判让两人行礼后各就各位，开始比赛。

林生改变之前防守的策略，一开始就迅速接近对手，双拳一防一攻，冲入敌阵，直捣黄龙。他拳疾似雨点，"寸功"发力如雷霆万钧。对手想不到原先比武风格静如处女的林生突然来势汹汹，先是疏于防备，后又疲于招架，只得步步后退，勉强遮挡，很快被林生连续击中数拳，倒地败北。

第二回合佐藤防备严密，林生转而以守为攻。双方推推搡搡，各有攻防，继而各自施展功夫，对阵鏖战，谁也没占到便宜。佐藤眼看无法取胜，立即加快进攻节奏，使出各种招式的空手道，手脚并用，上劈下踢，刚柔齐施。林生一时应接不暇，忽被一个扫腿踢倒，败了第二回合。

第三回合伊始，佐藤倚仗第二回合获胜的余威，乘胜追击，展开凌厉攻势。林生不敢轻敌，小心应战，步步提防，躲闪化解。交手十招后，林生故意露出破绽，接连后退几步。佐藤以为这是攻击的好时机，只要猛力一击，对手必倒无疑，身子突然一跃，想用膝击置林生于死地。岂知林生是故意示弱、诱敌深入，只见他轻盈一闪，躲过膝击，身子转瞬腾空而起，一脚弹抖飞起，口中"呜"的一声尖叫，飞脚踢中佐藤右腿。这招"飞鹤抖腿"，借力借势，重如山崩，厉害无比。佐藤腿部麻木疼痛，躯体像砍倒的大树，无力支撑，跌倒在地。

这时，台下人声鼎沸，人们大声呼喊："白鹤拳，白鹤拳！林生，林生！"

这次中日武术比赛，永春武馆获得团体冠军，林生获得个人亚军。林生自此名声大噪。

第十三章　叶蛟龙回乡点"星火"

一九三二年，叶蛟龙接受组织委派，回到家乡岚平县苑石村小学任教，以教师身份做掩护，开展革命活动。

叶蛟龙自南洋回国，在家乡读小学，毕业后去厦门读中学，很少回家。这次回家，他充满豪情壮志，决心在家乡点燃革命火苗，烧红泉州山区。叶蛟龙进了山村，放眼望去，一座座山峰紧密相连，向南北延伸，莽莽苍苍，看不到尽头。中间那座巍峨的罗汉山，宛如一尊正襟危坐的巨大菩萨。顺着山势向半山腰延伸的层层叠叠的梯田，美丽壮观。绿树成荫的山谷，散落着许许多多房屋。

叶蛟龙的家乡苑石村坐落在金刚山东面的半山腰。他的祖屋是祖上传下的逾百年的两进带护厝的红砖厝，面向东方，百米外山坡下有一块大石，形如虎头。左前方百米处也有块巨石，状似龟身。龟身巨石旁有棵三百多年的大榕树。传说此处风水绝佳，不知从哪个年代开始，人们把巨石称为"将军石"，民间传说这里会出大将军。

这一年，林生护送一位中共福建省委委员去广州，返程经过汕头时被敌人抓捕，后来虽然脱身却引起特务的注意，敌特机关派人跟踪。为确保林生的安全，厦门城工委决定，让林生化名林靖回岚平县苑石小学当教师，协助叶蛟龙开展工作。

叶蛟龙很高兴又和林生走到一起。他对林靖说："我们两人一文一武，是好搭档，一定能把家乡的革命工作搞得轰轰烈烈。"

林靖说："苑石村地处山腰，四面山高林密，是岚平县与安靖县的交界处，向北直通颍县、同德、双安山区，是发展革命建设苏区的绝佳位置。你好好谋划，我服从指挥。"

"我打算先办农民夜校。这样我们在传播文化的同时也传播革命道理，组织群众，开展革命斗争。"叶蛟龙满怀信心地说。

"万事开头难，第一步走好走稳，后面的事就好办。"林靖赞同先办夜校的建议。

叶蛟龙说干就干，立刻组织学校教师配合，挨家挨户宣传办夜校学文化的好处，动员农民报名。

山区农民大多目不识丁，能到夜校学文化很是高兴，非常欢迎，一下子就有二三十人报名。夜校根据农民的文化程度，办了一个文盲班、一个提高班，没过多久就开学了。

开学后乡村变了个样：一到夜晚，村民们有的手提灯笼，有的手持火把，从山沟沟来到学校，读书声、歌唱声、欢笑声在山谷的上空回荡。长夜漫漫，但人们心里有盏闪亮的明灯；寒风呼啸，但人们身上焕发着无限的热情。

文盲班是为没有文化基础的农民开设的，提高班是为有一些文化基础的农民开设的。叶蛟龙和学校的老师们自编教材，认真授课，热情地教农民识字，真诚为农民服务，和农民亲如一家。农民朋友对他们越来越信任，渐渐建立深厚的感情，把他们当作自己人。

一天晚上上课时，叶蛟龙突然肚子剧烈疼痛，又吐又泻，脸色发青，直冒冷汗，手脚发冷，心跳加快。

年纪大点的农友叶然说："乡亲们，快找万金油和行军散，先止痛。快把祠堂的轿子抬过来，送老师到富康街看医生！"

"不用不用，这里离街上十来里路，山高路险不方便，喝点草药汤就行。"叶蛟龙说。

"不行，病情不明，不能乱喝草药汤。救命如救火，耽误不得！"

乡亲们给叶蛟龙擦了万金油，服了行军散。这时轿子抬来了，六个农民轮流抬着叶蛟龙朝富康镇方向赶。从苑石村到山脚下有三四百米，离公路有两里多路。下山的路最难走，山路狭窄弯曲，崎岖不平，两人迎面走时要侧身而过。陡坡的石阶路足有两百米、数百个台阶。大白天上下山都气喘吁吁，何况夜晚？六个农友提了一盏马灯，轮流抬轿，小心翼翼地到了山脚，又在山下的乡村小道上走了大半个小时才到公路，直到下半夜才在富康街找到了医生。看完病，医生说："还好你们来得及时，否则就麻烦了！这先生得的是急性胃肠炎，如果没有及时治疗，脱了水麻烦就大了！"医生给叶蛟龙打了针，让他服了药，隔天他就逐渐好了。

几天后叶蛟龙病愈，他和林靖合计："农民们在夜校学了文化，也接受了革命教育，应该进一步把他们动员、组织起来，开展土地斗争。两人分别到贫雇农家中走访。叶蛟龙到雇农叶启吾的家，叶启吾很感激，他说："蛟龙先生，什么风把你吹进我这座破屋？"

叶蛟龙说："乡里乡亲，都是一家人！找你聊聊天。"

"你没日没夜地忙，还关心我们穷苦人，多谢了！"

"你在夜校学习感觉怎么样？"

"很好，认了些字，也学了点算术。原先是瞎眼的牛，算账要堆石子、捻树枝，现在有点文化，好多了。特别是懂了些大道理，更好！"

"我离家好多年了，对乡情不太了解。我想请教你，咱们村乡亲的生活情况怎么样，你能告诉我吗？"叶蛟龙把话题一转。

"唉，穷人没有出头的日子呀！命苦天注定！咱们村有一千多亩地，人口一千多人。百分之八十的良田被地主富农占去了，绝大多数贫苦农民只有一点儿山田瘦地。"叶启吾回答。

"没有土地怎样过日子啊？"叶蛟龙问。

"乡亲们说，'镰刀挂上壁，肚皮贴背脊'①，一年收成不够半年粮。雇农更惨，辛辛苦苦干一年，得到的谷粮还不够吃四个月！"

"这要怎么活呀？"

"农民的生活就是苦。民谣说，'三月没米煮，四月芒种雨，五月无干土，六月火烧埔'，只能欠租借债，吃糠咽菜。穷苦农民半生不死嘛，苦日子没有尽头！"

叶蛟龙说："农民这么苦，是地主土豪对人民的压迫剥削造成的。农民要翻身，就得站起来抗争！"

叶启吾从来没听说过抗争，摇摇头说："古人说，命中有自然有，命中无莫强求。都是命呀！"

叶蛟龙说："什么命？陈胜说'王侯将相宁有种乎？'，后来称了王。朱元璋造反，坐上了龙椅！"他详细讲了陈胜的故事。

叶启吾说："自古造反是逆天，要诛九族的！"

叶蛟龙说："为了穷人，为了子孙，就要革命，不怕砍头。前怕狼，

---

① 镰刀挂上壁，肚皮贴背脊：民谚，指家里没有粮食，忍饥挨饿。

后怕虎，听天由命，只能永远过苦日子！"

叶启吾说："咱们农民又穷苦又涣散，成不了气候。"

叶蛟龙坚定地说："众人拾柴火焰高，团结起来力量大。穷人只要团结起来，组织起来，就能改变命运！"

叶蛟龙经常与叶启吾谈心，给他讲共产党、红军、苏区斗地主打土豪分田地的故事，鼓励他站起来闹革命。叶启吾深受教育，后来村里成立党小组，叶蛟龙介绍他入了党。

叶蛟龙、林靖、叶启吾一起积极向农民宣传革命道理，引导村里的农民参加革命。不久苑石村农会、共青团、儿童团、妇女会等革命组织相继成立。全村的农民都发动、组织起来，发展了多名党员，成立了党支部。苑石村成为区工委机关驻地，成为安岚颖重要苏区和红军游击队的主要根据地。林靖负责组织领导赤卫队。他们在中共安岚颖临时县委、泉丰区工委的直接领导下，组织当地民众开展打土豪、分田地、反"围剿"等斗争，建立远近闻名的红色革命苏区。

苑石村的革命火种很快燃烧到周边的乡村，革命力量不断发展壮大。不久，丁溪、山溪、深林等十多个村子相继成立了党支部、赤卫队。叶蛟龙、林靖紧密配合，领导组织群众开展抗租、抗粮、抗税斗争，发展革命队伍，组织武装斗争，打土豪分田地，镇压反革命。两年中，他们多次袭击进乡搜刮民脂民膏的国民党粮警，打死打伤八名警察，镇压六名反动分子，消灭两个反动团伙。他们在一次偷袭泉丰保安团时，歼敌十人。他们配合安岚颖游击队攻打安靖县民团，镇压富康镇土豪，生擒伪军连长和警备队队长。泉丰苏区的革命斗争像熊熊烈火，映红了闽南。

这年春天林养回乡见到了弟弟，林靖把自己从事革命斗争的情况告诉了哥哥。林养看到弟弟长大了，成熟了，而且正在从事伟大的革命事业，十分高兴。他对弟弟说："人生在世，不能轰轰烈烈，也得努力前行。做不了大事就做些小事，活着只图享受，形同行尸走肉。还有，人死留名，一定要走正道！"

林靖说："是，这些年我交对朋友走对路，站得高，看得远，道理懂得多了，心里也亮堂啦！"

林养鼓励弟弟说："你们做的事是为国家为人民，伟大又光荣，但艰难困苦，随时有生命危险，一定要多保重！"

林靖听了哥哥的话，坚定地说："哥哥说的是正理。我自从走上这条路，就下定决心，把脑袋挂在刺刀上！最近，上级把安岚颖红军游击队改编为戴云游击队，有八百多人，任命叶蛟龙为队长，我任副队长，上级指示我们在大山深处发展新的根据地。万事开头难，你是我哥，爱国爱乡，我才敢直说！"

林养关切地问："你们现在最大的困难是什么？"

林靖回答："敌人对我们'围剿'封锁，我们最缺的是武器、弹药和药品。"

林养问："能买到武器吗？"

林靖回答："只要有钱，不怕买不到。"

林养说："好办，我带回一些钱，你先拿三千大洋交给部队。家里的事慢慢打理，我回南洋再募捐。"

林靖道了谢。

林养说："不用谢，为了家乡父老，为了子孙后代，应该的！"

临别时，林养交代："以后你们有需要我帮助的，就给我来信，我尽力而为。我们定几个暗语，方便联络。"

林靖回道："好的！"

林养回印尼后找到福谦，说："我这次回乡，想不到家乡的革命发展得这么快，这么迅猛，形势喜人。"他详细介绍了安岚颖苏区土地革命和武装斗争的情况和弟弟林生的成长变化。福谦听后非常高兴："天阴久了会放晴，国乱久了出圣君，黑夜尽头是黎明。我们身在海外还要受国内黑暗势力的残酷迫害，回家无立足之地，命也难保。乡亲们处于水深火热之中，我们要和他们同呼吸共命运。他们的斗争就是我们的斗争，支持他们革命是我们的责任！"

林养说："我们身在异乡，不能投身革命，真是遗憾！"他沉思片刻，反问自己："现在我们能做些什么？"

福谦说："有钱出钱，有力出力，古往今来都是同一个道理！我们尽力给予经济支持。除了武器弹药外，我们再采购一些物资、药品，通过吴船长运到厦门交给中共地下组织，再由他们想办法运到苏区。"

"妙！妙！我问过弟弟，他们说有了钱，就能买到武器。我们主要买药品、布匹，安全又实用！"林养击掌叫好，又说，"年底我回去盖红砖厝，先运一批物资回去！"

"还得和蒋先生、吴船长一起合计合计，保证稳妥无误。这等大事，疏忽了会酿成大错，到时候很难收拾！"福谦做事比较稳当，想得周全。

"弟弟想得周到，没错，每一件事都要做到万无一失。"

"大家商议好了，做个计划，再付诸行动！"

两人商量之后分头行动。福谦赶回新加坡，抓紧时间采购布匹和药物，这是当前苏区游击队最需要的物资。福谦考虑到山路崎岖的情况，把物资装进木箱钉牢，一个箱子四十来斤，便于山路上肩挑运输，共两百二十箱，半个月后由吴船长运到厦门。这时林靖的未婚妻李英倩正在厦门白鹤拳武馆做地下交通员，由她办理清关手续后领取、寄存在码头仓库。

物资到达厦门后的第三天上午九点，一位中等身材、仪表堂堂、目光如炬的青年在四个随行人员的陪同下，神情自若地走进厦门白鹤拳武术馆。他头戴灰色帽子，身着灰色西装，足蹬黑色皮鞋，像是个富商。他就是叶蛟龙。当他走进大厅时，李英倩陪着一个精神焕发的归国侨胞笑盈盈地走近他。这位侨胞就是刚回国的林养。李英倩介绍叶蛟龙和林养认识。

"久仰久仰！今日得以一见真是幸运，多谢支持！"叶蛟龙说。他带领游击队员前来接收华侨捐赠的物资，趁此机会结识爱国侨胞。两人一见如故，紧紧握着对方的手相互问候，如久别重逢的亲兄弟。

当天靠近码头仓库的街道上多了许多人，有赤脚袒胸的搬运工，有坐在码头围栏边打诨逗趣的闲杂人，也有光着背、戴着斗笠的车夫拉着人力车在行走，还有许多带着扁担绳子的挑夫坐在靠海的堤岸上。这时，李英倩三人走出白鹤拳武馆。

叶蛟龙带着随行人员来到码头，码头外的车夫、挑夫、装卸工忙碌起来。他们把仓库里的货物搬到停靠在码头旁的两艘船上，然后一起上船，把船驶到集美天马山麓的海边小码头。叶蛟龙组织搬运货物，不久，人们挑着货物消失在茫茫深山密林里。

林养和李英倩从厦门出发回到樱林村的家，林靖已在家中等候。林养与父母商量林靖结婚事宜。

林靖的婚礼按闽南民俗举行。这次婚礼办得特别隆重热闹，宴席的食材是特地到泉州采购的，尽是山珍海味。林养为人低调，但这次他想利用弟弟结婚的机会，让山里贫困的乡亲、亲戚朋友们享受一餐盛宴，答谢乡亲们对自己和家人的关爱。这天，林家的亲戚朋友和乡亲一百多人参加了林靖的婚礼。

在一次执行任务的过程中，由于叛徒告密，叶蛟龙不幸被敌人抓捕。敌人知道叶蛟龙的身份，对叶蛟龙严加审讯。两个狱卒把戴着手铐、脚镣的叶蛟龙带进了审讯室。

"你是共匪叶蛟龙吗？"监狱长瞪着叶蛟龙问。

"我纠正你，共产党不是匪，是中国的救星。"既然身份已经暴露，叶蛟龙义正词严地说。

"不好好教书，干吗跟着共匪瞎闹！你把你的组织关系、同党同伙供出来，给你一条活路！"

"那是背叛革命背叛党，你休想！"叶蛟龙坚定地回答。

"你们的组织都垮了，被抓的抓，被杀的杀，被策反的策反，游击队被消灭得差不多了，你要识时务！"

"别费口舌了，共产党斩不尽，杀不绝！我什么也不会说，只求一死。"叶蛟龙正气凛然，毫不畏惧。

"真的不知好歹！杨警长，带这个共匪小头头去清醒清醒，给他一点厉害看看！"监狱长气急败坏地叫来警长。

叶蛟龙被两个狱卒架进行刑室，绑在刑架上。两个狱卒一左一右，手握皮鞭，噼里啪啦打在叶蛟龙身上。顿时，叶蛟龙的衣服撕裂开，皮肉被打得青一块紫一块，一道道伤口爆裂开来，鲜血直流。

"招不招供，不招把你打成肉泥！"警长吼着，眼露青光，像条发狂的恶狗。

"打吧！没说的！"叶蛟龙忍着剧烈的疼痛说。

"让你尝尝'坐飞机'的滋味！"杨警长命令狱卒解开刑架上的

第十三章

叶蛟龙回乡点『星火』

叶蛟龙，把绕过屋梁的一根粗绳子的一头分叉成"丫"字形的两股绳子，分别绑住叶蛟龙的背部和腰部，然后用力拉紧粗绳子的另一端，把叶蛟龙面朝地、背朝天地吊了起来。当人体离地两米时，狱卒把粗绳子牢牢绑在木柱上。

"说不说？不说让你飞！"狱卒嘶哑地喊叫着。

叶蛟龙痛苦地闭着眼睛，坚决不开口。

两个狱卒一前一后抓住叶蛟龙的头和脚旋转。两股"丫"字形的绳拧成一股绳。狱警突然松开拧紧的绳，绳子迅速反旋。这时，叶蛟龙身子很快旋转起来。狱警又不断用手推他的头和双脚，加速旋转。叶蛟龙的头又晕又胀，骨头像散了架，两眼直冒金星，肠胃翻转痉挛。狱卒又拿着鞭子不断抽打，狠狠嚷着："给你加把劲，让你飞得更快！"

叶蛟龙被反复旋转、抽打，昏厥过去。狱卒放下他，泼冷水，使他醒过来。

"开不开口？老子没耐心了！"狱卒恼怒了。

"烤烤他的肉，闻闻肉香味。"警长向狱卒示意。

狱卒伸手拿起炭炉里烧红的烙铁，向叶蛟龙左胸压下去。叶蛟龙大叫一声，衣服烧焦了，炭灰落在地板上，胸口烧焦的皮肉黑乎乎一片，散发出腥臊的味道，哔哔响着冒青烟。

"说不说，不说还烙！"警长咆哮如雷。

叶蛟龙咬紧牙关，脸上直冒汗珠，闭口不言。狱卒换了另一根烧红的烙铁，往叶蛟龙右胸压。叶蛟龙一声哀嚎，昏了过去。

敌人用尽各种酷刑，但都不能让叶蛟龙屈服，百般无奈，只得又把叶蛟龙关进阴森森的牢房。

过了两天，原先叶蛟龙在厦门工作时的上级老李来探监。老李说：

"蛟龙，我通过关系，以亲戚的名义来看望你。你很坚强，我会向上级汇报，我们会想办法营救你。你是不是有直线关联的党员干部需要转移？如果有，请告诉我，我们想办法尽快转移，避免损失！"

叶蛟龙心想：我和老李的组织关系已解除多年，今天他来探监，事有蹊跷。现在是非常时期，不能麻痹大意，万一上当受骗，造成组织损失，事就大了。想到这里，他说："我是被国民党反动派公开逮捕的，组织上知道，和我有关联的同志早已转移，不用担心！"

"嗯，既然是这样，我走了。你自己保重。"老李辞别叶蛟龙。

这个老李本是厦门城工委调任泉州特支的领导，刚刚叛变投敌。幸好叶蛟龙警惕性高，没有上当受骗。

叶蛟龙在狱中受尽严刑拷打，被酷刑折磨得死去活来。老虎凳、电击、竹签……种种酷刑敌人都用过，但他始终坚贞不屈。敌人的威逼利诱，也没有丝毫作用。恼羞成怒的反动派把他转押到中央军李延部驻富康镇第九师二十六旅旅部。旅长谢辅三对他说："叶蛟龙，你们的中央红军已快灭亡了，安岚颖游击队死的死，散的散了。只要你悔过，我保你一条命，还可以给你官做。"

叶蛟龙被折磨得口不能言，手又被捆绑着。他要了纸笔，用脚趾夹笔写下："我生为共产党生，死为共产党死，绝不叛变投降！"

叶蛟龙被关在第二十六旅旅部警卫连驻地，那儿有两座民房和一座庙宇，离旅部驻地有一里多路。叶蛟龙被单独关在庙宇的后轩。这座庙宇前是石埕，石埕前有半亩见方的空地连着公路，中间隔着木栅栏，木栅栏后的哨所有两个哨兵站岗。

一天，天刚蒙蒙亮，两部挂着李延年第九师车牌的军车开到警卫连哨所前，嘎的一声刹车停下。车上有三四十个头戴钢盔、手持冲锋枪的宪兵。一个军官对哨兵大喊："我们是师部宪兵连的，奉命紧急押走叶蛟龙，快把栅栏搬开！"

"按规矩办，拿出师部命令和你的证件！"

坐在驾驶室的军官递出证件。

哨兵看了证件，急忙拉开栅栏，嘟嘟囔囔地埋怨道："来得这么早，起床时间还没到。你们到庙门口歇歇，我让警卫去通报。连长还在睡觉哩！"

这时从车上跳下几个彪形大汉，迅速按住哨兵，用棉布堵住他们的嘴。

两部军车急速驶到庙门口，车上士兵一个个跳下车来，除安排一个班在庙门口守望外，其余全都冲进庙里。

不一会儿，士兵们把叶蛟龙扶上车，守望的士兵们一个个迅捷地跳上车。原来汽车没有熄火，司机加大油门呼的一声朝公路疾驰而去。

庙里的警卫连长听见有动静，边扣衣扣边走出庙门，只见哨兵和警卫一个个歪着脖子瘫倒在地，于是大声叫喊："完啦，完啦！要犯被劫走啦！"

等他给旅部挂电话报告完并集合好兵士，两部军车已经开走十来分钟，早不知去向。警卫连没有配备军车，单靠两条腿也追不着汽车！

原来，林靖得知叶蛟龙被捕的消息后，立即召集游击队领导开会，想办法营救叶蛟龙，最后决定由特务连执行营救任务。林靖先派出侦察员侦察情况，准确掌握叶蛟龙被关地点的兵力、岗哨等布防情况和敌人的生活、活动规律，然后制定化装成宪兵劫狱的营救方案。

叶蛟龙获救后被送到红军医院疗伤，后来继续担任戴云游击队的领导工作。

第十四章　巧设布袋阵

　　林靖组织的特务连救出叶蛟龙后，戴云游击队的领导团结一致，努力建设和发展苏区。不到一年，苏区蓬勃发展，游击队不断壮大，经常主动打击敌人，取得一个个胜利。

　　"现在革命形势很好，我们必须抓住机遇，扩大根据地，把革命推向前进，争取更大的胜利！"叶蛟龙对苏区建设提出要求。

　　"谷子已经成熟了，国民党岚平县政府会派出征粮队催收粮食。我们要利用这个机会把他们打得措手不及，保卫农民的劳动果实！"赤卫队长叶德承攥紧拳头说。

　　"对，机不可失，时不再来，我看可以智取。我命令东区总队快速做准备！"经过讨论，叶蛟龙作出决定，大家表示坚决执行命令，打击敌人。

　　果然，两天后国民党岚平县政府派陈夏墨带领一队全副武装的征粮队，趾高气扬地向高山村进发。征粮队进村时，高山小学师生几十人拿着五色小彩旗，放着鞭炮，喊着欢迎口号到村外迎接。陈夏墨洋洋得意，粮警们昂头挺胸神气十足地喊着口令进了村。这时，一个教员走出大门口说："陈队长，你们辛苦啦，乡长派我来迎接你们。食宿安排在前面红砖厝旁的棋盘阁。你们住在楼上，那里清静安全，吃饭在楼下。"

"嗯，好的！"陈夏墨瞥了一眼老师问，"你叫什么名字？"

"李有刚，高山小学教师。"李老师毕恭毕敬地回答。

"你有文化，就是和一般人不一样。好，协助收粮！"陈队长称赞一句，又命令道，"告诉村民，今年形势跟以前不同。今年收成好，要多征两年，共三年钱粮，必须一次交清。胆敢抗租抗税者严惩，过期未交者重罚。你去乡里向村民派饭，我们共四十人，必须让我们吃饱喝足，不得怠慢！"

"唯命是从，照传不误！"李老师说着向山下走去。

李老师连日来帮忙收钱记账，自由进出红砖厝。他有时上楼走走，有时进厨房看看，对收粮队的起居和活动规律了若指掌。傍晚，乡民们准时送来四担饭菜和几坛自家酿的米酒。粮警们看到香喷喷的酒菜，早已垂涎三尺，把枪放在楼上，争先恐后地下楼。粮警们狼吞虎咽扒着饭，眼睛盯着酒坛。不一会儿，他们揭开酒坛开怀畅饮，"五魁七窍"地猜拳行令，个个喝得酩酊大醉，颠三倒四。这时，两个农民手里拿着银圆，口里喊着"缴交钱粮喔"，径自上了阁楼。

陈夏墨饭饱酒足之后，独自躺在阁楼太师椅上"扑哧扑哧"抽着大烟。看到李老师三人手里拿着银圆，眯着眼笑。

他烟瘾未足，说了声："等一下！"

突然，李老师一个箭步冲进房里对着陈夏墨厉声喊道："陈夏墨，让你死个明白。我是戴云游击队的，名叫林靖！"陈夏墨一听，蒙了。林靖右手一甩，飞出一块银圆，正好打在陈夏墨的太阳穴上，陈夏墨顿时昏了过去。

跟随林靖的两个队员一脚踢翻楼梯盖板，快速闩住，把楼上楼下隔开，然后拔出手枪，站在阁楼走廊栏杆边朝天开了两枪，对着楼下的粮警大喊："我们是红军，把手举起来，快投降！红军优待俘虏！"

林靖拔出手枪，"砰"的一声把陈夏墨送进地狱。他转身跃过栏杆，跳到楼下，两个队员也跟着跳下来，把枪口对着粮警。

四个化装成捡粪和种地的游击队员听到枪声，迅疾冲进阁楼。"砰砰"两声枪响，门前两个警卫还来不及取下背枪，就倒毙在地。游击队员迅速冲进楼，将乌黑的枪口对准粮警，厉声喊道："不准动，谁不老实毙了谁！"

"红军优待俘虏！"游击队员齐声喊着。

这时，后面山头响起了"哒哒嘀哒哒嘀"的冲锋号声，铁桶里燃爆的鞭炮声犹如密集的枪声。"缴枪不杀！红军优待俘虏！"山上山下赤卫队队员和游击队队员的呼喊声震天动地，此起彼落。敌人不知道来了多少红军，心惊胆战，一个个举起双手，当了俘虏。这次战斗共缴获银圆一千元，长短枪四十支，子弹两千余发。戴云游击队毫发无损，打了场漂亮仗，胜利的消息很快传遍苏区，人人欢呼雀跃。

叶蛟龙领导的戴云游击队屡建奇功，发展迅猛，扩展到两千五百多人，连同各区乡后备队、赤卫队有一万多人。苏区纵横数百里，连成一片。农民被广泛发动起来，普遍建立革命群众团体，引起国民党反动派的恐慌。

为了保卫苏区和革命成果，戴云游击队经过短暂休整，准备投入新的战斗。

泉湖是泉丰区龙云乡的一个自然村，地处安岚颖三个县的交界处，

第十四章

巧设布袋阵

是戴云游击队主要的根据地。这里海拔六百多米，四面群山环抱，层峦叠嶂，深壑狭沟，地势险要。戴云游击队司令叶蛟龙对林靖说："我们最近歼灭了征粮队，敌人一定不甘心，可能会伺机反扑。我们必须做好准备，充分利用泉湖的有利地形，消灭来犯之敌！"

陈夏墨征粮队被歼后，国民党岚平县联防总队队长兼保安团团长洪贾润为了报仇，调集安岚颖三个县的保安团和民团两千多人，妄图以绝对优势偷袭围歼在泉湖休整的戴云游击队。

叶蛟龙得知敌人进犯的情报后，立即召开军事会议，分析敌我双方态势。他镇静地说："敌人人多势众，貌似强大，但是没有战斗力。他们是临时召集起来的乌合之众，各怀鬼胎，不易协调。我军虽寡，但是同仇敌忾，斗志高昂。从地理位置看，我们在山上，山高林密，地势险要，占尽地理优势，进可攻，退可守！"叶蛟龙伸出右手，张开五个手指头，说："敌人如五个指头，兵分五路，从不同的方向奔袭而来，犹如一盘散沙。我军兵分三路，像三个攥紧的拳头，集中优势兵力设伏突击其主力；另外让赤卫队设伏阻击安靖县南、北两路来敌。这样，我们定能取胜！"大家热烈地讨论，决定布下布袋阵等敌人自投罗网。

参加会议的指战员全都精神振奋，纷纷献计献策。最后，林靖宣布具体作战部署，他说："泉湖是敌人的主要进攻目标。第一大队驻守在村口附近山头，负责防守阻击敌人后续部队，由叶司令亲自坐镇指挥。敌人想夺取泉湖，必然要通过两公里长的旺美峡谷，所以这里是消灭敌人的主战场。由我带领第三大队埋伏在旺美峡谷两边的山上，等敌人前锋钻进来后，狠狠痛歼他们。第二大队悄悄潜伏在旺美峡谷口两旁的高山村和苏厝村密林里，战斗打响后立即'扎紧布袋口'，切断敌人后退之路，不让敌人逃脱。当总部吹起冲锋号时，三个大队同时行动，各司其职，打一场漂亮的围歼战！"

"这场战斗的关键在于'隐蔽'两个字，要埋伏好，千万不能暴露目标！目标一暴露，敌人不钻布袋阵，就前功尽弃了。"叶蛟龙强调埋伏的重要性。

"好，好！"参加会议的干部异口同声地表示赞同。

"真是神机妙算，非活捉洪贾润不可！"

"瓮中捉鳖！"大家你一言我一语，个个摩拳擦掌，信心十足。

听了众人的议论，叶蛟龙说："骄兵必败，不要轻敌。我们要做好打胜仗的充分准备。据交通站刚刚送来的情报，敌人蠢蠢欲动，正在集结队伍。我想，敌人不敢在山区跟我们打夜战，一路上磨磨蹭蹭，最早也要明早才能到达旺美峡谷谷口。大家回去做好战前动员，好好休息，整装待命！"

叶蛟龙料敌如神。夜幕降临时，两千多名敌军在洪贾润的带领下向泉湖进发。敌军以为自己兵力充足，稳操胜券，于是飞扬跋扈，一路大摇大摆地行进，天刚拂晓时到达高山村、苏厝村。埋伏在高山村和苏厝村密林里的红军第二大队，严守纪律，屏声静气地看着敌军钻进布袋阵。战士们心里乐滋滋的，个个摩拳擦掌，就等着命令一下，"扎紧布袋口"，一举消灭敌人。

太阳出来了，红霞布满天空。这时敌军的前锋已经穿过峡谷，到达海拔七百多米的泉湖山下，开始爬山，想一举占领制高点。叶蛟龙在指挥部看见敌人全部进入布袋阵，命令司号员吹响冲锋号。顿时，三只喇叭响起"嘀嘀——嘀嘀——哒哒——嘀"的号声。嘹亮的冲锋号声震动山谷。叶蛟龙带领战士们如猛虎下山，居高临下，对着敌人猛冲猛打。林靖的第三大队的战士们推倒之前准备好的石头，峡谷间一时飞沙走石。敌人想不到有埋伏，看着一块块大石头在空中跳跃飞滚，被吓破了胆，逃避不及，抱头鼠窜。林靖高喊："同志们，冲呀！"战士们冲下峡谷。

听到震人心弦的冲锋号声，第二大队的战士们高喊"活捉洪贾润"的口号，从密林里冲出，堵住敌军的退路。洪贾润是岚平县蓬莱乡人，平时欺压百姓，无恶不作，双手沾满人民的鲜血，老百姓对他恨之入骨。第二大队的士兵大都来自蓬莱乡，他们发誓要活捉洪贾润，为乡民除害。此起彼伏的"活捉洪贾润"的口号声把洪贾润吓得屁滚尿流，浑身发抖。

峡谷两边的红军犹如天兵天将杀下谷底，手榴弹的爆炸声、枪声夹杂着战士们的冲杀声，震得山摇地动。敌军的旗手最早中弹倒地，军旗被缴获，敌人如被捅落的马蜂窝中的蜂群，四处逃散。

第三大队的战士们冲到谷底后，敌人受到四面夹击，死伤无数，无心恋战，纷纷溃逃。战士们大喊："不能放走一个敌人！活捉洪贾润！"

第一大队见敌中锋、后卫前来救援，凭险坚决阻击，敌部寸步难行。

红军战士想全歼峡谷里的敌人，敌人想突围逃命，峡谷里的战斗异常激烈。

林靖得知峡谷口战斗激烈，挑选了八十多名精干的队员，悄然无声地从树林里转移到峡谷口支援。一时间谷口火光冲天，硝烟弥漫，敌人死的死伤的伤，叫爹喊娘，乱成一团。洪贾润见四面受敌，大势已去，他想再不逃跑必死无疑。洪贾润毕竟是山里人，熟悉山里的路径，迅疾换下士兵的衣服，抄小路逃跑。

"缴枪不杀！"

"红军优待俘虏！"

瓦解敌军斗志的劝降声浪盖过了枪声。敌军遭此伏击，四面挨打，锐气尽失。现在前方出路被堵，前进不得，后无退路，两边尽是高山，本是乌合之众的敌军个个举手投降。红霞洒满天空时战斗打响，到现在已是晌午时分，一场你死我活的战斗结束了。

在这场战役中，戴云游击队以少胜多，打死敌军两个连长，打死打伤敌军三百多人，缴获大批枪械、弹药，俘获数百敌军。红军以轻微代价取得战斗的胜利。经过这次战役，戴云游击队威震闽南，周边各县保安团、反动民团无不闻风丧胆。战后清扫战场，唯独不见洪贾润。

"生要见人，死要见尸。"叶蛟龙命令全体指战员漫山遍野地搜查，但都找不到洪贾润的踪影。

"他是山里人，熟悉山路，应是逃跑了。"林靖心里想。

"逃得过初一，逃不过十五！"叶蛟龙说，"这次战斗收获颇丰，单是俘虏就有数百人。他们也是苦命人，上有老下有小，只是上当受骗才参加了敌军。只要向他们宣传革命道理，我们就能感化他们！"

"我看，我们可以把他们集中起来，对他们进行宣传教育。都是本乡本土人，想回家的让他们回家，想参加革命的也欢迎。"林靖赞同叶蛟龙的意见。

谈话间，大家忽然听到山下锣鼓喧天。原来老百姓看到红军打了胜仗，个个欢天喜地。村民们有的扛着宰好的猪羊，有的手挽装满鸡蛋的篮子，还有的挑着装满热腾腾的馒头的担子，敲锣打鼓地上山慰问游击队。

旺美峡谷战役的胜利换来了苏区短暂的平静。趁着形势大好，戴云游击队发动群众开展土地革命，镇压罪大恶极的大地主、反革命。郭坑大地主郭宗碧见形势不妙，早已逃去泉州。他的三个穷凶极恶的狗腿子郭槐、郭安奇、郭双永也是欺压百姓的罪人。赤卫队队长叶德承带头冲进郭宗碧的大屋，生擒三个恶棍，把他们绑在祠堂门口。平时横行乡里的恶棍这时像被绑紧的螃蟹，动弹不得，低垂着头，露出乞怜的神色。对着三个恶棍，乡亲们有的哭骂，有的向他们吐口水、扔垃圾，有的手握砖头要砸死他们。

"打死狗腿子！砸死狗腿子！"的呼喊声震耳欲聋，像要掀翻祠堂的屋顶！

"乡亲们，红军一定会替你们报仇的！"林靖站在高处大声喊，"大家要听指挥守纪律，公审大会马上就要开始了！"

乡亲们满含血泪地控诉大地主郭宗碧和他的狗腿子杀害地下党、赤卫队队员的罪行，声讨他们迫害无辜群众、残酷剥削农民的罪行。

最后叶蛟龙宣布："经上级批准，接受郭坑人民的请求，就地枪决郭宗碧的爪牙及反动分子郭槐、郭安奇和郭双永！"

会场沸腾了！人们高呼：

"共产党万岁！"

"红军万岁！"

第十五章　义兄弟访苏区

苏区革命斗争的进展牵动着远在印尼的福谦和林养的心。他们想："能回乡看看该多好！"陈国辉毙命后，福谦喜在心头。他和林养都有一个相同的红砖厝梦，现在也许是建红砖厝的时候了。他们把募捐得来的款项先汇去厦门，然后商量回乡及去苏区走走的事。林养对福谦道："老弟，你知道戴云游击队在哪里吗？"

"怎能不知道？之前我去颖县的深山野林买杉木，那里离戴云山不远。我们坐船在颖县上岸后，再走二十几里路就到了同德县境！"福谦答道。

"我弟弟的妻子英倩在厦门白鹤拳武馆工作，我们先到馆里看看，请她安排我们去苏区参观！"林养说。

"跟馆里打个招呼，办好捐款交接手续就好！请他们带我们参观大可不必，叫他们在红白交界处接应就行了。"

"为什么？"林养不解地问。

"我们还年轻，脚力好，趁这次机会观赏家乡的山川，是很好的享受。大山里另有一番美丽的风光：当年我进山买杉木，顺着弯弯曲曲的山路走，漫山遍野一片青葱，从山上向谷底看，看到一条一尺来宽的狭窄的玉带从大山深处百折千回地流动，美不胜收！"

"才一尺来宽？我不信。那里是晋江东溪的上游，少说也应有几丈宽。流经我家门口时，江面二三十丈宽。你越说越神！"林养说。

"山路百转千回，如果你走近谷底看，这条玉带会变成浩浩荡荡的绿色翡翠河！"

"神奇，有趣，值得亲自去看看！"林养说。

"我们上船后乔装打扮进入苏区！"福谦提出新点子。

"为什么要乔装？就数你鬼主意多。"林养问。

"你白白嫩嫩的，一看就不像种田的人。我们若冒冒失失地进了苏区，被人认出来说我们私通共产党，报到官府，我们就算不坐牢，也要掉层皮！"

"说得有道理，小心驶得万年船！"林养赞成福谦的意见。

两人到厦门后和白鹤拳武馆谈好参观苏区的行程后，回到家里和亲人见面，再从青峰渡口乘船到了颖县的桃花渡口。上岸后他们走进之前与李英倩约定好的粥棚。从粥棚出来时，林养头戴旧礼帽，肩挑补锅焊锡的工匠箱，走在前面；福谦头戴破竹笠，肩挑货郎担，手里拿着拨浪鼓，走在后面。两人向大山深处走去。一路上，林养喊着"补鼎、补锅、补面盆喔"。

山里行人少，有十来个人稀稀拉拉地走在他俩前后。走了将近一个钟头，两人走到一个十字路口。

"你看向左还是向右走？"福谦问。

"听英倩说，应该走右边这条路！"林养回答。

两人沿右边的路继续走。不久，他们走到了一个有人烟的地方，好像走进一个全新的世界：村子里炊烟袅袅，成群的牛羊静静地在山坡上吃草，鹅鸭在池塘里伸长脖颈嘎嘎叫着，村子里鸡鸣犬吠，一派生机勃勃的景象；山下红旗招展，随着清风传来远处男女青年引吭高唱的歌谣：

苏区红日红彤彤

照得大地红通通

红旗唰唰响

五谷好收成啊，牛羊肥又壮

人心向着党啊，革命斗志坚

苏区气象新啊，永远是春天

呀咿呀咿哟，呀咿哟喂呀咿哟

…………

清风拂人脸，歌声暖心房。这里山清水秀，草木茂盛，生机勃勃。两人心旷神怡，福谦迈着八字步，乐悠悠地晃着担子，口里哼起了南曲："喜遇上元灯月明。偶然灯下，遇见阿娘如此绝群娉婷……"林养在路边摘了一朵花，嗅了又嗅，深情地说："真香呀，苏区的天真是明朗！"

"老弟，英倩说上了岭向前走半里路有一座草寮，有人会在那里接应。我们走到现在不止半里路了，怎不见草寮？"林养觉得走错了路，又说，"还是向后转，走左边那条吧！"

"不必啦，红旗在前头，闭着眼也不会走错路！"福谦很有把握地说。

第十五章 义兄弟访苏区

第十五章 义兄弟访苏区

　　说话间，忽然从龙眼树林里跑出一群十来岁的小孩。孩子们把他俩团团围住。这群孩子有的手拿着小木棍，有的拿着削尖的竹子梭镖，末端系着红绳子。

　　"你们从哪里来，到哪里去？"其中一个年龄较大的儿童问。

　　"外乡人，补鼎谋生，哪里有活儿就到哪里去！"福谦回答。

　　"我们是儿童团，专抓探子。路条！"儿童们伸出手。

　　"什么路条？不懂，没有。"

　　"连路条也不懂。看你们白白嫩嫩的，不像种田人，一定是白区来的探子。走，跟我们走，到农会查查去！"

　　"好哇，正愁没人带路！"福谦和林养断定这里就是苏区，于是跟着孩子们走。

　　一群人走了一小段路，进到一座古庙。这时英倩迎出来，见了林养说："我们在草寮没等到你们，知道你们可能是走错路了，就回到农会。我想孩子们会把你们带到这里。领导批评我，说不该让你们自己走，走丢了怎么办！"说着，英倩介绍农会主席给林养、福谦认识。四个人出了古庙，向戴云游击队总部走去。

　　十月小阳春，正是秋收时节。根据地天高云淡，山青水绿，鸟语花香，秋风习习，男男女女正在田间忙着收割晚稻。苏区就是不一样，田头是一堆堆的草垛，晒谷场上铺满金灿灿的稻子，红旗飘飘，歌声袅袅。儿童们唱着歌曲《狗地主收租》：

夏收刈稻真辛苦，

点点汗珠滴落土，

狗地主，来收租，

嗨哟，嗨哟，

狗地主，心比烈日毒！

农民们除了唱庆丰收的山歌，还唱口口相传的民间情歌。人们边劳动边歌唱，这山唱来那山和，韵味悠长！

大约走了两三个小时，一行人到了戴云游击队司令部。这时叶蛟龙和林靖正好从兵工厂回到总部，见到两位客人，亲切握手。林靖哥哥长哥哥短地叫得亲热。他说："你们一路上辛苦了。怕你们路上有危险，我派了一个小分队暗中保护，他们个个身怀绝技。"

"谢谢，让你们费心了！"福谦道了谢。

"是我们该向你们道谢。海外侨胞帮我们解决了许多困难。"叶蛟龙说。

"别客气，都是自己人，大家有共同的理想和愿景嘛！"福谦说。

"山里没什么好东西招待二位。林靖吩咐战士到山上打了几只鹧鸪，到山涧里捉了几只鳖和鱼。今晚的菜就是炖鳖、鹧鸪炒笋、蒸鱼，还有地瓜饭，因陋就简，一起吃顿便饭！"

"新鲜，比山珍海味还珍贵！"福谦高兴地说。

掌灯时分，还有文娱晚会。节目大都是戴云游击队战士自编自演的，还有流传久远的闽南民间歌曲、舞蹈。

叶蛟龙告诉林养和福谦："红军战士都是翻身农民，文化水平较低，但觉悟很高。他们自编自演的节目感情真挚朴实，体现了革命战士忠于党、忠于人民、热爱祖国、热爱家乡的深厚感情，表现出坚强的革命信念和不屈不挠、舍生取义的斗争精神。虽然表演艺术水平一般，但思想水平却是顶呱呱，待会儿一起欣赏！"

文娱晚会快开始了。戏台下早已坐满一排排战士，山里的农民也赶来观看文艺演出。演出前部队举行拉歌比赛，气氛热烈，歌声如汹涌澎湃的波涛一浪高过一浪。

警卫连指导员站立在连队前面，起了调，双手随即像两条小游龙，上下左右舞动，指挥合唱《红军纪律歌》。战士们昂起头，精神饱满地随着指导员舞动的双手放声歌唱。歌声一会儿雄浑激昂；一会儿平缓宽厚；一会儿像瀑布飞湍，气势磅礴，铿锵有力；一会儿如春风细雨，润泽大地。歌声一停，观众掌声如雷。

指导员的手向特务连队列那边一挥，喊了声："特务连！来一个！"

"来一个！特务连！"警卫连战士齐声大喊。

特务连唱的是自己新编的战斗歌曲。连长小跑着站到队列前指挥，两只手有时像双手捧球，有时如拉弓射箭，有时若剑劈山岳，有时又变成游龙戏珠，不断地转换手势。战士们随着节拍引吭高歌，抑扬顿挫、雄壮有力的歌声像骏马奔腾、江河澎湃。豪放的气势、激昂的旋律、充沛的感情、欢乐的气氛把拉歌比赛推向高潮。

袅袅余音还在空中回荡，报幕员走到戏台中央，手持广播筒大声说："请大家安静一下，演出正式开始！第一个节目《阿哥阿妹闹革命》。"话音刚落，锣鼓喧天，嘀嘀嗒嗒的乐器吹奏声此起彼落。简陋的戏台上走出一对男女歌手，还有四对伴舞演员。他们向观众鞠躬敬礼后，开始演唱：

戴云山，起风云，红军来到咱山村。

阿哥阿妹俩交心，咱俩跟党闹革命！

阿哥参加游击队，阿妹看好咱家门。

阿哥打仗多艰苦，阿妹看家有责任。

阿哥意志坚，勇敢又机灵，

枪林弹雨去冲锋，出生入死杀敌人，

饥餐野果子，困了山洞眠。

阿妹意志坚，种地又拥军，

吃尽千般苦，保护众乡亲。

建设苏维埃，镇压反革命，

苏区红日出，云开天空晴！

歌声悠扬婉转，扣人心弦，令人精神振奋，热血沸腾。听着听着，林养觉得声音很熟悉，定睛一看，原来饰演两夫妻的正是自己的弟弟和弟媳。林养越看越兴奋，开怀大笑，跟着节拍轻轻击掌。

除此之外，还有闽南曲艺答嘴鼓、南音弦管、大鼓吹、拍胸舞……节目丰富多彩。

演出结束后，叶蛟龙、林靖、福谦、林养等人上台和演员们亲切握手，台下的群众报以热烈的掌声！

第二天，叶蛟龙带客人参观苏区的枪械厂、服装厂、医院。所到之处，战士们和苏区人民精神抖擞，斗志昂扬。福谦深有感触地说："烈火铸金刚，逆境出英雄。你们不愧是中华民族的希望！"

"时势造英雄。你们身在海外，心系祖国，关心桑梓，支持革命，也是这场改天换地斗争中的佼佼者。"叶蛟龙恭敬地说。

第三天，福谦和林养圆满完成这次参访活动，决定返程，叶蛟龙派几个战士护送他们到桃花渡口。

在旺美峡谷的战斗中，狡猾的洪贾润逃跑了。戴云游击队决心铲除这条恶棍，为民除害。叶蛟龙派出侦察人员追寻洪贾润的踪迹，终于得知洪贾润这个星期六下午要到南山俱乐部消遣的消息。叶蛟龙和林靖制定严密的抓捕计划后，两人各带领一个小分队，一队负责抓捕，一队负责接应。

南山俱乐部坐落在富康镇富康街东边，是官僚、土豪劣绅经常出入消遣的地方。俱乐部四面筑有围墙，西临富康街，东北面墙外是乡村民居，大门设在西南面。

这次抓捕行动由林靖负责，叶蛟龙带领十几个特务连队员在乡村民居交通站接应，一旦抓到洪贾润，立刻押到东区游击队总部审讯。

林靖带领十来个身手不凡的特务连队员，化装成肩挑小贩和无业游民在南山俱乐部周围盯梢。

下午四时，洪贾润坐着轿，在四个卫兵的护送下来到俱乐部大门前。他刚下轿，一个身穿西装，身披大氅，头戴礼帽，眼戴墨镜，足蹬皮鞋，脖子上绕着白色羊毛围巾的中年人向他走来。洪贾润一看就知道这是一个有身份有地位的人。此人走近洪贾润，叫了声："洪团长，你早！"

洪贾润伸出右手，想和来人握手。穿西装的人走近洪贾润身边，乘其不备，一拳朝他的头上打去，打得他瘫倒在地。与此同时，扮作肩挑小贩和无业游民的特务连队员迅速冲上来，制服卫兵，架着洪贾润消失在东北面的乡村里。在村里接应的叶蛟龙小分队迅速把洪贾润押到东区游击队总部。

这次大白天出其不意抓捕民团头子洪贾润的行动轰动了闽南，地主恶霸、土豪劣绅惶惶不可终日。

第十六章　激战伏牛山

苏区的声望威震四方，革命的红旗迎风飘扬，革命的歌声响彻云霄，翻身的农民欢欣鼓舞。安靖、岚平、颖县交界处数十个山村，在叶蛟龙、林靖的领导下建立了苏维埃政权，成立了赤卫队以及其他革命群众组织，方圆近百里，人口数十万的安岚颖苏区连成一片，成了戴云游击队主要根据地。

为了扩大革命根据地，上级决定让戴云游击队挺进戴云山区。一九三二年，叶蛟龙、林靖移师伏牛山，和地方游击队合并整编为戴云纵队，叶蛟龙为纵队司令，林靖为纵队直属东区总队队长。为加强对纵队的领导，中央苏区派解浩为副司令员。

自古以来戴云山被称为"闽中屋脊"，俯视八闽，山高林密，千沟万壑，层峦叠嶂。它的余脉向四面延伸，纵横四百多平方公里，东面濒海，西连武夷山脉。福州在其东北，泉州在其东南，厦漳两市在其南，西南有龙岩、漳平，北面紧连南平。福建的主要城市都分布在戴云山周围，戴云山与周边城市的距离大多在一百公里内，最远也就二百公里。

从军事角度看，戴云山是战略要地，形势于我有利时，可调度自如，四面用兵；形势不利时，可分散隐蔽，游刃有余，灵活机动地打击敌人。

戴云山是福建三大江的发源地，水上交通便利，物产丰富，为纵队的后勤补给提供了有利条件。

叶蛟龙想：戴云纵队有党的领导，有革命民众的支持，一定能夺取革命的胜利！他们发动群众打土豪劣绅，开展土地革命，根据地旧貌换新颜。从一九三二年到一九三四年，苏区面积发展到近百平方公里。

戴云纵队司令部非常重视建立一支精干的训练有素的人民武装。现在总队人枪过万，赤卫队一万五千人，分驻戴云山山麓及泉州西北各县山区。苏区军民秣马厉兵，随时准备听从党的号召奔赴战场。

戴云山苏区和戴云纵队的蓬勃发展惊动了国民党当局。国民党在福州成立了"围剿"戴云纵队指挥部，省党部主席陈贻任总指挥。国民政府军事委员会派出参谋团协同指挥作战。他们以驻福州的李江部为主力，从省内外调集八万大军，计划兵分四路"围剿"戴云纵队。驻泉州的中央军李延年部从仙甫、岚平向北进军，目标是消灭东区总队，尔后参加主战场的战斗。龙岩施同师长率领一部敌军向漳平推进，上万人马涌入闽中，企图阻断红军向西的退路，伺机进入戴云山区，配合"围剿"苏区。尤西刘群师长率部向南进逼，作为偏师协同福州李江主力作战，然后合围歼灭红军主力。另外一部秘密进入永安境内，欲切断红军西撤路线，一举铲平戴云山苏区，消灭戴云纵队。剿共指挥部还调动各地保安团配合作战，企图阻断赤卫队、革命群众对红军的支援，构筑围堵红军的铜墙铁壁。

戴云纵队截获了敌人关于战役部署的密电。叶蛟龙闭门思索三天三夜，制定了周密的反"围剿"策略，然后召开军事会议。

"这次敌人动员正规军和保安团计十万兵力，来势汹汹。如果敌人的阴谋得逞，纵队将无立足之地。我们必须做好充分的准备！"叶蛟龙说。他和副司令解浩、政治委员洪雄森一起研究作战计划。

"我参加过中央苏区反'围剿'的斗争，在敌强我弱的情况下，我们应该按照毛委员制定的'敌进我退，敌驻我扰，敌疲我打，敌退我追'的十六字方针，充分依靠群众，利用戴云山区有利的地形，粉碎敌人的进攻！"解浩说。

"对，按中央的指示办！敌人长途奔袭而来，车马劳顿。戴云山千沟万壑，山陡路窄，不利于大兵团作战，我们占尽地形优势，应该充分利用戴云山的有利地形和敌人周旋。"洪雄森赞同正副司令员的意见。

他们研究中央苏区反"围剿"的经验，在敌强我弱的情况下制定了反"围剿"策略，根据山区的地形特点，针对敌人远途奔袭急于取胜的心理，确定了诱敌深入，采取夜战、伏击战的方式，集中优势兵力打歼灭战，粉碎敌人的进攻。

"敌人兵分四路，我们要根据敌人的战略意图灵活用兵。我统筹全局并迎战李江部，然后诱敌深入戴云山腹地，先歼灭施同部，再击溃李江部。"叶司令指着作战地图，进行周密的作战部署，"林靖现驻安岚颖苏区，负责以蘑菇战缠扰打击李延年部。在四股来犯之敌中，尤西刘群部是杂牌军。解浩同志带领一支队伍，据险防御再设计打退刘群部，然后转移阵地到戴云山区。洪雄森同志紧盯龙岩的来犯之敌，坚守天险防线，伺机消灭敌人。我们四路兵马各司其职，互相配合，协同作战，打好伏牛山战役，夺取反'围剿'的最后胜利。"

会后指战员们奔赴各自的战斗岗位，召开营以上中层干部会议，做好战前动员和战斗准备。戴云纵队指战员和地方赤卫队队员个个斗志昂扬，积极响应党的号召，决心用鲜血和生命捍卫苏区，保卫胜利果实。根据地老百姓闻风而动，捐粮捐款，组织民工和担架队，支援前线。

九月上旬，国民党"围剿"戴云山苏区的战斗打响了！

李江率领三万多中央军经闽、永台两地向戴云山进发。他的前锋由一个团三个营组成，装备精良，列成"品"字形，相距五六公里，互相呼应，杀气腾腾，席卷而来，其他部队距离他们二十公里左右，尾随前进。泉州李延年部铺天盖地向林靖驻守的安岚颖开拔；龙岩施同部气势汹汹地抢占漳坪一线险隘要地，作为机动兵力，驻扎待命；尤西刘群部从西北面直奔戴云山。

一时间，在闽中、闽南广袤的土地上，战云密布，硝烟弥漫，刀光剑影，烽火连天！

叶蛟龙司令员听取作战参谋的汇报，了解了前方备战的情况后，镇定自若。他想：戴云山地形复杂，顶得上十万雄师。我军英勇善战，灵活机动，一定能取得胜利，粉碎敌人的"围剿"！他用电话向各部发出主动出击的命令。

李江指挥的北路军经过两天行军，于第三天来到戴云山根据地边缘。他们惊奇地发现桥梁被炸塌，公路被毁坏，峡谷通道被爆破，山石土方、杂树乱木堵塞道路，低洼处的道路被水淹了，行军困难，一天只能向前推进十来公里。夜间李江部前锋分别在三个村庄宿营，夜半时分，三处宿营地周边突然枪声大作，火光四射，呐喊声、爆破声震天动地。敌人在睡梦中惊醒，大喊"红军偷袭了"。敌军纷纷跑出宿营地，却看不见红军，只能朝四处胡乱开枪。大半小时后，天地间忽然静寂下来。

敌军营长气得骂不绝口："娘的！游击队就会虚张声势！睡觉去！"四更天，营房四周又响起手榴弹、土手雷的爆炸声，"冲啊！杀啊"的呐喊声划破夜空。等敌军匆忙应战时，游击队钻进丛林，不见了踪影，敌军又虚惊一场。

敌军白天行军，夜晚受扰，无法安眠，连续三四天，人困马乏，筋疲力尽。他们凭着人多势众、装备精良，前锋部队继续向伏牛山推进。一天中午，敌军在一座大山的树林里生火煮饭。正待开饭，对面树林里忽地飞出汽油瓶、土炸弹、土手雷。敌军营长气炸了肺，大喊："一连长，把这些土共给灭了。他妈的，扰得老子寝食难安！"

一连连长立刻喊道："弟兄们，灭了土共再回来吃饭！"一群士兵放下饭碗冲进树林，举起枪向密林射击。但奇了怪了，一个人影也没有！

"奶奶的！兔崽子，钻哪去啦？"连长骂道。

就这样，此路敌军走走停停，日夜受扰，寝食难安，走了一个星期才挨到伏牛山前沿。

尤西刘群部一向纪律松懈，装备不良，战斗力弱，先头部队两个团走了三天才靠近戴云山。副司令员解浩按照先前的部署，埋伏在敌人必经之路上的黑岩山。当敌军进入伏击圈后，两旁山上大小石头滚滚而下，紧接着子弹如雨点射来，刘群部死伤两百多人，刚开战就受到重创。刘群看着前面的崇山峻岭，畏缩不前。在指挥部的严厉催促下，第二天，刘群才组织了两个团强攻红军第一防线。红军占据制高点，凭借有利地形，构筑牢固工事。红军战士们不怕流血牺牲，作战十分勇猛。路险坡陡，敌军陈兵山谷，队伍难以展开。从清晨到午后，敌人连续发起几次冲锋，却全被打得丢盔弃甲，结果一个山头也没攻下，又气又恼。第三天，刘群又组织敢死队、冲锋队，调用炮兵，下了血本，誓要与红军一决雌雄。战斗打响了，敌炮兵连十几门迫击炮齐发，只见火光冲天，炮弹呼啸，红军前沿阵地尘土飞扬，树木被炸断，草木起火，

第十六章

激战伏牛山

多人伤亡。炮击一停，敌冲锋队队员手持冲锋枪，敢死队队员一手拿大刀，一手拿驳壳枪，齐声大喊"冲啊！冲啊！"，向着红军阵地蜂拥而上。到了距离阵地三十米处，红军忽然开火，一颗颗手榴弹把敌人炸得抱头鼠窜，一阵阵弹雨打得敌军死的死伤的伤，屁滚尿流，鬼哭狼嚎。刘群见难破红军阵地，气急败坏，多次打电话给剿共指挥部："我部遇红军主力阻击，我军拼死冲锋，死伤惨重，无法突破防线！"解浩把敌人紧紧围住，猛冲猛打，粉碎了刘群部的进攻，仅三天时间就打败了敌人，首战告捷。

与此同时，林靖指挥的东区总队在安岚颖的深山野林与敌人周旋。他们利用高山峡谷、森林河川的有利地形，处处伏击敌人，牵着敌人的鼻子，诱敌深入，又拖着敌人转来转去。有时敌人转了一天，又回到原地，气急败坏说："这不是捉迷藏吗？他们打的什么鬼仗！"最终，林靖把敌人拖进大山沟，堵住前后出路，关门打狗，把敌人打得溃不成军。

泉州附近的桐江游击队和仙甫的游击队在上级的指挥下，趁着敌后空虚，积极主动地在敌人巢穴后方开展游击战，炸桥梁，毁公路，切断电话线，火烧敌人仓库，伏击敌人军车，连驻扎在泉州市的敌军司令部也被扔了手榴弹。一时间，敌军后院起火！前线之敌不熟悉戴云山地形，不擅长山区游击战，到处挨揍，吃尽苦头，军心涣散。

刘群师部军官垂头丧气，对于如何组织进攻，谁也没主意！刘群束手无策，急得像热锅上的蚂蚁。突然，报务员走进来送上一张留守部队发来的电报。刘群一看，脸色青白，双手颤抖。他丢魂丧魄地对军官们说："留守部队来电，闽东红军独立师两个总队和闽北红军两个支队数千人马互为犄角，横扫我县北部，不日将攻入我军总部。"

原来，闽东红军和闽北红军接到上级命令，出兵攻打刘群老巢。

刘群大惊失色，不得不率领残部撤回尤西。

国民党福建剿共指挥部觉察到势头不妙，惶恐不安，但尚不死心，仍寄希望于突入戴云山区的李江部，遂电令李江："伏牛山区空虚，你部务必深入虎穴，剿灭敌人。"又紧急电令龙岩施同部转防为攻，务必在两天内赶到戴云山，配合已进入戴云山区的部队歼灭戴云纵队主力。

怎奈戴云纵队和配合作战的赤卫队设立了三道防线，每道防线都是一夫当关，万夫莫开的天堑。施同部攻打第一道防线时，一天内冲锋四次，抛尸无数，红军的阵地却毫发无损。

刘群惨败，李延年后院起火，动摇了施同部的军心。施同部全军士气低迷，官兵们丝毫不了解戴云山环境，更不了解戴云纵队的实力，唯恐深入戴云山腹地被动挨打，不敢贸然进攻，只是装出进攻的样子，施同委婉电告指挥部："本部官兵不怕牺牲，奋勇作战，无奈共匪占据天险要隘，负隅顽抗。虽尽力而未得寸功，当拼死再战！"随后施同率部溜之大吉。洪雄森带领红军穷追猛打，施同部狼狈不堪，仓皇逃窜。

战斗到了第三天，李延年、刘群、施同三路敌人全部溃败，林靖、洪雄森各自组织一支精悍部队，迅速开进戴云山主战场，配合叶蛟龙集中力量对付顽敌李江部，争取反"围剿"取得全面胜利。

李江部先锋陈犊好大喜功，他带领一个团的先头部队逐渐深入戴云山纵深地带，一心想找红军主力决战，但一路上都没有遇到红军主力。为什么不见红军主力踪影？是红军力薄畏战，还是另有他谋？李江心生疑虑。他告诉陈犊，必须稳扎稳打，防止落入红军圈套。

过了两天，陈犊接到密报：在部队前方十公里处的伏牛山麓发现一支队伍，约有上百号人马，有男有女，肩挑背负大包小袋，驴马驮着箱篚篓筐。根据情报，陈犊判定这是戴云纵队司令部在仓皇撤退。陈犊

第十六章

激战伏牛山

想：如果前方队伍真的是戴云纵队司令部人马，这绝对是抓捕红军司令叶蛟龙的最好机会，看来，升官发财的好运要降临了！

看到对面有一座房子，门前贴有标语，陈犊命令警卫去把标语整张揭下送来。只见上面写着："打倒国民党反动派，夺取反'围剿'全面胜利！"标语背后的糨糊未干，陈犊断定红军是怯战逃跑，而且刚撤不久，不会走太远。他随即下了追击的命令："全团人马，轻装前进！"前锋部队想立功受奖，发狂似的跑步前进。

陈犊把侦察到的情况迅速电告李江。李江看了电报大喜过望。他想：陈犊的情报绝对属实，红军一定是怯战仓皇逃遁。看来，胜利在望，我军若获取全胜，首功当然属于我；如有意外，我坐镇后方，也安然无恙！想到这里，他又派出三个团数千人，迅速挺进伏牛山。李江的部队原本与陈犊保持二十公里左右的距离，这下子李江大着胆子，命令三个团火速挺进，自己躲在后方指挥。很快，三个团深入戴云山纵深地带。在团长们的催促下，三个团的士兵快速前进，与陈犊团的距离只有两三公里。

陈犊赶了两个小时，看见远处山冈上人影幢幢，大喊："弟兄们！共匪头子就在前面，想升官发财的冲啊！"敌军立即分散队形，沿着山沟狂奔，很快冲到山冈下。而埋伏在山上的正是解浩副司令的部队，他们打败刘群部后，迅速转移到戴云山纵深地区，以逸待劳，迎战敌人。这时只见山上石头飞滚而下，敌军逃避不及，被砸得头破血流，鬼哭狼嚎，呼天抢地。

看到李江的三个团进了山沟，埋伏在各大山头的叶蛟龙和林靖部队向李江部发起冲锋。一时间，大山深处火光冲天，连绵二十里的山沟浓烟滚滚，喊杀声一浪高过一浪。伴随着嘹亮的冲锋号声，指挥员高声喊："开枪！射击！"顿时，山沟两边的山林里甩出了暴雨般的手榴弹、土雷、土炸弹。狭长的峡谷中爆炸声此起彼伏，机枪、步枪、手枪的射击声响成一片。

埋伏在高山上的红军如猛虎下山冈，打得敌军措手不及。陈犊叫了声"中计了"，急令各营、各连抢占有利地形，进行反击，并命令后面的部队撤出峡口。然而，已经太迟了。陈犊急忙电告李江救援。而这时，李江的三个团也遭到伏击，自顾不暇。敌人如困兽犹斗，妄图冲上两侧山头夺取制高点。然而红军火力猛烈，敌军扔下一具具尸体，迅速溃退。当他们冲到峡口时，埋伏在两边山坳里的红军机枪连突然开火，子弹犹如遮天盖地的雹子，压得敌人卧倒在地不敢抬头。

李江命令后续部队火速增援，但援敌前进不到两公里，就被一条河流拦住去路。河上木桥已经被烧坍塌，对面山高路陡，岩石林立。敌人涉水过河未半，红军阻击部队依托高山石林掩护，以火力阻挡援军，援军退回河岸，一个个垂头丧气，叫苦不迭，无计可施。这时，李江见大势已去，觉得保命要紧，就命令全线撤退，自己则坐上小车绝尘而去。

在指挥所听取战况汇报的叶蛟龙高兴极了，对作战参谋说："战场的形势正按照我们的预期发展，一场大戏开演了，我们坐等捷报吧！"

"叶司令雄才大略！戴云山有十万大军，司令胸中也有十万大军，再加上我们拥有天时，占尽地利，又得人和，一定能把敌军打个稀巴烂！"大伙啧啧称赞。

此时，国民党福建剿共总指挥部收到前线告急电报，得知李江派出的三个团和陈犊团被红军包了饺子，援军被阻，一个个目瞪口呆。消息传到福州，总指挥陈贻说："大势已去，失败已成定局！李江的四个团成了瓮中之鳖，我们也难逃兵败之罪，围剿戴云纵队如何收场？"

第十六章　激战伏牛山

参谋团有位高参问："叶蛟龙怎会如此厉害？"

"我估计叶蛟龙一定是饱读兵书。"参谋部有人回答。

"我读的兵书比他少吗？见鬼，一个无名小卒成了翻江倒海的蛟龙！"陈贻真是不服气。

伏牛山麓的战役仍在继续。

战斗持续了四个小时，红军指战员斗志高昂，越战越勇。敌军死伤无数，如同困兽还在负隅顽抗。战场上，浓烟滚滚，火光冲天，山谷里厮杀声、枪炮声震天动地，树丛、杂草、石头都被染红了。敌人的尸体横七竖八到处都是，缺胳膊断腿的随处可见，浑身血迹斑斑的伤兵躺在地上呼天抢地。

这时，"砰"的一声，一颗红色信号弹划破蓝天，山冈上的号兵吹响冲锋号，五六千名红军战士和赤卫队员高喊"冲啊！杀啊！"，排山倒海般从山上猛冲下来，一个个如猛虎下山，似蛟龙出海！他们有的端着上了刺刀的步枪，有的举着大刀和梭镖，冲进敌阵，和敌人展开肉搏。有拼刺刀的，有用大刀砍的，有用梭镖刺的，有用枪托砸的，也有拳打脚踢的，也有抱住敌人在地上翻滚的。红军个个舍生忘死，英勇无畏，以绝对优势压倒敌人。红军战士大喊："缴枪不杀！""红军优待俘虏！"看到大势已去，敌人一个个扔了武器，举起双手投降。

一场激战结束了，山谷恢复了宁静。红军战士打扫战场时抓获了陈犊，这头蛮牛栽在伏牛山，当了俘虏。

叶蛟龙抓住战机，穷追猛打，残敌惶惶如丧家之犬，狼狈不堪地撤回福州驻地。

战后总结经验时，副司令解浩说："伏牛山反'围剿'的胜利，是叶司令员灵活运用毛委员游击战术的结果！"

第十七章　苏区遭劫难

戴云纵队反"围剿"大获全胜以后，福建省的国民党反动派像霜打的茄子——蔫了。红军部队经过休养生息，宛如雨后春笋般蓬勃发展。一九三七年秋，戴云纵队奉命改编为新四军戴云支队，下辖两个团、一个特务营，叶蛟龙任支队司令。这一年，叶蛟龙率领新四军戴云支队主力北上，沿着连绵的群山前往一个更加波澜壮阔的战场。林靖奉命率领余部整装待命，暂时留守善后。

新四军戴云支队出征之前，在同德县城举行了盛大的誓师大会。启程时，根据地老百姓扶老携幼，夹道送别。根据地政府和留守部队组织文艺表演欢送北上部队。学生们挥舞五色彩旗，高唱着一首首抗日歌曲。山歌队一对青年男女歌手对唱一首自编的闽南歌谣《送哥去打狗日寇》：

> 送哥送到东溪边，
> 杨柳青青溪水蓝。
> 妹和阿哥一条心，

一条心呵上战场。

阿妹送哥情意长，
好像东溪流万年。
今日依依离别去，
明日戴功回乡来！

送哥送到戴云山，
花红草碧艳阳天。
战火熊熊千万里，
阿哥哪天把家返？

男儿立志在四方，
拼将热血洒疆场。
哪天消灭狗日寇，
哥哥马上回家乡！

送哥送到古榕旁，
根深叶茂绿苍苍。
临别送哥一句话，
要像榕树意志坚！

哥哥千里去征战，
胸中有颗红太阳。
不怕千难和万险，

刀山火海也要闯！

送哥送到大路前，
抬头望见南飞雁。
叮咛阿哥走天涯，
冷暖平安记心间。

泉州男儿铁石汉，
阿妹放心别挂念。
等到日出乌云散，
哥和阿妹结良缘！

留守部队组织了一支百人合唱团，由林靖指挥，高歌一首自编的《北上抗日歌》：

泉州郎，个个猛，
站是东西塔，
倒是洛阳桥！
今日上征程，
明日进战壕！

戴云高，晋水吼，
闽南儿女多壮志，
抗日战场逞英豪！

冲啊，杀！

泉州郎，个个猛，
站是东西塔，
倒是洛阳桥！
今日上征程，
明日捣敌巢！

江南广，江北大，
河东河西战火烧，
杀得鬼子嗷嗷叫！
冲啊，杀！

吸引人们的还有闽南"大鼓吹"。先是四个身强力壮的小伙子擂动四面大鼓，接着十把唢呐向天吹起低沉悠远的引子，大锣大鼓紧敲密打，铜钲铙钹铿锵和鸣，激越高亢，宛若千军万马鏖战沙场，威武雄壮，豪气冲天，激励闽南男儿，去冲锋，去战斗！

戴云支队主力北上后，土豪劣绅们一个个春风得意，把酒相庆。他们组织返乡团，像以前那样横行乡里，欺压百姓，企图夺回被没收的土地财产，残酷报复打击革命群众。逃到泉州的地主郭宗碧勾结原陈国辉部下彭虎重返岚平县泉丰镇，杀害地下党员和革命群众三十多人，洗劫山村。一时间风云突变，劫后的山村乌云密布，老百姓被逼得妻离子散，又回到水深火热之中。

苏区游击队有不少英雄好汉坚持和敌人斗争，叶德承就是其中的一个。两年前，一个收粮队队长带着一批人马，气势汹汹地上山催收粮税。

他们路过郭坑，遇到一个头戴竹笠、脚穿草鞋、衣着破烂的年轻农民在路旁捡猪牛粪。这个农民装粪入筐时，把捡粪的竹夹在地上敲了敲。一个狗腿子气势汹汹地从他身旁经过，把他撞倒。他起身把粪筐一抖，臭烘烘、脏兮兮的猪粪牛粪撒了这个队员一身。

"操他佬，奔丧吗？不长眼！"收粮队队员恼羞成怒。

"你他娘才奔丧！"捡粪农民大声回骂。

几个收粮队队员挥拳向农民头上打去，农民把粪筐一扔，抢起肩上的扁担左劈右打，他们一个被打伤摔倒，另一个被打掉门牙。

收粮队队员纷纷拔枪威胁，忽然山上接连响起的枪声，三个收粮队队员接连中枪倒地，其他的向山上开了几枪就掉头往山下逃命。

一刹那，枪声又起，山上传来叫喊声：

"倒啦！倒啦！"

"又打中一个！"

收粮队队员像活靶子，随着枪声一个个应声倒地，没中枪的抱头鼠窜躲进树林。捡粪农民掏出手枪，"砰"的一声，又干倒一个。这次伏击战歼敌十人，赤卫队却毫发无损。这个捡粪农民就是叶德承，他多次参加战斗，机智勇敢，屡立战功，人称"小张飞"，是反动派的心头大患。他声名远扬，敌人对他又怕又恨，悬赏两百大洋买他的人头。

地主郭宗碧最恨的就是叶德承，因为是叶德承带领群众抄了他的家，分了他的田地，斗倒了他的三个爪牙，郭宗碧发誓一定要出这口恶气。

新四军戴云支队北上那年冬天，交通员叶凉一早来到叶德承家，正好叶德承外出。下午叶凉又来了，一直等到傍晚才见到叶德承。叶凉对叶德承说："小张飞，你让我一天跑两趟，等得好苦哟！"

叶德承问："什么事让你急得像只野兔子？"

"老冯书记刚从外地回来，有急事找你，要你到大王公宫见面。"

"好吧，我吃了晚饭就去！"叶德承说。

"我先走一步，你要快点！"

叶德承知道目前斗争形势复杂，随时有突发事件发生。他出门前把手枪交给妻子黄玉欢，随身带了一把匕首，说道："万一我出事，你一定要想办法把枪交给组织，并告诉组织我们的队伍出了叛徒！"

"既然有危险，你更应该带枪防身。"妻子说。

"如果敌人有预谋，我单枪匹马也无法摆脱天罗地网。现在组织很缺武器，万一我出事不能白白把枪送给敌人！"说完，叶德承就匆匆走了。

叶德承来到约定地点，四周静悄悄的，只有虫儿在啾啾地叫。月牙儿挂在树梢上，发出淡淡的寒光，照着两扇虚掩的大门。叶德承蹑手蹑脚地登上台阶，轻轻推开门。突然，从门后横扫出一支扁担，打在叶德承腿上。咔嚓一声，叶德承的大腿骨断了，摔倒在地板上。这时，他的后脑勺又被锄头的铁柄圈猛砸几下，他昏了过去。

一群保安团士兵围上来，七手八脚往他头上淋水，他慢慢睁开双眼。

眼前正是彭虎。他清剿苏区有功，被提拔为国民党保安团团长。他恶狠狠地说："小张飞，今天可不是在长坂坡，想活命就交出你们领导和组织成员的名单！"

"你们能打断我的腿，但打不掉我的革命志气！"叶德承断断续续地说。

"你嘴硬，送你去地狱，还要抄你的家灭你的族！"郭宗碧吼道。

"头可断，家可破，革命组织不可丢！"

敌人见问不出什么，就反复拷打叶德承。他一次次昏死过去，又一次次醒来。彭虎认定不能从他嘴巴里得到任何一点东西，摇摇头说："这种共党见多了，没办法，送他上西天吧！"几个保安团团员把绳子套在叶德承脖子上，拖到村口，对着他的胸口连开数枪。枪声划破静寂的夜空，受到惊吓的小鸟凄厉地尖叫，扑哧扑哧飞向远处的树林。

星月无光，寒夜昏暗，流水呜咽，凄风哭泣，一个二十出头的年轻农民赤卫队队长被抛尸在路边。

白色恐怖笼罩着宁静的山村，血雨腥风飘洒在苏区大地。

叶德承的老母亲日夜以泪洗面，不停地呼喊着："可怜的儿啊！"终因悲伤过度，精神失常。叶德承的妻子黄玉欢呼天喊地，哭得失了声。几天后，彭虎带着十几个保安团团员突然冲进叶德承的家，两个月大的婴儿听到人声嘈杂，鸡飞狗叫，惊得"呜哇呜哇"大哭。匪徒夺过黄玉欢怀里的婴儿摔在地上，绑起黄玉欢就走。

他们把黄玉欢抓到郭坑荔枝林的一座房子里，绑在一个大板凳上。彭虎说："你是个弱女子，家中还有老母幼儿。只要把常到你家里开会的共匪头子的名字说出来，就放你回家！"

"不知道！"黄玉欢坚定地回答。

"你为他们煮饭、洗衣、站岗放哨、送信，还说不知道，骗鬼！"

"不知道！"

"不说，就撬开你的嘴！"彭虎挥挥手，让手下轮流掴她的嘴巴。狗腿子们把黄玉欢打得双颊红肿，嘴角流血。

"共匪婆，说不说？不说打烂你的嘴！"彭虎暴跳如雷。

"不知道！"黄玉欢还是那句话。

保安团团员连自己的手都打红打疼了，又找来一个拍子，轮流扇她的头脸。黄玉欢一句话也没说，鲜血从她的鼻孔和嘴里流出来，衣服上血迹斑斑，板凳也被染红了，地上的血凝结成块。

彭虎大吼："你是铁打的，还是木头做的？不疼吗？再狠狠打！"话音刚落，一个保安团团员就使劲挥动拍子猛力抽打，随着噼噼啪啪的声音，黄玉欢的牙齿一颗颗掉落在地，有的飞得老远。她的牙齿全被打光了，仍双唇紧闭，决不发出呻吟声。

"说不说？再狠狠地打！"彭虎气急败坏地吼道。

黄玉欢紧闭双眼，脸上的肌肉剧烈抽搐，她还是一言不发。

"用佛香烧！"彭虎气得咬牙切齿。

一个匪徒点燃一束香，撕开黄玉欢的衣服，把烧得通红的成束佛香压在她的皮肤上，皮肤被灼，冒着烟，发出哧哧的响声。她的胸脯尽是烧得黑里透红、斑斑点点的伤痕，散发出一股浓烈的皮肉烧焦的味儿！黄玉欢哎哟一声昏死过去。

保安团团员用冷水泼淋，还用尿灌她，她醒了。

"你上有老下有小，说了老子放了你！"彭虎还是那句诓人的鬼话。他无计可施，想来点软的，以亲情劝她屈服，但她依然一声不吭。

"继续行刑！"彭虎怒吼道。

丧尽天良的匪徒再次点燃佛香烧黄玉欢的头发，烧她身上的皮肉，屋里弥漫着毛发和皮肉烧焦的味道。她一次次昏死，一次次被用尿灌醒、用水浇灌醒。她下定决心：要像丈夫那样，誓死不向敌人低头，宁死也不出卖组织！

敌人无计可施，束手无策。一个团员出了个主意：用铁丝穿透她的乳头和十指！

他们找来铁丝，将一头磨尖，把她的十个手指、两个乳头一一刺穿。

她又一次昏死过去！

保安团对她行刑大半天，仍无法得到丝毫有关地下党的情报，便架着命悬一线的黄玉欢到虎头山，想把她杀了。正要开枪时，突然一个老人家赶到，大喊："枪下留人！"

老人气喘吁吁地说："我们村民凑了六十块大洋，保释黄玉欢。她家有五十多岁的老母亲和两个月大的婴儿，老总积积德行行善！"

彭虎见了银圆如老鼠见到肉，黄玉欢因此捡了一条命。

区委书记老冯和老傅等领导来看望黄玉欢。老冯十分感动地说："黄玉欢同志，你是女英雄！宁死不屈，保护了组织，保护了我们，是我们学习的榜样！苏区有你这样的群众，革命一定能够胜利！"

暂时留守在苏区的林靖和其他同志听到叶德承一家被害的消息，个个义愤填膺，发誓要为烈士报仇。林靖更是痛苦万分，寝食不安。他走到住处的后山，坐在一片竹林发呆。忽然，他看到近处一杆大竹枯死了，竹节纹理清晰可见，还有几株破土而出的幼笋，笋衣金黄，笋尖嫩绿，青翠欲滴，生机盎然。他若有所悟，吟了一首《咏竹诗》："亭亭万杆立溪皋，雨骤风狂不折腰。若凝青姿人共仰，虽焚未毁节半毫。"

林靖从泉州地下党那里获悉彭虎的行踪，得知彭虎常带两个警卫到泉州宏堋街"怡红艳"嫖娼。他请示上级，拟伏击彭虎为烈士报仇，随后派人在宏堋街盯梢。一天，彭虎路过一座离"怡红艳"不远的红砖厝时，遇到三个大汉。彭虎的警卫像狼狗一样横行霸道惯了，掏出手枪大骂："好狗不挡道，快滚！"

两个警卫口里骂着，飞脚踢人。这时，两个大汉侧身一闪，飞拳打掉警卫的手枪，迅速掏枪击发，一人一枪把警卫打死了。

彭虎见状大惊，立即掏出手枪，但还来不及射击就被另一个身高体壮、圆眼方脸的大汉一脚踢掉。大汉再来个鹞子翻身、白鹤展翅，劈出

第十七章 苏区遭劫难

右掌，以千钧之力重击彭虎胸部。彭虎站立不稳，一个趔趄，差点跌倒。大汉口中呼呼尖叫，又飞起一脚，如白鹤抖脚，疾似流星，猛踢彭虎小腹。彭虎"哎哟"一声踉跄后退。大汉腾空翻滚，靠近彭虎，收拢五指运气，如白鹤啄食般点击彭虎的额头。彭虎眼冒金星，摇摇晃晃，跌倒在地。大汉又来一个弹跳，用双膝压住彭虎腹部，以左肘抵住彭虎前胸，不容对方招架还手，掏出手枪对着彭虎胸口"砰砰砰"连发三弹，彭虎顿时血流满地，一命归天。见彭虎已死，三名大汉飞快跑进巷子，不见了身影。此案轰动八闽，当时省内报纸报道：彭虎团长在泉遭遇不明身份枪手，双方枪战，彭虎与两名警卫中弹身亡。

这位施展白鹤拳的大汉就是林靖。替叶德承报仇后，林靖和英倩化装成商人，在厦门白鹤拳武馆三名人员的陪同下，奉命奔赴抗日战场，与叶蛟龙会合。

第十八章　破土建新居

陈国辉毙命后，南洋侨胞欢欣雀跃，大放鞭炮庆祝。

福谦当年的上诉案二审没有定谳，只说延期再审。陈国辉死后，此案被推翻重审，福谦胜诉。

福谦做事有不到黄河不死心的决心。他做了十多年的红砖厝梦，憋了十多年的气，现在终于可以实现，他发誓要用毕生的精力建一座两进双护再加重护的红砖厝，且要把它建得美轮美奂，气派非凡。

红砖厝和一般民居不一样，重在装饰。第一必须选择上等物料，第二必须聘请能工巧匠精雕细琢，因此不是三五个月能够完工的，少则一年，多则三五年。

什么时候破土动工？福谦心里没底。他听说九仙山有一座仙公庙，向仙公求签问卜异常灵验。这个庙求签问卜的方式与其他寺庙不一样，必须自己或托人到寺庙烧香礼拜说明诉求，然后在庙里美美睡上一觉，仙公就会托梦于人指点迷津，选定黄道吉日。想到这里，福谦拜托堂亲程大番去替他寻梦。行前他再三叮嘱大番："听说仙公托梦很灵验，你到仙公庙后心要诚，要先烧香礼拜说明来意，主要问明何时破土动工和正屋大门的方位。晚上要好好睡觉，不可开小差，仙公才会托梦。要是头一天没有梦境，第二天要继续寻梦，直到有结果才回来。希望你快去快回，别让我久等！"

大番走后，福谦又来到堪舆师丁先生家，请丁先生现场勘察地理。他和丁先生是同窗学友，到了丁家，福谦说明来意。

"我早知道你这两天会来。好说，明天我去你家宅基地看看！"丁先生爽快地答应了。

丁先生对本乡的地理风水当然是了若指掌，但他坚持"天机不可泄漏"的原则，平时绝不轻言本乡本土的风水事。丁先生与福谦的死对头薛云腾是近邻，福谦告别丁先生走出大门，迎面看见薛云腾。福谦走上前，对着薛云腾挥挥手，轻轻拍了下他的肩膀，不屑地说："发横财吧！"

"彼此彼此！"薛云腾习惯地从鼻腔里挤出四个字。

第二天，丁先生背了罗盘仪，在福谦宅基地前前后后不停地转，仔细地看。最后他选择一个点，摆好罗盘，不断调转方向，左掐右算，口里念念有词，像是在和谁说话。福谦熟知丁先生的习惯，他不但做事认真，而且定位非常准确灵验，况且又是好友，一定特别用心选择最好的方位和最好的动工日子。

"老弟，不瞒你说，这里确是好风水好地方，百里挑一。你看，三面环山，一座山峰连着一座山峰，重重叠叠。大山里数十条山坳的水长流不息，全汇集在山下的龙潭，流经你宅门前。"丁先生滔滔不绝地说，福谦认真地听，频频点头，觉得句句在理。

"但是！"丁先生稍微停顿了一会儿。福谦有点紧张，生怕有不妥之处，但还是装得非常镇静，专注地听丁先生说话。

"但说无碍！"福谦说。

"有一点要改变！"丁先生说。

"请先生示教！"虽说两人是挚友，但此时的福谦表现得很谦恭。

"福地福人居，福人居福地。原本大门朝北，如果改向东南更好！"丁先生说。

"何解？"福谦喜欢读书，书看多了，有时说话文绉绉的。

"说穿了，道理很简单。没水不能活命，钱水钱水，水代表钱财。一般来说水流大都由西向东流。你这里特别，几十座山汇集的水从东向西流。你这大屋原来设计的是坐南朝北，与水流的方向相同，像两个同向而行的人，水往那里流，你也向那里走，永远不交集，钱财自然走了，没你的份！"丁先生侃侃而谈。

"有道理！一语惊醒梦中人。先把大门改向东南，再筑坝截住水流，不就是聚财吗？"福谦拍手叫好。

"对了！水从你的门前流过，两三百步处的那个小弯道，大有文章。"丁先生指着百米外一片树林详细点评，证明他实话实说，不是为了讨人欢心专拣好听的话说。"别小看这片树林。单说那棵榕树，足有数百年，树干又粗又壮，十个成年人手拉手才能围一圈，树根更是盘根错节。榕树旁的那棵樟树，树干比大人的腰还粗。两丛竹林修长茂密，节节高升。树林下一湾潭水微波荡漾，清澈见底。你说，这样的好山好水哪里找？这些树林帮你把钱水团团围住，所以把大门改向东南，你能赚得盆满钵满，发得大红大紫。"

"原来如此！托你吉言，有这么多奥秘！"福谦如醍醐灌顶。

"待到河清海晏那一天，在榕树下建座石桥，把榕树左边的佛殿

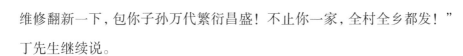
维修翻新一下，包你子孙万代繁衍昌盛！不止你一家，全村全乡都发！"丁先生继续说。

"好呀，人生在世，但求一搏。如果我程福谦有出人头地的一天，一定造福乡梓，绝不食言！你刚才说河清海晏才造桥，既然造桥对全乡都有好处，现在造不行吗？"福谦不解地问道。

"是呀！你程姓人少，不及人家十分之一人口，你喊破喉咙说是为大家好，谁信？"丁先生解释道。

"噢，明白了！对岸是薛姓的田。他们会以为我找借口独霸风水，小家小姓氏，说话没人信。想盖红砖厝已惹来一身蚁，还想围水尾占风水！人微言轻，磨破嘴皮也没人信！"福谦合着掌说，"现在能顺利建屋，已经心满意足，岂敢奢望！"两个人会心一笑。

下午大番回来，喜形于色。福谦估计他昨晚一定做了好梦。

没等福谦开口，大番喜笑颜开地说："昨晚在庙里躺下，闭上眼刚入睡，仙公就来对我说：'宅基地好地方，千载难逢。'我顺着仙公手指的方向看，见到一座金闪闪的桥！仙公又说：'大门向东南最好！'"

"巧呀，和丁先生说的不谋而合，绝对是天意！"

主意已定，福谦马上请人清理被薛云腾拆毁的旧墙基，按丁先生定的方位，把大门改向东南，重新奠基布局。

有了好地方，加上好风水，福谦自然心花怒放。他盘算着一座大屋很快就可以建成，再经过一两年装修，土墙屋变成红砖大厝，圆了当年的梦。熬了十几年的红砖厝梦，终于熬出头，他似乎看到一座红彤彤的红砖厝伫立在眼前。

福谦请了远近闻名的能工巧匠，想尽快完成屋坯建筑。他摆了三十多桌宴席宴请客人，招待师傅，一时轰动全乡。薛云腾看了心里酸溜溜，悻悻地说："有啥了不起？阉鸡趁凤飞^①！我没盖红砖厝，也见过十间张！"丁先生知道薛云腾小肚鸡肠，品行不端，而且输了官司丢了名声，心里一百个不甘心，便劝导他说："和福谦斗了十几年没斗赢，斗得人人知道你的德性，还是死了这条心吧。何必损人不利己？别再折腾了。陈国辉的狗腿子就是有还在做官的，也没了当年的威风。常言道：三十年河东，三十年河西，风水轮流转。如今你做了保长，做事还是悠着点好！"

"胡说，现在是太平盛世，平安无事！"薛云腾虽然嘴硬，但心里还是不那么踏实。

丁先生平生看过无数风水宝地，坚信这次帮福谦看风水绝不会看走眼。工程开工后，丁先生手持罗盘在宅基地前后左右反复测量。中轴线确定以后，又帮忙测量上下厅堂和房间的位置，测好一个方位就钉实一根小木桩作记号。福谦认为建屋是百年大计，每一道工序都要做到最好。墙基是手艺传承几代的东门乡师傅砌的，他们经验丰富、工艺高超，砌的墙基笔直、牢固、美观；夯墙师傅是从大山里请来的，功夫一绝，远近闻名。夯墙时，两个师傅在高高的墙体上安放好墙模后，地面上的工人每扒满一筐土，用力往上甩，夯墙师傅就马上接住倒下土丢下筐，用力夯实，犹如杂技表演一般刺激。师傅们一个墙模接一个墙模，一层接一层向上夯，最后墙体逐渐修尖呈等腰三角形，离地面已有五六米高，师傅们不能再用筐甩土，只能肩挑。我们普通人肩挑走高墙不容易，但工人挑土上高墙如履平地。不到一个月工夫，大屋所有墙体被夯得笔直、坚挺、结实，尺寸分毫不爽。木料是十几年前买好的，木工采用传统的

---

① 阉鸡趁凤飞：被阉割过的公鸡自以为自己身健体美，堪比凤凰展翅高飞。比喻不自量力，自取其辱。

榫卯结构制作部件。仅仅三个多月，一座土墙屋子就盖好了。

福谦选定好日子，在一个月朗风清的凌晨，一家人告别残破的百年老屋，搬进土屋新居。

土屋虽说是新居，但还很简陋，难以抵御台风暴雨。虽如此，一家人还是欢天喜地，乐在其中。一天母亲对福谦说："阿谦，娘是上了年纪的人了，没有抱过孙子。程墨有去无回，阿彬的心也凉了，还是抱个几个月大的婴儿，从小带到大，大家有感情。你在外头开枝散叶，我和阿彬在家，老了有人送终！"

"娘说得有理，当初收养程墨，娘和阿彬都担心。因为我坚持，咱家才收养他，都是我粗心大意，考虑不周。这次一定找个让娘称心如意的孩子。"福谦对母亲总是百依百顺。

"是呀，找个周岁以下的婴儿，自己抚养。阿彬真的是被程墨折腾怕了。"娘说。

或许是老天爷的安排，抑或事有凑巧。一天，福谦从县城回家经过杜鹃红村，遇见一个和自己年纪不相上下的男人，手里抱着一个婴儿在街道旁来回踱步。福谦见了他手中的婴儿，好像被磁铁吸住似的，两眼直盯着那婴儿站着不走。一阵寒暄过后，他和抱婴儿的人像是多年的朋友一见如故。

福谦觉得眼前这位中年人性格开朗，健谈好客，便自我介绍道："我姓程名福谦，福从天降的福，谦虚的谦。"

"好名字，有福运又谦虚。我姓游名盛，大家叫我盛叔。"男人说。

福谦觉得认识盛叔是件好事，大概有缘分吧！两个人天南海北聊个不停。福谦的眼睛老盯着盛叔手里的婴儿。

言谈间，他知道盛叔育有四男两女。因负担太重，两个女孩弥月后就送给山那边人家抚养，一个在和平村，一个在田内村。

"翻过这座大山就是杏花村，我住在杏花村，紧邻和平村和田内村。我侨居南洋，内人很想抱养一个婴儿。"

福谦目不转睛地看着婴儿，像是有话要说。他踌躇了好一阵，终于开口问："这孩子很漂亮，送给我养好吗？"

"送给你？才四个月大，你拿什么喂养他？孩子出生不久，一家人欢天喜地，我还请来掌中班，演了一出布袋戏为孩子庆生。就算我舍得，他娘舍得吗？"

"会的，我们会把孩子养大养好，长大后让他读书识字！"福谦说。

"我堂嫂有一个女儿，四年前给了山那边的杏花村，今年九岁了，上个月她养母带着女孩来过。听说养母一家很疼爱孩子，还让上学。我堂嫂说孩子有福，没找错人家。"看来盛叔对山那边的人印象很好。

"真是无巧不成戏！女孩的养母正是我内人，名叫阿彬！小女孩叫翡翠，名字是我改的。我爱如掌上明珠，她原名秋韵已经够好，我觉得翡翠更珍贵，改名翡翠。原来我们是一家人！"福谦高兴得眉飞色舞。

"原来我们是亲戚！"盛叔笑逐颜开。

"我长年在外，家里事全是内人操持，难怪我们没见过面！今天相见真是天赐良缘！"

这时婴儿的母亲从屋里出来，抱过婴儿，撩起衣襟给孩子喂奶。

"盛叔夫妻有四个男孩，负担一定很重。"福谦想。谈话间福谦兜兜转转又提起抱养孩子的事。盛叔说："让我们商量商量！"

盛叔夫妻俩觉得福谦领养孩子有诚意，为人善良可靠，对翡翠那么好，让一个儿子给他培养也不错，对孩子的成长有好处，况且又是亲戚，可以一百个放心。盛叔说："老二今年三岁，你领养老二吧！"

福谦想到母亲和阿彬的吩咐，坚持要盛婶怀里的婴儿。

经过几天的磋商，福谦如愿以偿抱养了这个四个月大的婴儿，婴儿改姓程名明宇。游家提出的条件是：两家只有一山之隔，今后常来常往，必须让游家夫妻有机会探视婴儿。福谦一家满口答应。福谦得到明宇，遂了母亲和阿彬的心愿。一家人对这个新来的婴儿百般疼爱，与盛叔亲如一家。阿彬用尽全部心血抚养明宇。爱归爱，但没奶水喂孩子怎么办？阿彬常常抱明宇到有婴儿的人家，求她们喂饱自己的孩子后让明宇吮几口，但大多还得靠自己喂米糊。明宇的生母放心不下，不时翻山越岭来杏花村看望孩子，让孩子吮个饱。

自从抱养明宇后，阿彬婆媳天天过着幸福满足的日子。当时的农村有一种亲上加亲的习惯，例如明宇的奶奶姓李名皎月，从李家村嫁到杏花村；福谦的姐姐嫁到李家村，亲上加亲，称为"重姻亲"。有了小孙儿，奶奶是抱不离手，常常背着小明宇去李家村。快到娘家的溪边有一口用石栏围着的古井，每到古井旁，奶奶会抱着小孙儿靠在井栏旁休息一会儿。井水异常清澈，清楚地倒映着祖孙两人的身影。奶奶说："小猪崽，下面还住着一层人。"又讲了许多动听的故事。

对小孙儿，奶奶从不叫名字，有时叫小猪崽，有时叫小狗崽，不时用一些她认为更吉利更亲切的名字交替呼唤他。小明宇在亲人的细心呵护下一天天长大。以后的数十年间，奶奶的音容笑貌伴随明宇走过人生路上的每个历程。她高挑的身材，一袭黑色的衣裳，慈善的双眼，不缓不急的话语声常常在明宇的耳边回响。

红砖厝土墙已经建好，但不能马上装修，必须等到土墙风干才可以砌砖。装修时必须全屋内外上下左右同时进行，颇费时日。为了生计，福谦带了程墨和姐姐的长子李长鹤去了印尼。

第十九章　蒋经主持建侨校

　　福谦在印尼和新加坡两地的生意稳步推进。他在新加坡也以印尼连锁经营的成功模式推广发展，先后开了十家布行和肉骨茶店，由梨花任总经理，聘请十几个店长分管连锁店的业务。因为印尼、新加坡的业务关系，福谦经常两地跑，有较多机会探亲访友。他和蒋经往来越来越频密，向蒋经学到不少知识，国学、历史、伦理的知识都有长进。他非常好学，经常阅读政治、社会、经济等各种书籍，学识渊博，视野广阔。他还经常探访恩人吴大洋船长，了解世界航海货运的情况。最近一段时间，他脑海里一直盘算着两件事：一个是现在事业有些成绩，积累了比较可观的资本，要怎样扩展生意，做大做强，立于不败之地；另一个是有了事业，怎样做一个有益于社会的人。

　　福谦想：西方资本主义经济的崛起，离不开航海事业的发展。新加坡是世界航运枢纽，是通向五大洲四大洋的主要航道。在新加坡发展航运业，近的可通南洋各国，远的可直达欧美。他认定发展航运业是今后开拓事业非常重要的方向。想是这样想，但福谦心里没有底。正好最近吴船长来新加坡，福谦把自己打算办航运的思路说给吴船长听，征求他的意见。吴船长听了又高兴又惊奇，拍拍福谦的肩膀说："常言道，士别三日，当刮目相看！看你知识越来越丰富，办事愈来愈周密，眼界越来越开阔。你的想法有新意有创意，我看可以试试，我支持你！"

福谦高兴地说："过奖啦，航运业我是门外汉，想请吴叔助我一臂之力！"

船长问："怎么帮？"

福谦说："我想买几艘大船，在新加坡开一家船务公司。你把厦门的船长职务辞了，我们合作。我筹钱，你出力，你当总经理，全盘负责营运管理工作。"

吴船长说："让我考虑考虑。三天后我要返航回厦门，走之前我们见见面，到时答复你！"

三天过后福谦依约与吴船长见面。吴船长说："我想好了，可以合作，先尝试，成功了就大展拳脚。第一步，在新加坡成立总公司，在椰城建立分公司，各招聘一名副经理负责当地业务。至于船工，可以从新加坡、印尼、厦门招聘。我多年在航运业里摸爬滚打，人头熟，负责招聘熟练的船员。第二步，先买四艘旧货船试航，保证新加坡和印尼船务公司的正常运作，试航顺利了，积累了经验，熟悉了环境，再图发展。到时，可能需要几百万的资金。不知你能否筹到？"

福谦说："事在人为嘛！对生意人来说，诚信就是本钱，资金绝对没问题！"

吴船长说："有决心做事就成功了一半！我回厦门办好辞职手续，争取两个月内回新加坡着手筹备船务公司。你抓紧筹钱就是！"

福谦非常感谢吴船长的支持。吴船长说："你为人处事诚恳忠厚，有胆量，有魄力，有担当，坚韧不拔，我才愿意把这把老骨头扔在南洋支持你！"

"隔行如隔山！搞航运要仰仗吴叔你，我会努力学习、配合！"

这段时间福谦有许多盘算。一天，福谦特意去看望蒋经先生，找他聊天。一见面就嘘寒问暖："蒋先生，你近来可好？忙些什么？"

蒋先生回答："好，好！还是替侨胞代写家书。"

福谦觉得蒋先生替人写家书大材小用，说："好琵琶挂在壁上，大水牛绑在石头旁①。先生人才出众，却没有施展才能的机会！"

蒋先生连声说："惭愧惭愧，不学无术，认命了！"

福谦说："我有一件事想拜托你，让你有施展才能的机会，不知尊意如何？"

"什么事？"蒋经急着问。

"我想带个头办所华文学校，请你掌舵！"

"这是只花钱没进账的公益事业，务必三思而后行！"蒋经担心福谦是一时冲动。

福谦意味深长地说："你知道，我们新加坡自有华人就有华人学校，但是还有很多穷苦华侨子弟没有读书的机会，不能接受中华文化的熏陶。这样下去孩子们不知道自己是中华儿女，不知道自己的根在哪儿。所以我想带头召集有识之士办一所华文学校，既可传承中华文化，又能使孩子得到好的教育！"

"这是天大的好事嘛！我当仁不让，尽力而为！"

"有先生支持，就有希望了。"

---

① 好琵琶挂在壁上，大水牛绑在石头旁：空有才华，没有施展的机会。

福谦见蒋先生热心支持很是高兴，他说："多谢了，你是文化人，有德有才，全靠你主持。"

"有初步办学方案吗？"

"先办一所能容纳三四百个学生的小学，六个年级要齐全，取得经验后再图发展。"福谦把早已想好的方案说出来。

"资金怎么筹措？"

"靠我一人独木难支，要靠众人。学校是不营利的，我可负责一半办学经费，不足的资金靠募捐。俗话说，众人拾柴火焰高，我相信热心办学的华侨是很多的。"福谦信心满满地说。

"公益事业靠的是大家齐心协力。我在新加坡认识的人也多，也尽力帮助动员侨胞捐资。"蒋经说。

"太好了，难得先生有一颗火热的心！"

"你能慷慨解囊挑重担，登高一呼，应该会有很多人响应！"蒋经说。

两人又详细讨论了筹资、办学地点、申办手续、地皮处理、建筑设计、施工计划、学校管理、师资招聘、开学招生等事项。

从这天开始，蒋先生全身心投入学校筹办工作。他的薪金由福谦负责，筹办费用实报实销。

福谦捐资办学和筹建船务公司两个计划顺利进行。一天，福谦专程去拜访蒋先生，看到蒋先生忙里忙外，满头大汗，关切地说："蒋先生，辛苦啦！"

"应该的，你好！"

"很好！你也好吧！"

"好！办学的事进展怎么样？"

"我也正想找你。我联络了几位热心华人教育的实业家，向他们介绍了办学的事，大家都很支持，乐意捐资。两三天的时间就筹集到两百万元左右，以后应该还陆续有人捐款。你有眼光，我活了半辈子，压根儿没想过这件事。我看你应该召集大家开个会，集思广益！"

"正有此意。你负责通知，大家见见面！"福谦说。

"没问题，我跑跑腿。明天九点在你肉骨茶店开会好吗？"

"好。"

第二天上午九时，来了二十几位侨胞。蒋先生介绍了各人姓名后，说明办华文学校的事。蒋经说："甜不甜，乡中水；亲不亲，故乡人。今天能在异域他乡共聚一堂，共商创办华人学校事宜，机会难得！办学的事是福谦先生发起的，我只是搭桥引路，现在请福谦先生讲话。"

福谦向大家深深鞠躬，然后说："乡亲们，今天大家有机会聚在一起，是蒋先生努力的结果。一两个月来，蒋先生走东家串西家，奔波劳累，把大家团结在一起。在新加坡创办华人学校有深远的意义，我就不多讲了。各位都有弘扬中华文化，让我们的子女接受华文教育的共同愿望。当务之急是成立董事会和学校筹建处。请大家各抒己见，群策群力，尽快把学校建起来！"

"是啊，蛇无头不行。我们先组成董事会，才有决策的核心。成立了筹建处，才有人专职办事。至于理事会、监事会的组成，可缓一步，逐渐完善。"汽车运输公司洪先生说。

大家都表示同意洪先生的提议。经过讨论，大家推选出第一届董事会负责人，公推福谦为董事长。

"好！程先生热心公益事业，当董事长是最适合的人选。大家当董事，人人都得念经敲钟，出钱出力，支持董事长工作！"商会会长侯先生表态。

"筹建处要选一位能说会道、会写会算、热心公益的人当主任。我看这人非蒋先生莫属！"商业公司李先生说。大家点头、鼓掌，表示赞同。

"经过估算，建校经费大约需三百万元。福谦先生捐资一百五十万元。"蒋先生说，"大家也认捐个数吧。"

一阵热烈的掌声过后，与会者争先恐后地捐款。有捐二三十万元的，有捐八万十万元的，也有捐两万三万元的，总之气氛热烈，一个比一个踊跃，各尽其力，乐育英才。只花了一个上午的时间就筹到两百万元！

众人扛山山会动。福谦原先承诺捐赠建校经费的一半，看到大家如此热心，当场又认捐五十万元，并表示在建校过程中如资金短缺，全由自己垫付。捐款总额达到四百万元，超过预期。

"工作我牵头，各位董事分工配合。我们是第一次办教育建学校，可能会遇到许多困难，但是天下无难事，只要肯攀登，只要大家齐心协力，没有办不成的事。饭要一口一口地吃，路要一步一步地走，多商讨多协调，我们的学校一定会办好！"蒋经信心百倍地说。

蒋先生做事风风火火，说干就干。成立董事会的第二天就马上租办公室，聘办事员，筹建工作紧锣密鼓地展开了。蒋先生是总管，里里外外一把手。他废寝忘食，每天工作十二个小时以上，人晒黑了，也消瘦了许多。一个月后，蒋先生拟好计划，供第二次董事会研究决议。主要内容是：确定学校的规模，办一所从一年级到六年级的完全小学，首次招生三百人；购置十五亩滨海土地，建一座四层楼四千平方米的教学楼，供教学和办公用；另外建图书馆、教职员工宿舍、运动场等。

第二次董事会经过认真评估、研究讨论，通过了以上的工作决议案。筹建处按工作计划办理买地、建校审批手续等工作。

私募办学的义举得到政府的支持，新加坡媒体头版头条报道了这个振奋人心的消息。新加坡华侨实业家深受感动，踊跃捐资，又募集了一笔资金。有了充足的资金，学校的基建工作进展顺利。

学校奠基那天，蒋经心里乐开了花。为了加快工程进度，工人们分两班，日夜加紧施工。蒋经带着助手小陈，从早到晚在工地上转。他特别注意建筑质量，事事过问，从不放松不含糊，发现问题和师傅商量，及时解决。他对小陈说："建校是百年大计，工程质量关系到师生们的人身安全。我们要多长个心眼，做好工程监督工作，马虎不得。"

"怎么抓啊？我们都是外行。"小陈做事认真负责，但经验不足，心里没底。

蒋先生说："建筑的事我们没做过，但只要虚心学习，多学多问，外行会变内行。我刚看过一本关于钢筋混凝土施工的书，你也看看。再向技术人员、老师傅学习，也到现场观摩实践。这样，你就能从外行变成内行，和师傅一起把好质量关。'古人学问无遗力，少壮工夫老始成'，我也是这样走过来的。"

"那你先说说浇筑钢筋混凝土的施工要求。"小陈说。

蒋先生事前研读过相关资料，像个行家侃侃而谈："拿混凝土浇筑来说吧！一座大厦全由钢筋水泥支撑，浇筑好水泥，大厦百年不倒。浇筑水泥前，首先要检查各种原材料的质量，其次必须制作准确的模板，绑扎钢筋，按水泥、碎石、沙子、水的比例调配好，然后搅拌均匀浇筑。浇筑后还要按照保养要求，按时洒水。这些流程书上都写得明明白白，是理论的东西，是前人经验的结晶。我们要按照这些要求检查监督施工，发现问题及时纠正解决，这样才能保质保量完成工程。"

第十九章 蒋经主持建侨校

"看来你成了专家了！"小陈赞叹道。

"我也不是搞这行的，临时抱佛脚，说不上行家里手。多向师傅请教，现买现卖，学以致用吧！'纸上得来终觉浅，绝知此事要躬行'，凡事要亲自动手，才能把事办好！"蒋经笑了笑说。他检查施工质量一丝不苟，不论白天夜晚总是在施工现场跑来跑去，仔细察看。

一天晚上十点左右，一楼楼梯口有人大喊："有人摔倒了！有人摔倒了！"

小陈和施工队队长匆匆跑下二楼，看到楼梯口灯光昏暗处有个人躺在地上。大家仔细一看，惊奇地喊道："是蒋先生，蒋先生摔倒昏迷了！"工人们都围拢过来。"快！送医院急救！"施工队队长大声说。大家都忙开了，有人拉来板车，有人在车上铺木板，把蒋先生安放在板车上，推着往医院跑。小陈看到蒋先生右胳膊有多处伤口血流不止，立即拿毛巾在伤口上方把胳膊绑紧。

"我刚上二楼，突然看到一楼楼梯拐角处有一个人影晃了一下，砰的一声跌倒了！"发现蒋先生摔伤的工人说，"灯这么暗，楼梯还没安装栏杆。蒋先生近视，偏偏摔在钢筋堆上，难怪伤得这么重！"

医院离工地并不远，不一会儿，大伙就把蒋先生送到医院。医生们紧急救治蒋先生，清洗伤口后包扎止血，然后检查血压、心肺功能、骨骼等。医生说："经检查，伤者右臂四处被钢筋刺穿，两处骨折，身体其他部位正常，须住院治疗。"

学校董事们闻讯都赶来医院看望蒋先生。

一个星期后，正在印尼的福谦得知蒋先生受伤的消息，也赶到医院探视，进病房后却找不到蒋先生。经询问，医生对福谦抱怨说：

"从来没见过这样的病人。伤得这么重，入院才几天就吵着要出院。

我们劝他先治好病，他说：'骨折打石膏慢慢会好，皮肉伤一天换一次药就行了。'说完就走了！"

福谦知道蒋先生心里放不下工地的事，笑着说："他全身心扑在工作上，我回去劝劝他先把病治好！"

福谦赶到工地，远远看到蒋先生脖子上吊着纱布，右手弯曲，看来是涂了石膏，用夹板夹着，厚厚的纱布还有血渗出来。他站在教学楼二楼水泥地板上，检查浇筑不久的水泥保养情况。福谦走近他身边说："蒋先生，我来迟一步，对不起！伤得这么重，应该好好休息治疗！"

"你要做的事比我多、比我重要，用不着赶来啊！"蒋经说。

"你要好好住院治疗，伤口还没愈合，怎么能跑来工作？"

"没关系，注意按时换药，不发炎慢慢会好的。"

"我们学校有你这个刮骨疗伤的关帝爷，还怕办不成大事？"福谦赞叹道。

"慢慢会好的，你放心吧！"蒋先生重复刚才说的话。

年底学校的基建工作完成了。董事会任命蒋经为新加坡华文学校校长。蒋校长招聘了十几名高素质的教师，着手招生和开学准备工作。蒋校长的教育理念是既要继承传播优秀的中华传统文化，也要汲取西方先进的科学知识，让学生跟上时代潮流。当时国内出版界名望较高的是上海世界书局，该书局出版的中小学教科书受到全国各地学校的欢迎，蒋校长也选用世界书局的教材。

一九三八年春节过后，新加坡华文学校首次招生。开学典礼当天，新加坡教育部门、华侨领袖陈嘉庚、南洋很多华侨组织纷纷发来贺信、贺电。

福谦在开学典礼上热情洋溢地说："在华侨领袖陈嘉庚先生爱国爱

乡、热心教育精神的感召下，我们新加坡华文学校建成并开学了。我们学校是一所政府支持、华侨捐资的公益学校，是一所全日制的完全小学，招收的对象是新加坡侨胞子女。我们将致力于把学校办成一所学习现代科学知识和中华传统文化的独具特色的学校。"

福谦做事干脆利落，从不拖拖拉拉，说话也一样，他的致辞言简意赅。最后，他铿锵有力地说："千里之行，始于足下。我们启程了，我们一定要成功，一定会成功！"此时会场上掌声雷动，大家欢呼雀跃，掌声欢呼声在空中久久回荡。福谦的一席话让大家听了热血沸腾，都说："有程先生带头，我们的学校会越办越好。"

接着华侨代表、教师代表和学生代表相继发言。

最后，蒋经校长讲话，他说："尊敬的董事，尊敬的来宾、家长，可爱的小朋友们：我们新加坡华文学校今天诞生了！我们欢欣鼓舞，热烈祝贺！百年树人立丰碑，一方育德彰教化。我们学校将为新加坡教育事业的繁荣发展，为华侨子弟的成长成才作出贡献。我们要以'博学笃志，切问近思'为校训，学习新科学、新文化、新知识，还要学习和传承中华传统文化。我们要把学生培养成学贯中西的优秀人才，这是我们的办学宗旨和矢志不渝的追求目标。我们要求教师要德才兼备，为人师表；学生要志存高远，刻苦读书。我们希望侨胞们一如既往地关心支持学校。

我很高兴今天能和小朋友们在一起！我用一颗童心和你们对话：你们今天是苗壮的幼苗，明天是参天的大树；今天在教室一隅，明天要翱翔在广阔的天空。俗话说'一寸光阴一寸金，寸金难买寸光阴''读万卷书，行万里路'。你们一定要珍惜今天的学习机会，珍惜童年的光阴，学好基础知识，这样才能走进科学的殿堂，攀登科学的高峰，更好地回报国家，不辜负今天捐资办学的侨胞们的期望！

祝愿我们学校不断发展，永葆青春！"

蒋校长充满诗意的讲话，激荡着每个人的心，会场上响起一阵又一阵经久不息的掌声。大家信心百倍，都说有蒋校长冲锋在前，学校一定会成为培养新加坡华侨子女的摇篮！

第十九章 蒋经主持建侨校

第二十章　学校庆中秋

　　福谦和林养为了生意为了公益事业，不停地奔波忙碌。春去秋来，这年中秋节福谦、福诚、林养夫妇一同来到新加坡，一是看看这边店铺的经营状况，二是了解学校的办学情况，顺便安排一场中秋聚会，抚慰员工们佳节思亲思乡的情绪。

　　刚开办不久的新加坡华文学校，屹立在碧波万顷的海边。农历八月十五日晚，福谦、林养、福诚夫妇、蒋经连同学校全体董事、教职员还有店员陆续来到华文学校。大家站在礼堂外边的长廊上，凭栏眺望。只见远处海面上一轮圆月冉冉升起，月白风清，海天一色。停泊在海面上的一艘艘轮船，灯光灿烂，五彩纷呈。层层波涛嬉戏追逐，欢快喧哗：有的在崖壁上拍打跳跃；有的跌跌撞撞四处飞溅，瞬间又消失在海面；有的像成群结队的娴静少女，披着洁白的纱巾，在沙滩和大海的交汇处，时而轻盈前进，时而悄然后退。欣赏着这幅美丽的画卷，大家个个心旷神怡，悠然自得。人们仰望天空溶溶的月色，沐浴清凉的海风，宛如饮着美味的香槟，陶醉在大自然的怀抱！

庆中秋的晚会即将开始，人们纷纷走进礼堂，围坐在桌子旁。大家都是首次聚在一起，相互介绍。大家品尝香味四溢的家乡茶，吃月饼，话中秋，聊家常。

主持人蒋校长作了简短的讲话，祝贺大家中秋快乐，阖家团圆，然后宣布今晚庆中秋活动主要是唐山老家的传统娱乐项目博饼和击鼓传花，并宣布游戏规则。

"博饼开始！"瞬间大厅里像炸开了锅似的人声鼎沸。人们围在桌子旁轮流骰子，各人用力不同，骰子在碗里上下跳动，不停地旋转，发出叮叮当当的碰撞声。大家眼睛眨都不眨一下，全神贯注地盯着骰子，饶有兴趣地看着叫着喊着，希望自己能博到好彩头。有的欢天喜地，有的唏嘘，大堂里一片欢声笑语。经过多轮的博弈，终于产生一个幸运儿——"状元"，工作人员马上送上价值千元的白玉妈祖瓷像。人们围着"状元"，给"状元"穿上大红袍，戴上大红帽，簇拥着"状元"绕礼堂转，接受大家的祝贺。两个多小时的博饼活动，每人都得到大小不一的礼品。

博饼节目结束了，大家余兴未消。这时蒋校长宣布第二个节目——击鼓传花。蒋校长大声说："我们现在玩击鼓传花。参加游戏的人围坐一圈，其他人在旁边看热闹助兴。我们因陋就简，用铜盘当鼓，用铜勺子当鼓槌，用印有'花好月圆'字样的月饼盒当花。福诚击鼓，鼓声停后，谁接到月饼盒，就得表演一个与中秋节有关的节目，或唱一首歌，或朗诵一首诗，讲故事的更欢迎。有一条规矩：唱的吟的讲的内容要和中秋节有关。对不上的就是'卡了壳'，必须认罚吃一块月饼。"

大家齐声叫："好啊！好啊！"

"现在'击鼓传花'开始！"说完，蒋校长坐在地上，福诚敲击铜

第二十章　学校庆中秋

盘。铜盘发出悦耳的有节奏的"咚咚咚，咚咚咚"的声音，蒋校长迅速把月饼盒传给坐在旁边的一位教师，月饼盒被迅速地传递着。不一会儿，声响突然停下，月饼盒正好落在一位教师的手上。这位老师不慌不忙站起来吟了一首唐诗："海上生明月，天涯共此时。情人怨遥夜，竟夕起相思……"毕竟是老师，他摇头晃脑，拉长声音，吟得抑扬顿挫，声情并茂，大家鼓掌叫好。

铜盘又敲起来，这次月饼盒落在布店一个女售货员手里。她有点紧张，站起来说："我不懂诗，也不会讲故事，怎么办？"大伙齐声说："罚吃饼！"

女售货员说："刚才又喝茶又吃饼，肚子胀成水牛肚，吃不下，吃不下！"众人说："唱个曲子也行。"

她想了想说："好吧！"随即唱道，"月亮月光光……"

坐在她身边的一个女厨工想起童年唱的歌谣，抬起头跟着唱："就像水花园……"

清脆悦耳的童谣唤起大家对童年的回忆，纷纷跟着节拍拍掌，齐声唱："照到大厅堂，爱吃三色糖……"

击鼓传花在欢乐的气氛中继续着，大厅里人声鼎沸。一个店员接到"花"，他想了又想说："如无风雨欹刳喀，哪有中秋隆咚锵①。"

短短的一句话，大家都拍掌叫好，说："调皮诙谐，有文采！"大家学着说，但因为文字拗口别扭，没几个读得顺口。大家说笑玩乐，有的笑得弯下腰，有人笑得流眼泪！

大伙玩得很开心，直到夜晚十一点才各自散去。

---

① 欹刳喀（yī kū kē）：闽南话，比喻辛勤劳作。隆咚锵（qiāng）：比喻热闹欢乐。此两句末尾都是诙谐的闽南话象声词。

第二十一章　南洋机工回国抗日

薛云腾原本想敲诈福谦两万银圆，无奈福谦倔强，薛云腾不但钱没到手，官司也没打赢，倒赔了一千大洋。薛云腾好像被剜了一块肉，看到福谦的土墙屋，如鲠在喉，怀恨在心。他的老婆也恨不得毁了土墙屋，一口咬烂福谦。民国恢复保甲制度后，薛云腾从"东苍一霸"摇身一变，成了保长，有权有势。福谦的姐夫李引棣知道薛云腾的坏心眼，写信告诉福谦，劝他审时度势，暂缓装修红砖厝。福谦想：姐夫说得有理。好汉不吃眼前亏，识时务者知进退，既然暂时有遮风挡雨的场所，就把装修红砖厝的事暂时搁置一旁。

一九三七年，日军发动卢沟桥事变，全国人民同仇敌忾，共赴国难，一场全民族的抗日战争爆发了。国家兴亡，匹夫有责，福谦和林养全身心投入抗日的大潮中。

为了保障抗日前线的物资供给，云南二十万民工在崇山峻岭中开通了滇缅公路。"南侨总会"主席陈嘉庚先生号召南洋华侨中的青年司机和机修工人组织"南洋机工回国服务团"支援抗战。在很短的时间内就招募到三千两百名司机和机修人员，其中泉州籍的青年就有八百多人，这支生力军把国际上的援华物资通过滇缅公路及时运送到国内抗日前线。陈嘉庚先生和众多爱国华侨还募集了大量物资，通过滇缅公路源源不断运往国内，使滇缅公路成为名副其实的中国抗战生命线。

福谦、林养和蒋经以华文学校为联络点，积极响应"南侨总会"的号召，广泛联络侨胞踊跃捐款，招募司机和机修工人。一天，他们在华文学校开会，商讨配合"南侨总会"的工作。

福谦说："滇缅公路已经通车，招募司机和机修人员是当务之急。我和林养兄报名参加回国服务团，你们看好吗？"福谦征求大家的意见。

蒋经说："你们在南洋有家庭有事业，年纪也比较大，当司机不合适，就算申请也难得到批准。再说，你们都走了，这里的事千头万绪谁来做？"

林养说："你担心的事我们也想过。不如到云南境内的滇缅公路旁开间汽车修理厂，这也是支援祖国抗日，我们分工合作，国事家事都兼顾！"

"开汽车修理厂是个好办法，我赞成。总不能向'南侨总会'伸手要钱，要自己筹集资金。"蒋经提出新的建议。

"说的也是，办汽修厂是件大事，要有足够的资金。不继续做好生意，汽修厂缺少资金支持也办不好！"福谦同意蒋经的意见。

"我建议，林养打头阵，先去云南把机修厂办起来。福谦留在新加坡继续做好生意，发动华侨捐款，筹备办厂资金，以后如果有必要你们两人轮流去。这样两头不误事，既解决了资金问题，机修厂也有人管理。"蒋经提出两全其美的方案。

"真是三个臭皮匠，赛过诸葛亮，办法总是想得出来！"福谦笑着说。

"这个办法好，我最近闲些，先走一步，去云南把厂办起来！"林养说。

大方向确定后，三个人商谈资金和具体工作安排。蒋经负责和"南侨总会"联络并拟写申请办理汽车修理厂的报告。机修项目必须尽快确定，业务范围应包括修理发动机、底盘、电器、车身等汽车主要部件。办厂资金的筹集迫在眉睫，福谦自告奋勇，他说："我有办法尽快解决资金问题，我先垫付！"

林养说："不行，不行，不能你一个人全包了。抗击日本侵略者人人有责，等预算有个眉目，我也捐些钱！"

福谦笑道："恭敬不如从命，怎会不知大哥你性情豪爽。好吧，就这样定了！"

蒋经马不停蹄地工作，抓紧时间办理建厂申请手续。几天后蒋经向福谦汇报："告诉你一个好消息，事情进行得很顺利。'南侨总会'和国民政府军事委员会西南进出口物资总经理处研究，认为这个项目很重要，很适时，很受欢迎，批了！"

"具体措施呢？"福谦关切地问。

蒋经说："这是电文通知，批文会很快下达。电文主要内容有以下几点：同意建厂申请，任命林养为厂长。工厂隶属国民政府军事委员会西南进出口物资总经理处，该处协助选址租房，帮忙购置维修设备，从南洋机工服务团派出技术人员和技工二十人支持办厂。要求在一个月内投入二十万元作为启动资金，资金到位后工厂正式运作。"

"您辛苦啦！我马上告诉林养兄，请他做好回国准备！"福谦说。

林养得到消息，第二天就从印尼赶回新加坡。他随蒋先生来到南洋华侨机工回国服务团办事处。一位负责人接待了他们，说："服务团先派两位师傅和八个技工随你们到缅甸腊戍，接收美国支援中国抗日的五辆道奇军用卡车，然后你们一起去云南昆明西南运输处报到。运输处协助选择厂址，租好厂房立即建厂。厂址要安全隐蔽，交通方便，生活方便，业务范围包括全方位汽车修理，适合战时快修的要求。"

林养一行很快出发了。事前，西南进出口物资总经理处已经协助联系好汽车修理厂必需的设备和工具。他们到了腊戍，采购所需的设备，装了满满四大车。剩下的一部卡车安装好帆布篷放置行李，并腾出一点空间供大伙轮流休息。

出发的第一天晚上，林养一行十一人投宿旅店。吃晚饭时，林养点了十多样缅甸菜请大家吃。他端起酒杯慷慨激昂地说道："兄弟们，这杯酒敬大家，为我们今天走在一起共赴国难干杯！"

"干了，干了！"大伙端起酒杯，一饮而尽。林养说："这几天大伙一路辛苦。明早，我们就要从这里驾车回国。首先祝愿大家回国平平安安，一帆风顺！明天早上五点起床，六点启程。摆在我们面前的将是艰难险阻，我们要有充分的思想准备。为确保驾驶员开车时精神饱满精力充沛，保证安全驾驶，两人负责开一辆车，每四小时轮换一次！来，大家边吃边聊，有啥说啥。"

大伙放开肚皮吃饭，因为明早要开车，酒就没敢多喝，话倒像打开闸门的水，哗哗啦啦说个不停。

南洋华侨机工回国服务团的年轻小伙子们热情洋溢，情绪高涨。他们将要驾驶大货车翻越崇山峻岭，经历一次空前未有的挑战，一个个精神振奋，你一言我一语地议论起来。有的说："外国人称赞滇缅公路是中国人用手指头抠出来的'万里长城'，明天我们就将驾车回国，体验筑路的艰辛。"有的说："开通滇缅公路历经千难万险，是世界奇迹！"

有的豪迈地说："哈哈，明天就能体验到了。我们是明知山有虎，偏向虎山行！"

其中一个高个子说："我们来自新加坡、马来亚和印尼，在城里开车习惯了，路况好又平坦。现在不一样，高山深处云雾缭绕，公路盘山绕岭，坡陡路窄，大弯套小弯，弯道无尽头，险峻异常，一定要多长心眼，一百个小心！"

机工们的议论并不是危言耸听，实际情况比他们说的还要严峻。这条近一千公里的盘山公路，穿过六座大山，百分之八十的路段是崇山峻岭，而这其中有百分之五十的路段要通过坚硬的岩石层，无比惊险！同时，还要穿过五条河流，其中的怒江和澜沧江是国内两条湍急的大河。

滇缅公路是滇西十几个民族、二十万男女老少，历经九个月用血肉之躯筑成的。筑路过程中，献身的民工不计其数。当时美国驻华大使深深佩服中国人民果敢坚毅的精神，他赞叹道："中国人在物资奇缺，没有机械设备的情况下，仅用九个月时间就完成如此宏伟艰难的工程，这样的精神是任何民族都不能企及的。"

大伙越聊越开心，越说越神奇。技术员王守吉举杯说："兄弟们，我借厂长的酒祝大家在汽车修理厂的日子里，在滇缅公路上，平平安安，为祖国的抗日战争立大功！"说完一饮而尽。

大家都站立举杯："干！干！干！为抗战立功！"

"我借花献佛，先干为敬！"技术员陈先锋站了起来，举起酒杯，慷慨激昂地说，"愿我们团结一致，互相关爱，排除万难，早日打败日本鬼子！"

王守吉诙谐地说："厂长，以后要多掏腰包，多请客哟！"

"好说，都是一家人。大家在一起的机会多，日后多多犒劳大伙！

第二十一章　南洋机工回国抗日

明天要开车爬山，大家要振作！"林养豪爽地说。

第二天清晨六点，五部车摆成"一"字形，准备出发。林养和王守吉开车打先锋，小陈和小李殿后。林养对大家说："大家务必认真检查车辆，轮胎、后视镜、油箱、水箱、仪表、制动系统等都要一一检查。要不上山出问题会很麻烦，上不了也下不了，谁都帮不上忙！"

半个钟头后，各辆车报告检查情况。

"一号车没问题！"

"二号车正常！"

……

报告完毕，林养下令："出发！"

五部车响起嗡嗡嗡的马达声，"嘀——"一声长鸣，车队向着眼前的崇山峻岭徐徐进发。

车队穿过城市，穿过村庄，穿过群山沃野，穿过江河森林，五个小时后到达中缅边境畹町，向着昆明方向继续前进。这里的公路犹如蛟龙盘虬，弯弯曲曲，一山更比一山高，越往前走路越险。司机们开着车，小心翼翼地爬上崎岖的山路，顺着山势盘旋直上山顶，再从山顶蜿蜒而下。一路上不停地上坡下坡，真是"正入万山圈子里，一山放过一山拦"！无数山峰像排空巨浪一层一层迎面袭来，汽车一侧紧挨着刀削斧劈的山崖，另一侧是见不到底的万丈深渊，让人望了头晕目眩，胆战心惊。为保障行车安全，林养提醒小王控制好车速。路况较好时时速不得超过三十公里，路况差时时速控制在十五公里以内。因为公路刚开通，来往的车辆不多，行驶比较顺畅。

林养坐在副驾驶的位置，目视前方，欣赏奇峻雄险的滇西"天路"和周边的山林风光，只见公路两边尽是枝繁叶茂的参天古树，它们犹如饱经岁月磨难的长者，用苍老的躯体和蓊郁的枝叶守护着这条祖国的生命线。

小王的驾驶技术娴熟，他像一位骑着烈马的骑手，熟练驾驶劲头十足的崭新货车。爬坡时，他目视前方，手握方向盘，随着山势左旋右转，右手不停变动挡位，左脚不断踩下、松开离合器，右脚时紧时松踩着油门。汽车也够累的，呼呼呼喘着吼着，七弯八拐盘旋着爬上了坡顶。这时林养看到天地豁然开朗，郁郁葱葱的林海浩瀚无边，静谧开阔。落日的余晖把西边的云天染成了一片绯红。近处的峰峦四周可见云雾翻滚变幻，犹如起伏的波涛；远山浩渺，蜿蜒消逝在遥远的天际。看到这壮丽的景象，林养豪气冲天，心想："祖国啊，您多么伟大，您孕育的万里河山多么壮阔！我是中华儿女，即使战死疆场也一定要捍卫您的每一寸土地！"

接下来林养和小王交换驾驶，沿盘山路继续行驶，发动机低声唱着歌。林养小心翼翼地控制车速，集中精力掌控方向盘，脚踩刹车，分分秒秒不敢懈怠。汽车连续下坡又频频急转，重力加速度和离心力使它宛如桀骜不驯的骏马，老是要往山崖下冲去。林养聚精会神，稳稳地勒住"缰绳"，"骏马"服服帖帖，听任他"策马扬鞭"，一会儿向左，一会儿向右，一会儿快奔，一会儿慢跑。

第三天，林养一行到了滇缅公路的咽喉处惠通桥，林养招呼大家停车休息。他问："你们知道怒江上这座桥是谁建的吗？"

"不知道。它和其他桥梁建筑不一样，是用钢索吊起来的！"陈先锋发现这座桥的独特之处。

"侨胞和祖国是心连心的。这座桥是我们新加坡侨胞梁金山先生捐建的。桥长二百〇五米，跨度一百九十米，是由从德国买来的十七根巨型钢缆飞架而成，最大负重七吨。后来为了适应抗日战争的需要，与滇缅公路配套，改建为荷载十吨的公路桥。这是座伟大的桥梁，是大西南地区通往世界的咽喉！"林养出发前翻阅了许多资料，每到一个地方他都把知道的故事分享给大家。

"从来没见过这样壮丽的大山。你们看桥东边的大山像被斧头劈开，异常陡峭；桥西大山高耸入云，雄伟壮观！"小陈赞叹道。

"我们脚下这条江就是怒江。现在是枯水期，大家看桥下水流平缓，碧波荡漾。两岸山峰挺秀，青葱翠绿，花木掩映，风光无限。"林养话锋一转，"但到了汛期可不得了，洪水挟带泥沙从高山峡谷奔腾而下，时而隐身山后，时而突然探头，时而东折，时而西拐，神出鬼没，若隐若现。涛声如雷，惊天动地，宛如一条发怒的黄龙在深山翻滚。激流犹如厮杀混战的千军万马，咆哮怒吼，拍打着桥墩，冲击着两岸，真是惊心动魄！"

小王说："听说保山一带的澜沧江也和怒江一样，江上有功果桥、昌淦桥，这两座桥也是滇缅公路的咽喉要隘。建这两座桥时，筑路民工先要攀登到距江面七八百米高的悬崖上，用绳索绑住腰，悬挂在绝壁前，举起钢钎击打岩石，凿出立足点，然后在岩石上凿小洞安放炸药，炸出路坯，艰难险阻不可想象。"

经过四天三夜的连续行驶，林养一行人终于到达昆明西南运输处报到。当晚一位团级官员为他们接风洗尘，他举起酒杯说："你们回国参加抗战，一路风尘仆仆，太辛苦了。今天略备薄酒为大家洗尘，祝贺大家顺利从新加坡来到云南昆明！你们先在城里休息一阵子，我们已在城外十公里处的山沟里找到一个旧兵营，离公路七八百米，周边山峰险峻，林木繁茂，相当隐蔽，敌机不易发现，略加改造后是理想的厂址。

大家说："不用休息，抓紧建厂。我们要争分夺秒，和日本鬼子抢时间！"

"你们的心都在战场上啦，华侨子弟好样的！"官员竖起大拇指。

看过旧兵营，大家都说是建厂的好地方。林养指挥大伙把车上的设备卸下，搬进一座专门停放物资的屋里，然后开了个会。林养说："兵马未动，粮草先行。我们要先安排好生活。现在临时分成两个组：一组负责房屋修整改造和急需生活用品的采购，一组负责营房外的修整和清洁卫生工作。"为了做好当前的工作，林养指定王守吉和陈先锋为组长，分别带领两个小组开展工作。

分工明确后，两个组分头工作。右边两座兵营各有两百平方米，一座做宿舍，一座做厨房、餐厅和简易办公室、接待室。负责采购的人忙里忙外，请师傅修整改造灶台，购置炊具、床铺、桌椅……

经过十来天紧张繁忙的清理，汽车维修站粗略建成。这时，新加坡又派来十名技工，给维修站增添了新生力量。

小陈说："老林你放心，我们分工合作，一定把工作做好，保证万无一失！"

设备安装是一项重要的工作，林养把技工分成四组，分别安装四柱举升机、补胎机、拆装机、四轮定位仪、平衡机、大梁校正机、烤漆房以及检测分析设备，所有的工作做到一丝不苟。

林养满怀信心，向西南运输处汇报厂房清理维修和设备安装情况，说："万事齐备，只等下发执照批准开工营业！"

运输处表扬了他们的工作，第二天拉来四辆存在不同问题、修理难度较大的货车让他们修理。四辆车中，一辆发动机有毛病，一辆要修理电路，一辆要检修底盘，最后一辆要修理车身系统，目的是要考一考

第二十一章

南洋机工回国抗日

这个新厂的业务水平，测试其修理功夫是否过硬。

"养兵千日，用在一朝。我们近一个月的艰辛工作，有没有成效，就看这四辆车修得好不好。今天是第一次上阵，有没有信心打好这一仗？"林养问。

"有！"大家异口同声地回答。

"好，按业务班组开始作业！"

经检测，机工们发现发动机的故障是怠速运转时发出杂乱的齿轮撞击声，严重时正时齿轮盖会震动，诊断的结果是正时齿轮异响，这是由于曲轴和凸轮轴中心线不平行导致齿轮凸轮轴正时齿轮固定螺母松动。此外，还有活塞环损坏、气门弯曲、发动机出现敲缸、曲轴箱通风泄漏等问题。

其他班组也认真检测，找出问题，分析问题，制定解决方案，然后进行严格的检修。经过几天紧张的工作，四辆车都修好了，经仪器测试、试车检验完全合格，可正常行驶。

运输处验收后非常满意，翌日批准注册南洋报国汽车维修厂，维修厂当天就开始营业。全厂职工吃苦耐劳，不论寒暑，不分昼夜，苦干巧干，以修车为战斗岗位，在滇缅公路上为支援抗战，为中国人民抗战的大后方生命线奉献青春年华。

这年十二月，滇缅公路正式开通。第二年年初，南洋机工华侨回国服务团三千两百多人，从缅甸分期分批接收三千多辆美国军用汽车回国，组成一条运输大动脉，把国际援助中国抗战的汽油、枪弹、汽车、粮食、医药等战略物资运回国内，把英国、法国在反法西斯战争中急需的钨、锡、鬃毛等农矿产品运到国外。这时，许多公私运输团体也纷纷赶到滇缅做生意，滇缅公路日益繁忙，高峰时期每日通行车辆逾万辆。原来寂静的崇山峻岭如今沸腾起来，近千公里的滇缅公路上汽车一辆挨着一辆，排成长蛇阵逶迤前行，蔚为壮观。汽车维修厂的业务也非常繁忙，机工们每天都是一身油污一身汗水。

为了鼓舞士气，保持全厂职工的旺盛斗志，林养十分重视职工的政治思想教育，他每周都要组织一次学习会，宣讲全国的抗日形势，尤其注意通报滇缅公路支援抗战物资的运输情况和南洋华侨机工回国服务团英勇战斗的动人事迹。

林养于一九四〇年九月十八日这一天，在汽车维修厂食堂举办了一场"不忘国耻"的纪念活动。当天晚上，简易讲台的正中央挂着"南洋报国汽车维修厂纪念'九一八'演讲会"的横幅，两边是"不忘国耻坚决抗日，立足岗位奉献青春"的对联。墙上贴着"打倒日本帝国主义""华侨和祖国心连心"等标语。

活动开始了，林养起身，满怀激情地对弟兄们说："今天是日本侵略者发动'九一八'事变九周年纪念日。九年前，日本驻东北关东军炮轰我东北军北大营，又突然袭击沈阳，武力侵占东北，妄图亡我中华。以后又发动卢沟桥事变，大举入侵我国。祖国大片土地沦丧，许多沿海城市陷入敌手，国际海陆通道被日寇控制。我们南洋华侨子弟奋勇回国支援抗战，打通中国与国际联通的唯一一条生命线！滇缅公路是一条决定民族命运、国家兴亡的战略通道！我们是这个战场上的战士，我们感到自豪和骄傲！现在请小王、小陈、小叶做演讲，主题是'战斗在滇缅公路上'。小王先讲，大家鼓掌欢迎！"

会场上响起热烈的掌声。小王迅速走到讲台前向大家挥手，深深鞠一个躬，声情并茂地演讲抗日故事。他说："弟兄们，我演讲的题目是'滇缅公路上的花木兰'。故事的主人公名叫白雪娇，她是福建

第二十一章

南洋机工回国抗日

泉州人，今年二十四岁。她平时喜欢穿旗袍，戴着一副眼镜，嘴角总是挂着微笑，容貌像她的姓名一样优雅。她在厦门大学毕业后，去马来亚教书。国难当头，她毅然报名回国参加抗战。回国前，她给家人留下一封感人肺腑的家书。信里写道：'家我所恋，双亲弟妹我所爱，但破碎的河山使我心碎。为了驱赶侵略者，我毫不犹豫地踏上征途，走上保卫祖国的最前线！'

"白雪娇回国后，坚决要求上前线，但因路途受阻无法成行。最后在大后方从事抗日宣传工作，并负责慰问照顾伤病员。在工作中，她表现得非常突出，立了功得了奖。大家称赞她'巾帼不让须眉'！

"像这样的英雄事迹不胜枚举。女英雄李月美是马来亚华侨，今年才十九岁，决心回国驾驶汽车参加抗日。南侨总会招聘司机时，她挤进人群报名。报名处的工作人员对她说：'按规定不收女生！'她不服气，说：'古今都有女人上战场，为什么不收？此处不留爷，自有留爷处！'说得在场的人都笑了。女孩不服气，回到家里，拿起剪刀对着镜子咔嚓咔嚓把头发剪了又剪，穿上弟弟的衣服，跑到另一个报名点。这次，她真的被南洋华侨机工回国服务团招收了。

"她到昆明后，被分配到红十字会总部当司机。她性格豪爽，做事比谁都精细。她和所有司机一样，不停地奔波往返在滇缅公路上，运输抗日医疗物资，但没有人知道她是女孩子。有一天，李月美执行任务时，在一处连续急弯陡坡出了事故，驾驶室被压扁了，她被卡住受了重伤。同伴们把她救出送往医院抢救时才知道她是女子。经媒体广泛报道后，她的事迹轰动海内外，何香凝亲自题写'巾帼英雄'四个大字送给她。"

讲完了英雄的故事，小王激动地问："兄弟们，我们的华侨姐妹都能做抗日战场上的花木兰，我们堂堂华侨男儿该怎么做呢？"

"誓做血战日寇的英雄好汉！……"机工们的豪言壮语像阵阵春雷激励人心。

在一片掌声中，小王走下演讲台。

接着小陈在热烈的掌声中走上台，他说："弟兄们，我今天演讲的题目是'过四关'。大家都知道在滇缅公路上每天奔波往来的有上万辆汽车，其中由南洋华侨机工驾驶的汽车就有两千多辆。几千名华侨司机是这条公路上的主力军，运送着重要的战略物资，保证战场上的武器、弹药和其他军用物资的供应。从缅甸腊戍到云南昆明，山高路险，赶一趟车要六七天时间。每一趟车我们的华侨司机都要冒着生命危险，冲过四个生死难关。这四个生死关是险路关、泥泞关、瘴痢关、轰炸关。"小陈环视会场，逐一讲述"过四关"的艰难险阻。

"什么是险路关？"小陈说，"滇缅公路建在高原上，最高海拔两千米，垂直高差四五百米，近千个二十米左右的弯道像游蛇般盘踞在深山野林之中，汽车要爬过几十个连续弯道才能到达山顶。惊心动魄的六十八道拐、二十四道拐，全建在悬崖峭壁上。因为路况险恶，事故频发，两年来，因急转弯车毁人亡的不在少数，也有因两车交会坠落深渊的。我们有一位兄弟开着返程空车，为了避让迎面开来的载重车，主动让对方靠里边走，自己靠外边走，因路边道路松垮，翻车掉进万丈深谷，连尸体都没能找到。

"第二是泥泞关。一旦下雨，岚雾蒙蒙，雨水影响视线。遇到泥泞地段，烂泥成堆，汽车若陷进去，只能打滑，再也开不走。下雨天经常发生山体滑坡，公路塌方。遇到这种情况，司机要停车亲自搬开石头，捡树枝垫路，挖掉烂泥，想方设法把车开出泥泞地段。万一碰到难处理的，司机被困几个昼夜，没吃没喝没得睡，有的连命都丢在大山里。

第二十一章

南洋机工回国抗日

有一个司机被困在山上三天，没吃的喝的，靠吃生竹笋才保住性命。"

说到心酸处，小陈的眼圈红了，眼眶里闪着泪花。他叹了口气继续说："第三关是瘴疟关。滇缅公路山高林密，杂草丛生，蚊虫肆虐。山上有一种牛蚊，一旦被它叮咬，人就发高烧打摆子，十有八九命丧黄泉。陈嘉庚先生从国外买了奎宁分发到沿途卫生所，但药丸的供应还是非常紧缺，不幸病亡的不在少数。有个菲律宾华侨兄弟吴再春，他拉着货患了病吃了药，本该休息，但他担心一旦离开货车，车上物资不安全，坚持开了一天车。车子到了龙陵段出了故障，他担心阻碍交通，把车开到路边，不慎滑进峡谷，车毁人亡。原始森林还有一种蚂蟥是很吓人的，钻进身体叮咬吸血，即使用尽气力也拔不下来。"

讲到这里，小陈忍不住流下眼泪。机工们有的抽泣，有的用手帕拭泪。

"最惨无人道的第四关是轰炸关。日寇占领越南以后，成立了滇缅公路封锁委员会。数以百计的轰炸机对惠通桥、金果桥、昌淦桥，以及沿途车辆、隘口狂轰滥炸，不少华侨司机被敌机炸死炸伤。上个月，我们一个司机弟兄被炸得只剩下血肉模糊的胸部和腹部，头颅和手脚都被炸飞了，没处寻找。前几天，又有一部车被炸起火。据粗略统计，两年来有三百多位华侨机工兄弟为国捐躯。"

听到这里，机工们深受感动，大家振臂高呼："打倒日本帝国主义！""为死难华侨兄弟报仇！"

最后轮到电工小叶发言。在大家的掌声中他走上讲台讲起动人的故事："弟兄们，我讲的题目是'滇缅公路是战斗之路、胜利之路'。我们滇西人民以血肉之躯筑成了滇缅公路，这是一条战斗之路、胜利之路！"

小叶说："大家都知道，日寇为了加紧灭亡中国，向祖国的战略后方大举进攻。滇缅公路成了他们的障碍，日本鬼子千方百计想炸毁这条路，他们每天派出上百架轰炸机炸桥、炸路、炸车。大桥更是他们轰炸目标中的重中之重。前两天，敌机疯狂轮番轰炸滇缅公路的咽喉——昌淦桥。结果大桥被炸毁，军车不能通过。日寇兴高采烈，说什么滇缅公路彻底瘫痪了，大桥在三个月内修不起来。日本人万万没有想到，仅仅过了十个小时，货车就络绎不绝地通过昌淦桥。原来，南洋华侨机工的司机和护桥工人在大桥被炸断后，立即征集了几百个空油桶，用铁丝串联绑紧，连成一条浮在江面的桥，再铺上木板，用钢丝拉到岸两边的滑轮上面，继续通车。用这样的方法能在短时间内修复被炸毁的桥梁，所以滇缅公路是一条摧不垮炸不烂的英雄路。"

英雄的故事鼓舞人心，大家听得津津有味，掌声不断。小叶举起手，示意他的故事还没讲完，他说："我们尊敬的陈嘉庚先生说过：'南洋华侨机工回国服务团虽然不是武装部队，但无愧为第二次世界大战中的一支抗日同盟军。他们历经艰难困苦，英勇奋战，是没穿军装的军人！'"

最后，小叶挥动拳头，豪迈地说："我们南洋机工是以方向盘为武器，头上顶着敌人的轰炸，双脚踩在悬崖上，面临深渊绝壁的险境，置生死于度外，夜以继日一刻不停地在战斗！"

小叶越说越激动，他说话铿锵有力："我们南洋华侨机工有句口号：'一个华侨肯出力，十个敌人九不回！'两年来，我们没有一个人当逃兵，没有一个人弃车逃脱。我们为祖国为人民前仆后继，英勇奋战！抗战还没有结束，我们将在滇缅公路上战斗到底，用血肉之躯筑牢这条抗日之路，和祖国人民一起夺取抗日战争最后的胜利！"

小叶讲完，掌声响起。

林养鼓着掌，上台作了总结发言。他说："我们今天的演讲会开得

第二十一章

南洋机工回国抗日

很好，大家受到了很深刻的教育。明天晚上，各小组要结合实际工作组织讨论。我们要把国恨家仇刻进骨子里，融入血液中，通过学习，不断提高觉悟，共同把我们厂建成一个思想、业务都过硬的抗战堡垒。"

会议结束，机工们群情激奋。大家都说这样的会开得太好了，鼓舞士气，今后应该继续开！

一九四〇年底，滇缅公路上的车辆越来越多，工厂的业务越来越繁重，但林养领导的机修厂应付自如，出色完成任务。由于南洋时局变化，日寇南下迹象日显，福谦和林养商量：日寇的野心如蛇吞象，必须未雨绸缪，在更广阔的战场上打击敌人。他们认为工厂已经走上正轨，把工厂捐给政府，建议任命技术员王守吉、陈先锋为正副厂长。经滇缅公路交通处和南洋华侨机工回国服务团领导研究批准，林养于十二月初离厂回印尼，继续和福谦一起，在印尼新的战斗岗位上与日寇周旋。

在小王和小陈的努力下，修理厂坚持营业，为抗战作出贡献，荣获了许多奖项。当年讲故事的三个人以后也成了故事里的英雄人物，受到人们的敬仰。

第二十二章　蒋经殉难

一天早晨，福谦突然听到报童喊："号外！号外！日本发动马来亚战役，日本发动马来亚战役！"福谦大吃一惊，三步并作两步跑出门外，买了一张《星岛日报》看，醒目的大标题写着"日本发动马来亚战役"几个大字。

以前就有传闻日本即将南进发动太平洋战争，现在竟真的发生了。一九四一年十二月八日，日本侵略者突然发起占领马来半岛的马来亚战役。一时间东南亚乌云密布，烽烟滚滚。山下奉文中将率领日本第二十五军团、第三航空队等部七万日军，分别在暹罗湾的宋卡、巴塔尼和哥打巴鲁实施两栖登陆，并向东海岸进攻，与泰马边境的日军互为犄角，兵分三路横扫英联军，进攻马来亚。十三万英联军没有招架之力，节节败退。

这时门外人声鼎沸，人们在惊恐地议论，焦急地奔走。日本南进的消息撕裂了市民的心。福谦看完报说了句："不幸的事终于来了！"

凭着对形势的判断，福谦认为日军长驱直入占领马来亚后，将会占领新加坡这个扼两洲挟两洋的战略要塞。新加坡危在旦夕！福谦心急如焚，早饭后他迅速召集蒋经校长、吴船长、梨花和十个连锁店店主开会。会上，福谦谈了马来亚战役战况和他对战争发展趋势的看法，然后提出应对办法。他说："日本人不会放弃新加坡这个战略要地，新加坡沦陷是早晚的事，我们也会成为日本侵略者铁蹄下的奴隶，情况非常危急。日本人发动侵略战争，为的是奴役人民、掠夺财富，我们要立即行动，尽量减少损失。"

"日本人走到哪里，都是烧杀抢掠，劳役人民！"吴船长说。他走的地方多，知道的事也多。

"现在要提高警惕，时刻注意战争形势的发展！我们的生意关系到老百姓的日常生活，过早关门会影响民生！"梨花说。

"对，各部门应立即拟好周详的计划，做好预案。今天召集大家来，就是先打个招呼！"福谦沉默了一会儿又说，"抗战开始以来，国内同胞和海外侨胞同仇敌忾，抵抗日本侵略者。日本鬼子最恨中国人，覆巢之下，岂有完卵？从战火烧到新加坡那天起，学校要停课，店铺要停止营业，人员要疏散到安全的地方。现在国内不少大学都迁往了大后方，厦门大学也迁到了闽西长汀。新加坡地方小，没有纵深腹地可以搬迁，可能会停课停市，我们静观其变。"

吴船长说："现在我们的四艘轮船在美国，没有危险。为了保护我们公司财产和人员的安全，我们要密切关注时局变化，防患于未然！"

店长们讨论了转移人员、财产的具体细节。最后福谦指定吴船长和梨花负责新加坡的工作，蒋校长负责学校的安全保卫工作。他当日赶回椰城准备做好印尼那边企业战前和战争期间的安全防护工作。

赶回椰城后，福谦把在新加坡的工作安排告知福诚和索妮娅，大家一道去见索妮娅的父亲巴蒂。福谦向巴蒂介绍了日军进攻东南亚的情况后说："凡事预则立，不预则废。我们要提前考虑、制定措施，减少日寇占领椰城时造成的人员伤亡和财产损失。"

巴蒂坐在沙发上，认真倾听大家的发言。过了一会儿，他忽地站起来说："作为军人，我了解马来亚战役的形势。日本既然占领马来亚，当然也不会放过新加坡！他们要占领新加坡首先要歼灭英国舰队，占领海军基地。这样，他们在太平洋战争中就有了军事基地，然后以新加坡为跳板占领印尼，巩固和扩大在南洋的战果，掠夺印尼丰富的石油、金属、橡胶等战略物资，弥补日本资源奇缺、国力有限、无法维持长期战争的短板。"

巴蒂在客厅来回踱步，点着了一支印尼丁香烟，不紧不慢地说："你们有防范意识很好。以前听过你们讲中国故事，说狡兔有三窟，现在轮到你们了，准备了哪三窟？"

索妮娅说："我们商量了，第一，找个离椰城一百多公里远的偏僻山区建简易茅屋，形势危急时可以让公司人员避难；第二，把资金兑换成美金和黄金，防止货币贬值；第三，在山区建仓库，提前储备粮食、医药等急需物资；第四，秘密组建自卫队，配备武器，利用山区有利地形和敌人周旋。都是保家卫国嘛！请爸爸尽量帮忙！"

巴蒂听着不断点头，他说："好办法，想得周到！该帮我会帮的，你们放心，保家卫国人人有责！我还有一个好计策！"

福谦高兴地问："什么好计策？"

巴蒂说："我送你们一窟吧。我的老家离椰城也就一百多公里，山高林密。我父亲是土著头人，又是当地的富豪，威望很高，一呼百应。那里的旧房子又多又宽敞，我派人回去维修，情况紧急时人员物资可以

第二十二章

蒋经殉难

转移到那里。"

索妮娅高兴地说："好极了，同是偏僻山区，大家靠得近些，便于互相照应！"

"拧成一股绳，好与鬼子周旋！"福谦说。

回家后，福谦找到林养，说明了应急方案，同时也通知新加坡的梨花、吴船长，敦促大家抓紧做好应急准备，力图做到万无一失。

日本人在一个多月内攻陷马来亚，十几万英军死的死伤的伤，剩下七万全部成了俘虏。接着，日军长驱直入，攻陷了新加坡，俘虏了九万英军。

新加坡沦陷后，日本人视华人如眼中钉，肉中刺。第二十五军团司令官山下奉文、参谋长铃木宗作和参谋主任杉田大佐一起策划了针对新加坡华人的"肃清行动"。

山下奉文对华人恨之入骨，他怒气冲冲地说："新加坡华人大大地坏。他们组织数以万计的抗日义勇军直接参战，与大日本为敌，打击我军战车联队。在新加坡战役中，抗日义勇军与我军展开激战，造成我军很大伤亡！"

山下奉文话音刚落，铃木宗作说："我们挺进华中以后，新加坡组织'华侨抗日后援会'，资助中国政府。陈嘉庚组织数万华人华侨参加南洋华侨总会，动员华侨捐钱、捐物，有的华侨还上前线和我们对抗，组织'南洋华侨机工回国服务团'，参加滇缅公路运输。我们首先要把这些人抓起来！"

"根据我手中的情报，和我们作对的华人大都来自新加坡。有间兴华华文学校，是他们的大本营。有一个叫程福谦的华侨带头出钱，还有一个叫林养的人亲自跑去云南开机修厂，还有兴华华文学校的校长组织募捐，鼓动华人抗日。这些抗日首犯统统要抓起来！"杉田大佐眼露凶光捶着桌子，加重语气说，"要把这些激进分子一个个抓出来杀光！"

三个恶魔你一言我一语，最后拟定四条密令：一、为逮捕抗日分子，十八至五十岁男子集中到四个指定地点辨认；二、立即抓捕抗日武装分子、募捐支持人士、仇日知识分子和可疑分子；三、把抓捕后的抗日分子捆绑到海边，用重机枪扫射或捆成一串装船沉海。人数太多的采取快刀斩乱麻的方法，逼他们自己服毒自尽；四、全城戒严，入户搜索藏匿的抗日分子。

第二天，震惊世界的新加坡大屠杀开始了。这一天天刚亮，大批日军荷枪实弹，封锁了整座城市。日军命令全城十八至五十岁的男人自带三天干粮到四个指定的地点集合。到达指定地点后鬼子们命令广场上的男人排好队，让投诚的警察和变节分子逐一指认抗日武装分子和捐款支持抗日的侨胞，抗日志士和参加捐款捐物的民众被一车车拉到刑场枪毙。有的被绑成一串抛进海里，还有的被逼服毒自尽，略有反抗就被日军用刺刀捅死。

后来日军嫌逐个指认太费时太麻烦，干脆凭直觉抓人。凡是他们看不顺眼的身强力壮的青壮年，不论是商人还是知识分子，统统绑了杀了。这样的大屠杀行动持续了三天，整个新加坡腥风血雨，惨不忍睹，全城哭声震天动地。那几天，新加坡连日天阴下雨，海风呼啸，似乎连老天也不忍看这一幕人间惨剧！

大屠杀过后，丧心病狂的日本鬼子挨家挨户搜查。日寇对兴华华文学校的活动早有耳闻，派一队日本兵直接冲到学校。带队的鬼子看见校门口的招牌，问翻译："上面的字是什么意思？"

"校名，新加坡兴华华文学校。"

"砸烂它！"宪兵队长一声令下，几个鬼子立即把木牌拆下砸烂。鬼子闯入校园到处搜查，把还在学校里的二十多个教职员工押出来，其中有六名女性。

"谁是校长？"宪兵队长厉声问，没人吭声。

蒋经怕连累大家，站出来大声说："我是校长。我们是教师，是教孩子的，是好人！你们放了他们，有事我担当！"宪兵队长对两个士兵挥一挥手说道："教训教训他的！"两个鬼子冲过来，举起枪一左一右用刺刀猛戳蒋经的腹部。蒋经被戳得鲜血直流，大叫一声瘫倒在地。他的右手指着鬼子断断续续地骂："你们……禽兽！……残害无辜……不得好死！……"

看了蒋经的惨状，大家都惊呆了，放声大哭，凄厉的哭声响彻校园。

两个鬼子又用刺刀对着蒋经的胸部乱扎乱刺。蒋经两目圆睁，全身血流如泉，肠子也流出来了。他的身子颤抖着，痉挛着，而后两脚蹬直，死了。这时，突然有个男教员挣脱捆绑的绳子，飞快翻墙逃走，鬼子连开数枪都没打中。穷凶极恶的日本鬼子把剩下的十三个男教员捆绑起来，用刺刀猛扎猛刺，他们一个个倒在血泊中。

被关在教室里的女老师看到男人们被活活杀死的惨状，抱头痛哭，有的甚至晕倒在地。

杀尽了男人，鬼子们兽性大发，露出狰狞的脸孔扑向教室里的女人。他们追逐着，狞笑着，抓住女人就推倒在地，撕烂衣服轮流奸淫。女人们挣扎着，撕咬着，叫骂着。之后，鬼子们又开枪又用刺刀扎，把六位女老师杀害了。教室里鲜血满地，赤裸的尸体横七竖八。恶魔们心满意足地笑了，哼着东洋小调走出教室。

福谦在椰城得知消息后昏厥在地，醒后抱头痛哭。他想不到被认为相对安全的学校，竟然发生这等惨无人道的血案。他呼唤着蒋校长和老师们的名字，发誓要为他们报仇雪恨。新加坡大屠杀的时候，吴船长正在美国办理船务公司注册事宜，逃过一劫。

新加坡这场残酷的屠杀震惊了世界！日军投降后，据新加坡政府调查统计，在这次针对华人的有组织的种族灭绝清洗中，被杀害的侨胞达十万多人。

新加坡大屠杀之后，福谦加快了椰城避难方案的落实。山区茅草房、临时简易仓库很快建成了，生活设施齐全，日用品、油盐粮食储备充足。他秘密地把城区的家人和物资分散转移到临时仓库和巴蒂的老家。他和林养商量决定成立华侨抗日协会，召集一批青壮年组建自卫队，危难时和当地民众配合，利用山地的有利地形抗击日本侵略者。

"事总要有人牵头做，兄长你负责组织领导，好吗？"福谦对林养说。

"好的！"林养欣然同意，他说，"以前我参加过椰城永春白鹤拳武馆，有十几个志同道合的师兄弟，再挑选三十几个可靠的华人华侨子弟，组建一支抗击日寇的自卫队。陈先锋为队长，王守吉为副队长，驻扎在山区茅草房整装待命！"原来日寇占领缅甸后，滇缅公路停止运作，陈先锋和王守吉辗转回到印尼。

福谦是这支队伍的领导。在集训的时候，他激动地说："日本鬼子仇恨华侨，占领新加坡，屠杀侨胞。可想而知，一旦印尼被占领，也一定不会放过我们。对待日本强盗，我们一定要以牙还牙，坚决斗争！"

队员们义愤填膺，高喊："服从领导听指挥，坚决打击日本鬼子！"

日本鬼子终归还是来了。一九四二年元旦过后，以今村均为司令的第十六集团军辖部十万人，在海军第三舰队、航空队和陆军飞行集团约五百四十架各型战机配合下，在爪哇岛外围作战，很快攻占南苏门答腊、加里曼丹等岛屿，占领了油田和海军基地。

一场日军全面侵占印尼的战争打响了！收音机连日不断地播送太平洋战争的新闻。

一月十九日，日军攻占巴厘岛。一月二十八日，盟军舰队被全歼。与此同时，日军航空兵轰炸泗水、巴达维亚等地，摧毁了盟军的空中力量，掌控了爪哇岛周围的制空和制海权。盟军见颓势难挽，丧失了固守荷属东印度（印尼）的信心，战区司令部解体。三月一日，日军分别从爪哇岛三个地点登陆，先后攻占巴达维亚（椰城）、苏腊巴亚、万隆，盟军全线崩溃。

占领印尼后，日军露出侵略者的狰狞面目，残酷镇压印尼的抗日力量，制造臭名远扬的"死亡集中营""死亡公路"事件，残害华人华侨和反日人士。战后据印尼政府统计，日本人抓捕印尼无辜平民四百万人。同时，日军大量抢掠石油、橡胶、金属，以及粮食、布匹、药品等战略物资，源源不绝地运回日本，使得印尼经济崩溃、民生凋敝，即使到战后，印尼的经济也难以恢复。当年椰城哀鸿遍野，街道上到处是身披麻袋露宿街头骨瘦如柴的难民，因饥饿死亡的民众不计其数，尸横遍野，臭气冲天，饿狗争食，惨不忍睹。

日军对待华人华侨更残忍。他们以"敌性华侨"的罪名残害侨胞，仅椰城一带就抓捕华侨领袖和华人各界知名人士五百多人，关押在集中营横加酷刑大肆杀戮。在西婆罗洲的坤甸等地，日军不断抓捕和屠杀手无寸铁的华侨和当地人民，遇难者多达两万余人。

日军在新加坡和椰城的特工侦察到福谦、林养等人兴办华人学校、捐募大量财物支援中国抗日，把两人列入秘密逮捕杀害的黑名单。为了安全，福谦和林养藏身在深山密林，住在巴蒂老家的旧居。有事外出则乔装成长者，随身带保镖，躲过了敌人的搜捕。福谦常到印尼山区陈嘉庚先生的藏身之处，向他请示汇报，继续联络华人华侨支援祖国抗日战争。他以陈嘉庚先生为榜样，随身携带砒霜，随时准备在遭遇不测时为国殉难。

林养有很强的组织和领导能力。他对自卫队队员们说："日本鬼子的铁蹄正在蹂躏我们的祖国，残杀我们的同胞。我们一定要练好本领，特别要练好白鹤拳，用我们的'铁拳头'痛击日本鬼子，保护华人华侨兄弟姐妹，为死难的同胞报仇雪恨！"

自卫队队员个个憎恨日寇，爱护老百姓。他们宣誓：为保护侨胞和当地的人民，团结一致，勇敢坚强，永不变节！自卫队的队员不多，少而精，勇而猛，身强力壮，智勇双全，枪械射击、刀棒、白鹤拳无所不能，个个练就一身过硬的本领。

日军占领椰城后，为了打击华人华侨的抗日活动，仿效荷兰殖民者制造民族矛盾，挑拨印尼土著和华人的种族矛盾，企图从中渔利。元宵节那天，椰城唐人街举行舞龙舞狮闹花灯活动，一伙乔装成印尼土著的日本兵混进庆祝人群，火烧寺庙，殴打华侨，滋事挑衅。索妮娅得到准确情报后，立即通知福谦。福谦和林养决定将计就计，把自卫队队员乔装成印尼土著，派往唐人街保护商铺，伺机消灭日本兵。林养亲自带领三十多名队员火速赶到现场，找到乔装的日本兵，打死打伤二十几个日本兵。自卫队首战告捷，无一伤亡，安全撤离。日本人查不到真实情况，对外说是混乱中的突发事件，不敢声张，吃了哑巴亏，但他们心里明白：死伤的日本兵都是被白鹤拳打击所致。因为永春白鹤拳三百年前就传入日本，日本人并不陌生。椰城日本特务赶到拳馆，企图抓捕馆主和武师，但拳馆早已是人去楼空。

一天晚上，四个特务头子到椰城警备司令部办事，他们把轿车停放在司令部大门口的广场水沟旁，吩咐站岗的印尼士兵照看。特务们办完事回驻地路上，轿车在一个连续急转弯的陡坡突然刹车失灵，驾车的特务手握方向盘左旋右转，心惊肉跳，头上直冒冷汗。车内四个特务头子左颠右簸，前仰后翻，吓得嗷嗷直叫。忽然，右侧两个轮胎飞出，轿车掉落山沟，随后又不停翻滚着坠入三十多米深的谷底。车上特务有的被甩出车外，有的在车内被撞得头破血流。轿车跌进谷底瞬间爆炸起火，把特务们送进了鬼门关。

原来林养在巴蒂的帮助下，让自卫队队员装扮成印尼警卫潜入水沟，拧松了轮毂螺丝，智歼日本特务头子。在总结战斗经验时，他说："将在谋不在勇，兵在精不在多。只要多谋善断，就能出奇制胜！兄弟们一定要团结一致，再接再厉！"队员们竖起大拇指说："服了服了，林大哥真是诸葛再世，打起仗来简直神机妙算！"林养带领的自卫队在日本占领椰城期间，就是这样神出鬼没地与敌人巧妙周旋，狠狠打击日寇。

第二十三章　侨乡变灾乡

　　嫁给侨胞的女人，乡下人称之为"番客婶"，风平浪静时她们年年有"侨批"[1]收，寝食无忧，生活优渥自不必说，有的还穿金戴银、涂脂抹粉。一九四〇年福诚回国结婚，返回印尼不久，太平洋战争爆发。日本鬼子封锁了南洋和中国的海运交通，"侨批"断了！像福谦和福诚这样身在海外的华侨既不能回唐山，又没办法寄"侨批"。原先依靠"侨批"生活的闽南侨属，仿佛坠入地狱，缺衣少食，真是呼天天不应，叫地地不灵。福谦兄弟急呀，阿彬一家苦呀！阿彬想："天无绝人之路，女人也能挑起家庭的担子！"

　　一天清早，阿彬想给孩子们弄点吃的。她对翡翠说："阿女，你爸现在没办法寄钱养我们，我们得想法子活下去！山上有柴草，地面长百物，我得去找吃的，你要看好奶奶、弟弟。"说完，她拿起柴刀、尖担、钩绳上山去了。附近山头的柴草都被人们砍光割完，一座座山头像秃子

_____

① 侨批：指海外华侨通过海内外民间机构汇寄至国内的汇款和家书，是一种信、汇合一的特殊邮传载体。

一样光溜溜的。她快步流星，跑到十里外的虎头山砍柴。虎头山山高路险，"上山拉风箱，下山弹三弦"，这是家乡人描述上山干活艰辛的话。四乡八里都是青壮年男人上山砍柴，女人上山的只有阿彬一个。她砍了柴挑回家，已是正午时分，累得双脚麻木，饿得浑身无力。柴草晒干后，阿彬就挑到青峰街去卖。一百斤柴火有时能换一斤大米。虽不够一日三餐，但勉强可糊口。就这样，她天天上山砍柴卖，有时遇到坏心眼的人，称柴时故意把一只脚踩在地面顶着柴，一百斤干柴变成七十斤，卖柴的人吃了亏又没处理论。

虽说福谦家有两亩多祖传地，但除了几分地是良田，其他大都是冬田①。冬田可种水稻，一年只有一熟，亩产不到百斤。瘦地也可种地瓜、芋头、木薯等杂粮，但常被野猪刨食，三丝得不到一厘②。有钱时阿彬会雇短工帮忙耕地，现在囊中羞涩，所有农活她都要亲力亲为。阿彬是个要强的人，她想："男人能干的事女人为什么不能干？"以前阿彬也下地种田，但都是做些比较轻松的农活。至于犁田、耙地、插秧等大活重活是请人帮忙，现在样样农活都得自己做。怎么办？思前想后，她知道光伯是个好心肠的人，就想请光伯帮忙，自己也学些有技术的粗重农活。

她来到光伯家，向光伯说明来意。光伯听了，惊讶地说："咱山里人从来都是男人上山下田，女人锅碗瓢盆。现在，你又要当爹又要当娘，连脚车牛犁耙也要学，这种事从来没有听说过。"

"光伯，你不是常说'只要功夫深，铁杵磨成针'吗？"

"说是说了，干农活是另一码事！这样吧，三天后我家农事做完，

---

① 冬田：深山里的烂泥田。

② 三丝得不到一厘：形容收获极少。

我自带犁耙来帮你犁地！"光伯坐在石阶上磕着烟管说。

阿彬还是坚持要学本领，她说："日子长着呢！我学会本领，万事不求人。三天后你把耕牛借给我，我边学边干！"

面对眼前倔强的阿彬，光伯想了一会儿，说："好，我看看！"

阿彬高兴得眉飞色舞："谢谢光伯！"

第四天清晨，阳光和煦，春风习习。光伯忙完自家农活，挑着犁耙，阿彬赶着黄牛来到双狮山山坳。前一天，阿彬已经把田灌满了水。光伯说："我先做示范，你注意听我讲，看我做，还要动脑筋想，用心领会，然后自己试试看！"

阿彬兴奋地说："多谢光伯！"

光伯举起双手卷起袖子，俯身卷起裤筒，拿起弓形牛扁担套在牛的脖子上，拉着牛绳赶牛下田。他快捷地提起犁头牢牢插进土层，说："阿彬，看好了，牛扁担要套牢靠，犁要插深。犁田时要抓紧牛绳压稳犁手把，不慌不忙地吆喝牛往前走。翻地要深浅均匀，不可坑坑洼洼！"光伯如数家珍，一口气说了一大堆。

阿彬说："听明白了！"

听了阿彬的回答，光伯觉得这女子不仅好学，还很聪明。他兴冲冲地下田，左手紧握犁把手，右手拉着牛缰绳，吆喝声："黄老弟，干活啦！"光伯提着小竹条轻轻往牛脊背一晃，只见牛长"哞"一声，蹒跚前行。光伯口里不停"嘀嘀"地吆喝着，手里的小竹条不断轻轻挥舞着，一道道红色的泥土不断被翻上来。地底的金色龟子、白色蠕虫、黑色蟋蟀都浮上水面，在水面上游啊，钻啊，四处躲藏。小鸟叽叽喳喳地叫着，纷纷飞到水田里啄食小昆虫。

"下田啦！"听见呼唤，阿彬快速走到光伯身旁。

"现在轮到你扶犁!"阿彬接过扶手,左右直晃。光伯帮她稳住扶手,手把手地教。阿彬虽然心灵手巧,但一时不适应,犁刀还没插进土层,就被老黄牛拉着跑了。她连爬带滚,摔了一大跤,满头满脸都是泥。她挣扎着爬起来,看到一身湿漉漉的烂泥,自个儿哈哈大笑。平时不苟言笑的光伯,这时也笑得前仰后合。

一回生二回熟,阿彬很快就学会了全套耕田技术。

自从阿彬学会了做粗重的农活,乡里人都说:"阿彬上敬婆婆,下教子女,勤劳俭朴,干农活不比男人差,是个好样的。"

闽南侨乡历来重视教育,不管是城镇还是偏僻的山村,即使穷苦人家,也都会想方设法让孩子读书识字。在那个艰难的年代,阿彬苦苦支撑着一个家。明宇一年年长大了,阿彬说什么也要让他读书。和当年送翡翠上学一样,阿彬炒了一碟黑豆,带上束脩^①,自带桌椅,拉着七岁的明宇到书塾拜师读书。这次不是去姑父家,因为姑父已不再教书了。李姓从芙蓉镇请来一位同宗的前清秀才当书塾先生。那时人们对有知识有学问的人特别崇拜,都说秀才一定与常人不一样。乡里有人说:"男人有两个乳头,秀才多了两个!"有人觉得奇怪,想探知究竟,当秀才去溪里洗澡时,好事的人躲在树丛里窥探。溪水浅,一经搅动有些混浊,没人看得清。有的说真的有四个乳头,有的说没有,莫衷一是。日子久了,人们不再提起此事。

听说让孩子穿红衣裳能祛邪纳吉。阿彬宁愿信其有,特意给明宇缝制了一件暗红色长衫,让他上学穿。纽扣也是用红布编织的,从脖子下经过腋下直扣到小腿。阿彬采来芦荟,剖开后用木梳蘸了透明黏稠的

---

① 束脩:旧时奉赠书塾教师的礼物。

汁液，把孩子的头发梳得油光发亮。

书塾先生特别重视习字，学生进学堂首先要识字写字。"你们来学堂干什么？要识文断字。古语道，字是文章的衣冠。一手好字就是给文章穿戴漂亮的衣服，像你们一样，长得健壮穿得得体人见人爱！大家要认认真真练好字，字认多了才能循序渐进读文章，明白吗？"秀才几乎天天说这样的话。

"明——白——"孩子们异口同声地回答。

秀才又吩咐道："写字要用到笔墨纸砚，通称为文房四宝。"随后他拿了一本印着红字的描红字帖，在上面覆盖一张毛边纸，用蘸了墨汁的毛笔，一笔一画描给孩子们看。秀才仔细地描，学生们认真地看，这就是启蒙教育。年纪大些的学生要临摹颜体或柳体字帖。

秀才有近三十个学生，文化程度参差不齐，读的书也不同。十五六岁的学生读的是《论语》之类深奥的书。十岁左右的学生较多。像明宇这样小的学生有三个，读的是《三字经》等启蒙读物。学生们自带桌椅，一排排整齐地坐在大厅里。

面对不同程度的学生，秀才采取分组授课的方法。他先叫来一组年龄相近程度相当的学生，教读一遍新课再让他们自己温习，然后教另一组。全都教读过后，秀才端坐在椅子上，摇头晃脑子曰诗云地读个不停。学童们也读，课堂上总是书声琅琅，学童遇到不懂的字句才上来问秀才。

那时的书塾一天上半天课，中间没有间歇。秀才打盹或走出门外时，是学童们最高兴的时候。后排调皮的男学童在毛边纸上画图画，或写几张表示爱意的字条蘸上唾液轻手轻脚粘贴在前排女学童背后。翡翠长得清秀漂亮又活泼，惹人喜爱，被贴的字条最多。

第二十三章

侨乡变灾乡

明宇最开心的是和两三个小童手拉手溜到溪涧捉小鱼小虾，把捉到的小虾放在手掌心扑打几下，小虾变成红色，放进口里吞下肚。有时他们会爬上书塾旁一个叫"瘸脚乔"的大叔的桃树上摘桃子。"瘸脚乔"看见了大声呼喊，但他们没有一个听话，赖在树上不下来，"瘸脚乔"只好告到秀才那里。有一天，阿彬从书塾门口经过，秀才告状，说："你那个孩子要管教管教，在学堂里是最调皮的，常爬上树摘桃子！"阿彬听了很不好意思，和秀才打了个招呼，抿着嘴笑着离开了。

前几年，阿彬一家靠"侨批"过日子，虽然谈不上天天大鱼大肉，但吃饱穿暖倒是可以的。现在"侨批"一断，全靠阿彬一双手在地里刨山上找，比普通农家困难得多。放学后，翡翠带明宇上山砍柴，还要放羊，晚上回来只能喝一碗麦糊粥，天天饿肚子。一天下午，明宇牵着五只羊上山放养。满山满坡茂盛的青草，但羊儿偏偏不吃，一溜烟冲到山下花生地里吃花生叶。被啃的花生地正是薛云腾家的。薛云腾得知消息后，当晚带了几个狗腿子冲进门怒骂，阿彬说："孩子年纪小，追不上羊，不是故意糟蹋庄稼。损失我赔！"

"你知道吗？羊嘴毒。被羊踩过啃过的花生丛都不结果！"薛云腾大声地吆喝道。

"你说，赔多少？"阿彬问。

"赔三担稻谷！少一两都不行！"阿彬知道跟这样的人没有道理讲，咬咬牙，东挪西借赔给他。

一天天刚蒙蒙亮，邻居陈喜大娘凄厉的叫骂声惊动了左邻右舍。大家出门一看，只见一个中年男人和陈喜大娘纠缠在一起，抢了陈喜刚宰好的猪。陈喜使劲拖住猪的一条腿和那人争夺，边争夺边骂。原来税务人员从线报那里得知陈喜昨夜私宰了一头猪，天还没亮就冲过来催缴猪捐。陈喜交不起猪捐，那人就要把刚宰好的整只猪抢走，还不断地嚷道："没钱缴猪捐，猪肉统统没收！"

"我喂了一年才喂大一头猪，你说抢就抢，黑心肝！"大娘死死拖住一条猪腿。一个女人怎斗得过大男人？猪腿还是被抢走了。正在纷乱的时候，保长带着两个狗腿子冲进阿彬的屋子，指着阿彬喊道："你们的人头税、教育捐还没交缴齐！缴不缴？"

"吃的都没有，哪来的钱交苛捐杂税？"阿彬怒怼保长。

话音未落，狗腿子们冲进屋内，把阿彬床上的棉被、蚊帐统统抢走，连米缸里的一点米也倒进口袋里拿走。阿彬气愤不过，口里"棺材腹水胀"地骂个不停，使劲拖住棉被不放，连人带被给拖着走，终于夺回一条棉被，一家人才有一条破棉被盖。像这样恃强凌弱骇人听闻的事，在不平静的山乡时有发生。

日子实在过得苦，但小孩子却似乎并不懂这些。太阳下山后，几个小孩子脱了上衣，头上戴着草编的"箍"，赤身跳着拍胸舞取乐。他们齐声唱道：

> 滚！滚！滚！
> 中国打日本。
> 日本起（盖）站宫（大屋），
> 中国轰大枪。
> 大枪一旦开，
> 日本死成堆。
>
> 听！听！听！

厝前人点灯，

厝后人当兵。

妻子送郎上前线，

母亲送儿去当兵。

…………

在日本侵略者的铁蹄蹂躏中国大地的岁月里，祖国山河破碎，人民灾难深重，侨眷忍受骨肉分离之苦，"侨批"断绝无以为生。侨乡遍地血泪，哀鸿遍野。

第二十四章　印尼办糖厂

福谦虽然身在山林，但一直关注着抗日战争的发展形势。他思念着祖国破碎的河山，牵挂着亿万遭受日寇蹂躏的同胞。他也注视着太平洋诡谲的波涛和风云变幻的世界。珊瑚岛战役成功扼制了日军的南进势头，他兴奋得几天几夜睡不着觉；中途岛战役中日军航母被击沉，扭转了战局，他高兴得流下了眼泪。现在，日本侵略者再也没有了当年的威风，已经转入战略防御，步步被动。福谦似乎看到了黑暗隧道尽头的一缕光芒。他为盟军血战硫磺岛和冲绳岛的胜利激动得在山林里赤脚奔跑山呼万岁，为盟军成功轰炸东京而高兴得像小孩子一样放鞭炮，为中国战场上的战略反攻和林养一起喝得酩酊大醉。当美国向广岛、长崎投放了原子弹，摧毁日本军国主义分子的心理防线，粉碎日本侵略者企图依托本土顽抗到底的梦想时，他又唱又跳。他看到太平洋的惊涛骇浪在黯然消逝，穷凶极恶的法西斯在毁灭溃败。黑夜已尽，曙光在前！

一九四五年八月十五日，日本宣布无条件投降！

世界反法西斯战争的胜利是正义的胜利，是邪恶的毁灭！爱好和平的各国人民沉浸在欢乐喜悦的氛围里！

椰岛放晴，万众欢腾。福谦从山区赶回椰城，组织华侨游行集会，庆祝反法西斯战争的伟大胜利。

摆脱了日寇三年多的追踪搜捕重新获得自由以后，福谦思索着如何恢复和发展战后的家族企业，如何重建新加坡兴华华文学校。他动员林养合作组建新公司，共图大业，把分散的企业攥成一个拳头，将事业推向一个新的阶段。他召集林养夫妇、吴船长、福诚、索妮娅、梨花在椰城聚会，讨论如何利用战后恢复发展经济的大好时机，乘风破浪，在南洋广阔大地上大干一场。大家热烈发言，各抒己见。

吴船长老姜犹辣，三句话不离本行。他说："日本投降后会开启一个经济大发展的局面，我们不可坐失良机。我建议船务公司的总部移到新加坡，那里地理位置好，是世界海运枢纽。我们继续筹集资金，增置十二艘货轮，以适应战后海运行业迅猛发展的需要。"他的讲话言简意赅，大家点头称是，认为他的构想很好。

林养说："我们在新加坡的店铺经营顺利，基础很好，扩张发展轻车熟路。新加坡地小人多，商业繁荣，我看可以扩建肉骨茶店、布店、粮店各十间，抢占先机。"

"你们的意见很好！"索妮娅站了起来，提出她的大胆设想。她说，"印尼是热带雨林气候，盛产甘蔗，是世界重要的甘蔗生产国。我们就地取材，办一个制糖厂，大家说好不好？"

"好哇！办糖厂是好主意，原料多的是，只要能保证糖厂有足够的原料，前途无量！"梨花表示支持。

"这个提议好，新思路，有发展前途！"林养举手赞成。

"印尼是东南亚仅次于泰国、缅甸的第三大产糖国。战后经济大恢复，白糖作为食品工业的原料和人民生活的必需品，供不应求，需求缺口大。为提高产量，我们应该抓紧时间从国外引进机制糖厂的设备，学习先进的制糖工艺。"索妮娅点子多，每次发言都有新意。

林养说："天赐良机！我们要尽快行动，不能错过商机！"

大家发言踊跃，气氛热烈。

最后福谦做了总结，他说："大家的意见都很好，有独特的见解。我想船务公司总部迁移到新加坡，增加店铺，扩大经营，扩充船队，都是我们的强项。办制糖厂，我们必须改变旧的生产经营模式，尝试走出一条创新的路子，我赞成！"福谦环顾各位董事，挥着手继续说，"办企业像逆水行舟，不进则退。我们要想方设法筹措资金，抓住机遇！如何筹集资金，大家集思广益，出谋划策！"

"是啊，是啊！"大伙异口同声地说。

"我们不可以头发眉毛一把抓。我的意见是先办制糖厂，有余力再一步步扩大。"少言寡语的福诚提出他的意见。

"钱从哪里来？"大伙又问。

"手中有粮，办事不慌！战前我们转移的财产资金几乎没有损失，是一笔可观的财富。我们的信誉好，不敷之数向华侨开办的银行贷款。这样资金问题就可以解决了！"

"有道理！"大伙频频点头。

"众人一条心，黄土变成金。大家心往一处想，劲往一处使，积极筹集资金，积极认股。"福谦见大家认识一致，很高兴。

"好，兄弟同心，其利断金。我们方向对，决策正确，一定会迎来新的发展！"林养信心百倍，激动得脸泛红光。

大家反复研究讨论，决定成立椰城华兴工商贸船务公司，设立董事会，统一调配人力资源，统一经营管理，统一财务制度和资产管理。各股东纷纷认股，索妮娅也动员父母投资。

会议还决定新加坡兴华华文学校交由政府招聘校长、教师，恢复董事会的运作，继续资助学校发展。

会议推举福谦为公司董事长，林养为总经理兼白鹤拳武馆馆长，索妮娅为副总经理兼人事部部长，梨花为餐饮部部长，吴船长为船务部部长，福诚为财务总监。

林养的老婆阿姗精明强干，是女中豪杰，但家中现有两男一女，她要照顾丈夫及一众子女，整天忙忙碌碌，不能抽身到公司帮忙。福谦对阿姗说："嫂嫂您不能上战场，就像杨家军少了穆桂英啊！您不能来公司帮忙，对公司是大损失！"

阿姗说："兄弟高抬了！我也不喜欢围着锅灶转，但现在子女年幼，你哥哥东奔西跑，相夫教子是女人的责任。俗话说，玉不琢不成器。我想教育好子女，也是一件重要的事。父母给儿女吃的穿的，只能让儿女长身体。做父母的要教育儿女有好的品德，做对社会有用的人才。再说唐山的父母兄弟，隔山隔水，我整天牵肠挂肚！唉，一心不能两用，无法分身呀！"

福谦说："嫂嫂说的句句在理。现在公司日益壮大，事情多且杂，嫂嫂做顾问，多个心眼，多出主意！"阿姗点点头。

筹建糖厂是件大事。福谦原来做的是门市生意，没有办过厂。办一家中型白糖厂，牵涉到市场、技术、人力、产销等各方面的问题，家里谁也没干过。福谦召集大家反复研究办厂事宜，他说："我们做事要立竿见影，雷厉风行！既然大家赞同建糖厂，就要同心协力，抓紧落实。"

索妮娅撩拨了一下额边的头发说："建议福谦哥找轻工业设计公

司的专家做一次可行性研究。只有经过充分科学论证，才可以启动项目。我负责和农业部联络沟通，了解相关政策，争取政府的支持。辛苦林养哥和福诚跑跑腿，先到东爪哇考察，了解甘蔗种植情况。那里甘蔗种植面积大，潜力大，我们打算在那里建厂！"

"好，我陪林养哥去！"福诚听说去东爪哇，劲头十足。

福谦说："好建议，我们还要聘请一个有经验有魄力的专家当厂长，另聘三个制糖专业工程师协助我们开展工作。"

"对，应该延揽人才！"林养附议。

福谦邀请轻工业设计公司做了兴建糖厂的可行性报告，设计公司的王经理在汇报会上分发《关于在东爪哇建设日榨 2000 吨甘蔗机制糖厂的可行性报告》（以下简称《报告》），并就《报告》内容作了说明。他说设计公司对在东爪哇省扩大甘蔗种植、兴建机制糖厂进行了科学的论证，做了缜密的投资和回报的预算研究，调查了原辅材料的供应和产品销售的市场行情。结论如下：该项目符合印尼政府发展制糖工业的政策，市场前景广阔，社会效益和经济效益显著。

索妮娅亲自把《报告》送到农业部分管制糖工业的官员那里，并拟正式申请建厂。分管官员研究认为，《报告》对在东爪哇开办机制糖厂的可行性作了充分科学的论证，值得赞赏，同意了建厂申请。分管官员表示，糖厂开办之后，加强企业经营管理，保障原辅材料供应，严格把好技术关质量关，相信能一炮打响。当前农民喜欢种植甘蔗，因为种甘蔗比种植其他农作物省工省时，收益更好。只要糖厂保证甘蔗收购，价格合理，农民种甘蔗的积极性会大大提高。此外，糖厂也可以主动与农场合营，共同发展甘蔗种植。有条件也可自己建立甘蔗农场，多渠道解决原料供应问题。他为糖厂建设提供了很多好的建议，索妮娅

——记下。

选址是当务之急。福谦说："当年陈嘉庚先生在玛琅避难，我去过多次。那里是甘蔗种植区，可以到那里看看。"

福谦、林养、索妮娅、福诚四人晓行夜宿，在东爪哇省内选择厂址。他们对甘蔗产地的电力供应、交通运输、水利等情况做了调查，最后在离椰城七十五公里外的泗水郊区找到了一个理想的建厂地方。泗水不但是东爪哇省的省会，还是印尼进出口货物集散地，非常符合建厂的条件。

经过一个月的考察，厂址定在泗水郊区一个交通方便的乡村的山峦中。山坡下有一条河流，旁边有一个面积约两百平方米、深十米的水潭。这里雨水充沛，水源充足。山谷里有几座小山，平整后能开拓出两片平地，一片约两万平方米，可以做生活区，另一片约六万平方米，可以做厂区。今后如需要，还可以扩建。因为制糖业一年只有几个月的榨期，榨期过后可以发展其他的附属品加工，如利用甘蔗渣造纸等。

选好了厂址，接下来就是抓紧时间建厂。甘蔗是一年生农作物，现在恰巧是甘蔗下种的季节，必须赶在甘蔗收获之前完成厂房的建设和机器安装试车工作。耽误了时机就得等来年，会造成很大经济损失。

"我们要把握好每分每秒，和时间赛跑！"福谦像是战场上的指挥员，说，"我的主要任务是筹集资金，采购机器。别小看这八个字，重如泰山！"

"非贤弟莫属！"林养说。

林养和福诚的担子也不轻，他们负责办理购地手续，聘请厂长和工程师，购买建筑材料，监督现场施工。索妮娅是本地人，能说会道，不论是政府工作人员还是普通蔗民都沟通顺畅，办理办厂所需的文件、争取政府支持、鼓励宣传种植甘蔗等工作都是她分内的事。政府部门帮她宣传办糖厂发展经济的重要意义，还拟给蔗农补贴，帮助蔗农购买优良蔗苗、化肥，鼓励蔗农多种蔗种好蔗。

索妮娅想："每公顷农地以生产二百〇七吨甘蔗计，建一个日榨两千吨甘蔗的糖厂，一年就需要种植八百公顷以上甘蔗。八百公顷耕地，不是小数目。除了发动农民多种甘蔗，还必须动员农民开荒垦地，发展新的甘蔗生产基地，增加耕种面积。索妮娅在当地政府的支持下，在泗水周边地区进行调查研究，以高于市场行情百分之一的收购价收购甘蔗，提高蔗农种植甘蔗的积极性。她聘用代理机构，与私营农场、个体农户签订收购合同，使工厂所需的原材料得到充分的保障。

甘蔗的生长期分为萌芽期、幼苗期、分蘖期、生长期、成熟期五个阶段，需要一年左右的时间。现在是甘蔗下种的季节，与糖厂兴建同步启动。购地、建厂、采购设备……所有工作按计划有条不紊地进行着。

启动资金筹集到位后，办理银行贷款也十分顺利。印尼政府同意建厂的批文下达后，工厂择日奠基。奠基仪式过后，上百个工人紧张有序地开展工作，建筑工地上热火朝天，人来人往，一片繁忙景象。各种建筑材料源源不断地运入厂区，钢筋工、木工、混凝土工、泥水匠、水电工互相协调配合。林养和福诚天天带着指挥部人马在工地上忙忙碌碌，协调处理各种问题，狠抓工程进度，严把质量关。

林养对大家说："糖厂的机器都是大家伙，因此厂房基础必须坚固，工程质量至关重要，绝对不能马虎了事。"林养反复强调工程质量的重要性，亲力亲为，严格把关。

施工队严格按照图纸作业，根据压榨、澄清、中和、蒸发、煮糖、分蜜、包装七个制糖工艺流程，建设大小不一的车间。福诚认真验收建筑材料，对钢筋型号规格、水泥标号、石子沙砾等进行逐一检查、保证

第二十四章 印尼办糖厂

了混凝土质量。

林养说："我们都是外行，要在工作中学习，配合技术人员做好施工工作。厂房的梁、柱、地板因负荷很大，一点都不能出错。"

福谦对福诚说："弟弟，你要多向厂长和工人师傅学习，认真监督施工质量，严格把好工程的质量关。"

"哥哥放心，我会竭尽全力。"福诚回答道。

为了保障糖厂供水，必须在小河边建一口沉井，三分之一沉在水平面下，三分之二在水平面上，工程施工难度很大。它是一级泵房，井高十五米，半径五米，壁厚八十厘米，用钢筋混凝土浇灌而成。井底先用直径十五厘米的去皮新松木打桩，上面填一层砂石，再浇灌一点五米厚的钢筋混凝土基座，基座上安装大水泵，这样才能保证每小时约两千吨水打进沉淀池和过滤水池，向锅炉车间、制炼车间和其他车间提供生产用水。

河边地质条件复杂，建筑沉井的安全系数要求非常高，施工困难。首先要围堰抽水，挖土方，打桩。林养和福诚亲临一线，和工人们一起用木船载着砂土包，一包包投入河底，直到砂土包高出水面，再让潜水工人检查水底的砂土包堆叠情况，处理疏漏。三台抽水机同时作业，河水从抽水机出水口哗啦哗啦地喷出，堰内水位一点一点地降低。福诚发现一处围堰漏水，大声叫道："小王、小李，快用小砂土包堵漏！"

"好的！"小伙子们一手将砂土包抱在胸前，一手伸直手臂，纵身从船上跳进水里，用砂土包堵住漏洞。

抽水机不停地抽水，随着水位逐渐降低，工人们发现了更多的漏洞，不断地潜水堵漏。堰里的水位徐徐下降，最后只用一台抽水机抽水。直到把水抽干，林养、福诚和施工负责人才下到河底察看。

"还好，可以施工。我们先挖掉两米半砂土泥层，剩下的就好办了！"施工师傅喜形于色。

"现在要立马动工！这是一个重要工程，一定要注意防渗防漏。福诚，你一定要认真察看！"林养吩咐道。

"我会看好，保证万无一失！"福诚回答。

真的是怕鬼偏偏遇到鬼！施工十多天后，地基清理好了，桩也打好了，基础钢筋也捆扎好了，正准备浇灌混凝土，突然一场热带风暴袭来，随后大暴雨倾盆而下。一会儿的工夫，山洪像脱了缰的野马，从四面八方涌入河道。洪水挟带着枯枝烂叶泥沙碎石横冲直撞，围堰瞬间被冲垮。工地上的砂子碎石烂泥统统被冲进沉井地基，把地基覆盖得严严实实。福谦接到报告，和林养、福诚急匆匆赶到现场。他叹了口气说："人算不如天算。前功尽弃，沉井还得从头做起！"

"洪水冲垮了围堰，沙砾埋了地基，但冲不倒七尺硬汉，明天接着干！"福诚心里很痛，嘴巴却硬得像一块铁。

必须和时间赛跑，雨后基建施工快速恢复。分布在厂区各处的建筑物，工人们一个多月就建好了第一层框架结构，然后砌墙装修。尽管赤道的烈日炙烤着在工地上奋战的人们，大家还是干得热火朝天。浇灌水泥地板、梁、柱，要求连续作业，工作量特别大，工人们轮班夜以继日地干。

八个月的时间一瞬即逝，基建工作在艰难的环境下按计划顺利完成。看着从荒山野岭屹立起来的一幢幢建筑，大家喜在眼里乐在心头！

厂房建好了，设备安装公司抓紧时间进行机械设备安装，他们仅用了三个月就顺利完成任务。工厂召开竣工汇报会议，安装公司肖总经理向董事会作了汇报。

第二十四章

印尼办糖厂

肖总经理说:"全厂机械设备安装工作全部完成,并且做了试车,情况如下:

"第一,压榨车间卸蔗台、喂蔗台、六道压榨机组、蔗渣输送带、行车安装和测试运转正常。现在等待水系统正常供水后,再测试蔗渣喷淋装置,进行压榨辊间隙的调整。

"第二,制炼车间主体设备全部安装完毕,真空过滤机、加热器、蒸发罐、煮糖罐试车顺利。设备配套水、汽、物料管道、阀门、仪表等全部安装好,等待水系统供水后再测试滴、漏、跑、冒及抽真空效果。离心机、干燥机、成品输送机安装完毕,无负荷开机试验正常。其他附属设备均已安装完毕并试运转,未发现纰漏。

"第三,锅炉设备安装完毕,各类风机、燃料输送带测试运行正常。待供水入炉即可试车并检查水、汽、管道阀门、仪表仪器安装效果。

"第四,动力车间汽轮机、发电机安装完毕,待锅炉送气泵房供水即可试车。

"总之,泵房供水后,生产系统就可以全流程动态试车。我们拟预留一个月时间,解决可能存在的大小问题,发现问题及时处理。接下来等待甘蔗成熟就可以进厂试产,试产成功就可以正式投产了。"

肖总经理说完,厂长接着说:"各车间设备安装后试车,我方有关领导也全程参加。我建议三天后全厂正式启动供水,点火生炉,供汽发电,停用外电,转用内电,启动压榨及各车间机械和电气设备,如果空转没有问题就开始试产。"

参会人员均表示同意。

听了技术人员的报告,福谦说:"经过我们十一个月的艰苦工作,基建和设备安装任务如期完成,现在进入试车阶段,这是全面检验工作成果保证顺利投产的重要步骤。我决定：大后天上午八点开始试车，安装公司和我厂全体人员参加。生产技术科做好试车记录，试车时发现问题及时处理，不留隐患。"

试车开始了。水电工下到沉井开动马达，马达嗡嗡作响，用来过滤澄清的二级泵房水池的白色水龙滚动，水流声像鼓点砰砰作响。水池分成多个连接的小池，分别起到缓冲、沉淀、过滤的作用。如果遇到河水混浊，可加入凝絮剂使浊水变清，达到饮用水的标准。试车人员看到一级泵房和过滤澄清水池运转正常，个个笑逐颜开，热烈鼓掌。二级泵房开始送水了，从分送锅炉和各车间管道压力水表可以判断供水是否正常。每小时能容纳三十吨水的锅炉安装在二楼，试车人员爬上二楼，走进锅炉车间，听到水流不断涌进黑乎乎的锅炉的声音，看到水位计显示水位不断升高。燃料输送带旋转着，把煤块源源不绝地送进炉膛。炉膛燃起了青里带红的烈焰，不时发出噼噼啪啪的声音，和鼓风机、引风机的呼呼声组合成低沉曼妙的合奏曲。蒸汽压力表的指针一点一点往上爬，蒸汽压力一点一点升高。锅炉试车成功了，大家的脸上露出无限的喜悦。

锅炉试车成功，大家转向隔壁的动力车间。厂长看到人员到齐，一声令下："放汽开机！"汽轮机启动，发出隆隆的响声，带动发电机运转发电。动力车间试车一切顺利，又是一阵热烈的掌声。

厂长说："压榨车间也要运转试车，大家去看看！"

车间主任不断报告试车情况，大声喊着：

"卸蔗台机械运行正常！"

"一道压榨机运转正常！"

"二至六道压榨机运转正常！"

"压榨蔗渣喷淋水系统运行正常！"

"蔗汁泵、蔗渣输送带运转正常！"

"压榨车间空负荷运转试车一切正常！"

报告完毕，各车间一片欢腾，欢声笑语盖过了隆隆的机器声！

随后大家走进制炼车间。制炼车间分澄清和煮糖两个工段，分别建在第二、第三层，煮糖楼高约二十米。

"制炼车间水、汽、物料、真空、机械设备试运转，一切正常！"厂长大声宣布。

"成功啦！成功啦！"制炼车间欢呼声、笑声、掌声响成一片！

这时，全厂各车间外鞭炮齐鸣，响彻山野。欢呼声和机器的轰鸣声混合成一曲雄浑的合奏曲。

福谦说："现在试车成功了，大家都很高兴！经过测试，一切符合要求。希望大家不要掉以轻心，细心检查，发现问题立即处理，保证一个月后顺利开榨。"

距离开榨还有一个多月时间，准备工作须抓紧进行。福谦召集临时董事会议，研究决定几件紧要事务，形成决议：

一、正式成立董事会和理事会，建立健全的企业行政机构；

二、尽快招聘并培训工人，经技术考核合格后才允许上岗；

三、下乡落实甘蔗种植面积及产量，落实制糖原料的采购情况；

四、就以上工作制订出实施计划，指定专人负责；

五、分工合作，掌控生产进度，保证各项措施落实。

糖厂正式开榨前必须先试产，试产这一天福谦、林养、索妮娅、福诚、吴船长一个车间一个车间地巡视察看。车间里的人们紧张有序地工作着。福谦一行进入锅炉车间，出现在眼前的是一个黑乎乎的热气腾腾的庞然大物——锅炉。滚滚的浓烟顺着耸入云天的烟囱冒出，翻滚着消失在无垠的天空中。汽笛"呜——呜——呜——，呜——呜——呜——"地仰天长啸，宛如在战场上奔腾的千军万马。

各个车间主任详细介绍甘蔗压榨、加热硫熏、真空吸滤、沉淀澄清、蒸发浓缩、真空煮糖等流程。福谦和董事们听了各个车间的报告，沿着白砂糖输送带走到成品车间。

这是糖厂全体职工最期待的时刻。技术人员对糖膏质量进行了检验，检验合格后厂长宣布："糖膏浓度符合要求，可以分蜜干燥！"

"离心机启动，放糖膏！"厂长一声令下，最后一道工段的工人们启动离心机，把糖膏放进罐体。机器快速旋转，把糖蜜分离甩出，间或放出蒸汽，清洗残留的红黑色糖蜜，晶莹剔透的砂粒状白糖进入干燥机输送带。化验员从输送机末端提取样品，化验分析理化指标，然后鉴定品质级别。福谦迫不及待地拿了一点白糖放进嘴里，他说："甜，白砂糖好甜！"说着，又拿了一小把白糖放入嘴里细品后说，"我们一定要把这个厂打造成世界一流的制糖厂，香飘世界，甜满人间！"

两小时后，厂长宣布："成品化验的理化指标达到一级白砂糖的国际标准！"

"糖厂试产一次性成功！"

"立即投产，载入厂志！"福谦心花怒放，高声宣布。

经过一年多紧张的准备工作，终于迎来正式投产的日子。这一天天朗气清，万里无云，山风阵阵，清爽宜人。工厂广场四周插满五颜六色的彩旗，各车间张灯结彩，工厂大门两旁挂着四盏大红灯笼。

福谦、林养、福诚三对夫妇穿上节日的盛装，在压榨车间等候良辰吉时，吴船长也特地从新加坡赶来参加投产典礼。上午九时，福谦激动地宣布："投产典礼开始！"顿时锣鼓喧天。一串串千响鞭炮同时点燃，白光闪亮，烟雾弥漫。硝烟在空中飘散，红色的纸屑漫天飞舞。一捆系了红布条的甘蔗投入卸蔗台下槽正式投产，全厂工作人员、嘉宾、蔗农代表等欢呼雀跃。厂区各个车间彩旗飘飘，人声鼎沸，比唐人街的元宵佳节还要热闹。

这时，传来一阵锣鼓声，陈先锋、王守吉两人带领舞狮舞龙队前来祝贺。只见两个装扮成老爷爷老奶奶的年轻人在长龙的前方有节奏地挥动舞龙棒，引领舞龙队前进。王守吉身材魁梧，身手矫捷，高高举起五彩斑斓的龙头，纵身一跃，在空中稍停片刻，瞬即俯冲而下。他身后十来个步伐矫健的小伙子撑起龙身左旋右转，忽高忽低，疾步如飞，不停翻腾跳跃。巨龙炯炯有神的大眼睛不停地转动，红彤彤的大口露出锋利的牙齿，两个龙角更使巨龙显得威武勇猛。龙身上的银铃发出叮叮当当的声音，清脆悦耳。

正当人们看得如痴如醉的时候，陈先锋和他的徒弟们舞着两头白狮子，在紧锣密鼓声中跳跃到广场中央。他们模仿狮子的各种精彩动作，表演得出神入化。陈先锋武艺高强，一个箭步跳到广场中央的一个大圆球上不停摇晃。他的徒弟们跃上桌子，直起狮身左右顾盼。这时，狮龙混舞，广场上热闹非凡，阵阵喝彩声赞美声不绝于耳，气氛热烈，把庆典活动推上一个又一个高潮。

当最后一抹残阳消失在西边山头时，夜幕笼罩了大地。这晚天朗气清，星河灿烂。福谦等人的心情非常激动，他们经过一年的拼搏，终于有了今天的成果，十分欣慰。福谦对林养说："我们的生意都上轨道了，是圆梦的时候了。"

"是的，你的红砖厝只建了初坯，还有许多事要做。我也想回国建一座红砖厝！"林养说。

"你和福诚回国。这里由我和索妮娅看管！建红砖厝是大事，得先谋而后动。"福谦说。

"我也要带孩子们回国，孩子们还没见过爷爷奶奶呢！"阿姗向林养提出要求。

"也好，一路顺风，快去快回！"福谦说。

第二十四章

印尼办糖厂

第二十五章　华侨回乡办学校

有一天，阿彬焖了一锅香喷喷的干饭，笑着对翡翠、明宇说："你爸寄钱回来了，今天让你们吃顿饱饭。"听了娘的话，翡翠和明宇想到不必再挨饿，都很高兴。两人端起饭碗像饿虎吞食般很快就把饭吃完了。阿彬拉着翡翠的手说："你叔叔这次回来是装修大屋，程墨是回来和你成亲。"翡翠听了脸上泛起红晕。

两个月后，福诚带着程墨回来了。福诚结婚后不久就返回南洋，因日本南进再也没有回家，与福诚嫂一别就是五年。福诚嫂平日沉默寡言，只会埋头做事，虽没见愁眉苦脸，但也难得看见她开口说笑。丈夫回来了，她心里高兴，洗洗刷刷，忙里忙外。程墨和以前一样，进了门还是一副冷面孔。

国内与海外的交通恢复后，走南洋的人只要手头有钱，回家乡很方便。华侨回国简单朴素，没什么行当，不讲派头，跟赶集一样平常。一个家突然多了两个人，热闹多了。为了准备程墨的婚礼，阿彬没有半刻闲着。新娘是自己从小拉扯大的，熟口熟脸，知冷知热。阿彬想起当年和福谦成亲时简简单单，什么仪式都没有。这次程墨成亲，她想："要办得隆重些，像样些，先让翡翠回娘家，然后用花轿把她抬过来！"征得翡翠亲生父母的同意后，阿彬决定成亲前一天让翡翠回娘家，再按规矩用花轿迎接她入门。

到了成亲那天，程家雇了顶花轿去杜鹃红村迎娶翡翠。按习俗要有一个"客仔"走在轿前头，另外两个年轻人随行。所谓"客仔"，有的地方称为"伴郎"，这个角色最后选定由明宇担任。山里人走惯山路，翻山越岭是小事，但做"客仔"要遵守许多规矩。阿彬对明宇说："到了你姐家，不可以东跑西跑。他们会煮一碗糖水，里面有两个蛋。你只可吃一个，另一个用筷子夹成两半，但不可以吃。你一定要记住！别让人说你嘴馋，不懂礼貌！"

"噢。记住了！"明宇回答，但他心里并不明白为什么只可以吃一个蛋。

不一会儿，轿夫抬来花轿，明宇走在轿子前面，迎亲队伍出发了。两个轿夫抬着空花轿，一行人翻山越岭，走了近两个钟头，在临近中午时分到了满山红村。村里人都知道他们是来迎娶新娘的，争着来看热闹。明宇进屋后坐定不久，真的有人端来一碗糖水，里面有两个晃动的煮熟剥了壳的鸡蛋。明宇饿得慌，一个鸡蛋下肚并未吃饱，眼睛还直勾勾地盯着另一个鸡蛋。但他记住娘的话，用筷子夹成两半，不敢往嘴里送。很快有人掀开房间的竹帘把蛋汤拿走。过了一会儿，有人送来一碗面线糊，听说这是闽南特色婚俗礼节。面线糊囫囵下肚后，明宇才有点精神，但肚子还是咕咕直叫。一切准备就绪，翡翠坐进轿里，明宇还是走在轿前引路。他们和来时一样翻山越岭回到家，按习俗走完繁琐的婚礼仪程，请堂亲们吃完饭，婚礼才算结束。

　　尽管翡翠出落得如花似玉，村里的小伙子见了都两眼直勾勾，但她却入不了程墨的法眼。婚后的第二天，程墨照样跑上山。他这次上山没砍柴，只把扁担有铁锥的一头插在山脊上，跑回他生母那里。程福诚来回追了几次，程墨又跑了几次。最后福诚说："你现在成亲了，是大人了，还这样孩子气！"

　　程墨不吭声。福诚问佩珍，她淡淡地说："我也不知道他怎么想的。大概是没缘分吧！"

　　"印尼还去不去？"阿彬问。

　　"既然如此，让程墨先回印尼！"福诚叹了口气对阿彬说。

　　"也好！"阿彬淡淡地说。

　　"程墨在印尼也没学好。他不上学，整天和顽劣少年东游西荡，吃喝玩乐。这次回乡结婚，本想着他有了老婆会走上正路，结果让我们都傻眼了。三岁看大，七岁看老。程墨从小有失家教，成长环境不好，性格乖张，看来是朽木难雕。"福诚劝慰嫂嫂。

　　送走了程墨，福诚从厦门回家。他在家里等"侨批"，希望尽快装修红砖厝，完成一家人多年的心愿。

　　一天中午，红日当空，"侨批"派送员陈甜挑了一担东西进了程家。进屋后，陈甜说："恭喜恭喜，你们看全是钱！"

　　全家人围拢过来。陈甜撂下担子解开袋口，大家一看是一整担的法币。陈甜递给福诚一封信，信封外面印上一个红色的长方形框，上面写着"福诚弟收"。原来福谦寄回一千元美金，说是作装修红砖厝用。"信上写的是美金，怎么变成了法币？"福诚问。"我也不知道，局里说政府有公文，规定一定要兑换成法币！挑一大担钞票走二十多里路多辛苦呀，没被土匪抢走算是你们走运！"陈甜边说边把钱搬到桌子上。

一块八仙桌的桌面都摆满了，还要一层一层往上叠，足足叠了五六层。钱刚印出来不久，还散发着浓浓的印油的味道。陈甜搬完钱，双手沾染了各种颜色。

看到这堆钱，福诚傻眼了。他知道法币从一九三五年发行以来，不断贬值。当年一百元法币可以买两头牛，现在都买不到一盒火柴，人们甚至把小额法币当厕纸用。平时大家去青峰街买卖东西都是以物易物，有时交换不到自己需要的物品，掌柜写一张收条，如收到某某客人二十斤白米，他日客人凭字据可以到开字据的店铺兑换自己需要的东西。

"按一元美金兑换三十万法币计算，总共三亿，你点点。"陈甜说。

"不必点了！"福诚回答。

"现在法币一天一个兑换价，趁早买东西！"陈甜说着伸出一只手，意思是要点小费。"你自己拿！"听福诚这么说，陈甜拿了十来叠法币放进自己的小布袋。

"辛苦了这么多年，期盼了这么多年，应该为娘、嫂嫂、老婆、侄女添一件新衣服，为侄儿明宇买双鞋。"有了钱，福诚心里盘算着。

第二天，一家人起了个大早。福诚把钱分装成两担，他和老婆一人挑一担，阿彬、翡翠、明宇紧随其后，向当时最热闹的市集——青峰街走去。福诚说："亏是一定亏的，能挽回多少是多少！"

到了青峰街，走了几乎所有的店铺，没人愿意收法币，最后还是一位认识的有交情的球记百货店老板说："法币是交通银行等三家银行发的，他们在泉州有分行，应该肯回收。今天正好有只船下泉州，我帮你收了交给船东，让他去泉州兑换。"球记掌柜把算盘拨得啪啪作响，最后说："换不到四斤大米。都是熟客，常来常往，给四斤大米吧！今天赶去泉州，还能换几个钱，过了今天可能分文不值，这世道哪有人活的路！"

真是晴天霹雳，一千美元换四斤大米！福诚他们愣住了。本是要装修红砖厝的，现在是竹篮打水一场空。阿彬和福诚嫂两妯娌泪流满面，福诚呆呆地站着。原先还打算买新衣服新鞋子，现在都买不成了。

还是阿彬想得开，她宽慰福诚说："天上浮云，地上草根，是生是灭由不得人！失去的追不回，今后从长计议，叫你哥以后托回国的番客带美金！"

福诚很迷惘，喃喃地说："装修红砖厝的事要搁置了。这一搁，不知道要等到猴年马月！"

抗战期间民生凋敝，村里没有小学，孩子们要读书就得去青峰镇。东苍乡离青峰镇有十来里路，要翻越一座大山。想要按时到达学校，孩子们必须四点钟起床，五点钟前出发。听说深夜山里常闹鬼，有人绘声绘色地说看到过披头散发的鬼，还听到过鬼叫声。孩子们不敢单独翻越山岭，十几个小学生吃过早饭集中在一起，吹着呼哨相互壮胆翻过大山。

现在孩子们读书不必那样辛苦了。东苍乡有几十家华侨，很多人都在海外谋生。现在日本投降了，侨胞最先想到的是在家乡办学，让孩子们有读书的机会。不仅东苍乡，泉丰镇的每一个乡都有华侨回乡办学，是不求回报的义举。东苍乡的学校办在薛氏祠堂，祠堂不大，但够用，上厅和下厅两旁各有一间厢房，上下厅堂左右各有一条走廊，也可以摆桌椅当教室，正好容得下六个班级。

一个乡有几个姓氏，常常为山林水源闹得不可开交，唯独办学不一样。祠堂是薛氏的，学校是薛氏华侨办的，但入学不受姓氏、性别限制，外乡人也可以来东苍乡读书。在通货膨胀的年代，纸币疯狂贬值，但侨办学校用美金发工资，城里的老师乐得来穷乡僻壤任教，师资水平高，教学质量也高。这时明宇也有机会进小学读书，而且从二年级上学期起，不再读那些晦涩难懂的古文。

第二年初夏的一天，平静的山乡突然热闹起来。原来有一户华侨人家从马来亚回乡了。走在前面的是精神饱满的薛天德夫妇，后面跟着一群孩童。男孩子们穿着相同的杏色斜纹哔叽短裤，镶蓝色花边的白短袖，黑皮鞋白袜子，脖子上系着蓝白相间海军服领带。女孩子们穿的是清一色格子连衣裙。那时，乡下人衣着简朴，大都只能穿自家编织缝制的粗布衣裳。这一群穿着五颜六色衣服的来客，显得特别耀眼，也特别新鲜。大家纷纷走出家门，热情地迎接回乡的客人。一行人穿过纵横的田间小道，走进山脚下一座红彤彤的红砖大屋。这大屋是薛先生五年前回乡建的，是乡里第一座红砖大屋，红砖厝刚建成不久，薛先生就去了马来亚。后来太平洋战争爆发，国内外交通断绝，一晃就过了五年。村里长辈们说，薛先生夫妇二十出头就远走他乡，辗转到了南洋，几经风霜终于等到全家荣归故里的这一天。

来到一个从没见过的地方，这群孩子欢欣雀跃，高兴得蹦蹦跳跳，在屋里屋外追逐嬉戏。薛先生读过几年书塾，给孩子们起的名字很有特色，很有韵味，不像乡下人给孩子起名字叫"阿猫阿狗"或"扁头"什么的。他家的男孩子从"安"字辈，女孩子则分别叫春兰、夏荷、秋桂、冬梅。由于薛先生的支持，第二年学校扩大规模，已经有一百多个学生。除了薛氏宗祠外，薛先生还把自己红砖厝的护厝让出来做教室，又增聘了老师。有一天，薛先生从泉州请来电影队，他说："乡亲们没看过电影，今晚给大家开开眼界。"乡里人不知道什么叫电影，但有的人曾经听说过，是外国人发明的一种机器，把光影投射到一块大大的白色布幕上，布幕上的人和真人一样会走路会说话，鸟会飞，野兽会跑，飞机会在天上飞，大炮会隆隆响，海浪河流会翻腾流动，景物千奇百怪，什么都十分逼真。电影是新科技产物、新娱乐方式，风靡全球，吸人眼球，神奇极啦！入夜，乡亲们从四面八方来到薛氏宗祠前，男女老少黑压压一大片。前面的人坐高低座椅，后面的人都站着，小孩子们挤进挤出，嬉闹着。大家都等着电影放映。那时看的是黑白电影，可乡亲们却觉得是前所未有的享受。有人绕着放映机惊诧地观察突突作响的发电机和明亮的电灯。人们等急了，喊着"快快放，快快放"。不一会儿，灯关了，音乐响起，一束炽白的光束投射到银幕上，人群里欢声四起，热烈鼓掌。只见银幕上一个风姿绰约的美女甜蜜蜜地睡在床上，一个叫戴维斯的男人顺着窗外的梯子爬进房里，吵醒美女，跪在她膝前，喃喃地说着话。看到银幕上的人会走路会爬梯还会下跪，大家很惊奇，一会儿静悄悄地聚精会神地看，一会儿又交头接耳地低声议论着，津津有味地享受人生首次影视娱乐带来的满足感。

这年头，不时有些新鲜事、新鲜话传进学校，是孩子们以前从没听过的。有人教了跳绳，孩子们像快乐的小白兔，成群结队，又蹦又跳；有人学了新儿歌，孩子们像调皮的小麻雀，叽叽喳喳唱个不停。学校简陋少有娱乐设施，孩子们在空地上玩"过五关"，你冲关我守门，你伺机冲关我左遮右挡。"过五关"玩腻了，也不知道哪里传来新鲜的"共产党""国民党"词儿，孩子们就用两个"党"的名称分成两队，每队十五人，一队"国民党"，一队"共产党"。午休时，两个"党"互相追逐，满山遍野高声叫喊奔跑，互相追逐抓捕，被抓多的是输家。这一闹终于把校长从梦里吵醒。校长揉揉眼，听到"党党党"的叫喊声，气得火冒三丈，口里骂道："这些孩子不知天高地厚，居然拿政治开玩笑。"

他一骨碌翻下床，拿了个又长又厚的竹板，把正在嬉戏的学生统统叫来，每人各打五下竹板。这次校长是咬紧牙根使劲地打，嘴里不停地说着："你们懂什么党不党的？以后再闹，各打十板，打到你们不敢胡闹为止！"校长是认真的，打得学生们的手掌火辣辣的。有的被打得忍不住疼缩回手，校长把他们缩进去的手拖出来，打得更狠，打到自己的手也疼了才停下来。

第二十五章

华侨回乡办学校

第二十六章　装修红砖厝

"阿诚，有人找你，说是从新加坡来的！"阿彬走进屋说。

现在家中囊空如洗，装修红砖厝的事一筹莫展。听说有新加坡的来客，福诚一骨碌从床上爬起来，迅速走出门迎接客人。

"噢，荷包叔！"见到来客，福诚非常高兴。荷包叔早年与福诚一起闯南洋，到印尼后两人朝夕相处，亲密无间。

"几时回国的，我怎么没听说？"福诚问。

"里面说话，里面说话！"荷包叔说着，两人进了屋。

一阵寒暄之后，荷包叔看看左右没人，附在福诚耳边轻声说："你哥托我捎钱来，全是美金！"说完，荷包叔伸进肚兜，把一大叠包好的东西交给福诚。

接过荷包叔递过来的东西，福诚顿时精神百倍。

"现在是行动的时候了！"送走荷包叔，福诚把好消息告诉家里人，并且交代隔墙有耳，不可让外人知道！听了福诚的话，全家人都很兴奋。

有钱好办事。这时的福诚犹如指挥千军万马的将军，开始筹划装修红砖厝。他以最快的速度寻访聘请能工巧匠，采购装修材料。

红砖厝的门面就像人的脸面，是装修的重点。这门面主要是指大门和大门两侧红砖白石墙体和屋顶。材料必须上乘，装饰特别讲究，所需的花岗石只有三十公里外的南安石砻才能买到，那里产的花岗石千年不变色。福诚按照工匠师傅的要求与大番一起去石砻订了货，一个月后，他和丁先生、大番、小番一起来收货。当他们到达石砻时，订购的石料已经整整齐齐地摆在金溪岸边。验过货后，石料厂厂主安排工人把石料搬上船。船沿着晋江东溪溯流而上，经过青峰渡口再行三里水路，到了一个离杏花村不远的临时停靠点。福诚上岸和在岸上等待的搬运工人打招呼，大番和丁先生组织工人搬运。

工人们卷起裤筒下到溪里。石料又长又厚又笨重，屋前的裙堵石料长五米，宽一米半，每一块都有数吨重。想把这批巨石搬回家，谈何容易？山区农村尽是层层梯田，田埂不到一尺宽，狭窄的道路高低不平，工人们还要过山涧，涉溪流。好在秋季的稻谷已收割完毕，稻田里没有水，便于搬运物料。几十个工人齐心协力，每天从大清早忙到太阳偏西，用了三天的时间才把船上的花岗石搬上岸。紧接着，工人们把花岗石搬运到建筑工地。从东溪岸边到福诚家虽说只有三四里，但一天能搬运两趟工人们已是尽了最大的努力。搬运板石的工人两人一队，一块花岗石通常需要五队人抬，有的甚至需要十来队。工人们用粗绳套在板石上，再用大木棍穿过粗绳，把石板扛离地面，一个人负责指挥，大家听口令，同时起步，动作协调，一步一步挪移，每步只能前进一个脚板的距离。因为板石太沉，每前进三五米工人们就得停下休息。工人们就这样缓慢地上坡下坡，几十个工人用了近十天时间才搬完溪边的板石。铺地板的红砖是泉州出产的大红地砖。福诚先雇船把地砖运到青峰码头，再雇人

第二十六章

装修红砖厝

肩挑过青峰岭。物料筹办已很艰难，正式施工更是复杂。

建红砖厝要请有经验的师傅，这是规矩，不可马虎。凡是建过红砖厝的师傅都是手艺高超的行家。福诚到处探访名师巧匠，亲自登门拜请。石雕师傅是从惠安远道请来的；原先打算请的木雕师傅说活太多忙不过来，福诚又颇费周折从芙蓉镇请到一位顶级木雕师傅。

装修红砖厝的各个工种各道工序必须分工合作、齐头并进。很快各路群英汇聚在一起，足有三四十人。福诚叫人把全屋的门板拆下来铺在地上，再铺上稻草，作为师傅们临时休息场所。师傅们虽然住得简陋，但一日三餐却不能将就，山珍海味天天有，上、下午有精美点心。师傅们白天辛苦劳作，晚饭时喝酒猜拳，一天的疲劳尽消。

建筑工地上，各项工作同步进行，场面格外热闹。石匠打石的叮咚声、木匠刨锯的沙沙声和泥水匠敲打砖头碰击的金石声，和着几十个工人从早到晚搬运石料木料、搅拌泥水的嘈杂声，在东苍乡山涧峡谷里回荡，充满了生机和活力。

泥水匠是建造红砖厝的主力军，从屋顶的燕尾脊到墙面，乃至铺设屋里屋外的门埕、条石、地砖，都是他们的工作。一座两进的红砖厝有六对双翘燕尾脊，每一对都要经过师傅们的精雕细琢，尺寸分毫不爽，整齐美观，飞扬挺拔，直冲云天。

大屋的屋脊下有一条一尺多高的凹垛，是泥水匠大显身手的地方。师傅们在这里画上各式各样的山水花鸟、历史人物、神话故事，就像一幅幅精彩的连环画。

"你们看，这一套是完整的赤壁之战！"晚上，孩子们围在泥塑师傅程燕泰的身旁，看他捏泥人，听他讲故事，"你们知道这个手拿羽扇、头戴纶巾的是谁吗？"孩子们睁大眼睛，摇摇头。燕泰师傅说："这个人就是大名鼎鼎的诸葛亮。屁股被打得鲜血淋漓的是黄盖，这个两眼朝天目中无人的是曹操，那个从马上掉下来，一只手还紧紧揪住马鬃的也是曹操。"

"他是大将军，为什么从马背上滚下来？"孩子们好奇地问。

"这里面故事多着呢。你们看桥对面那个两眼胀鼓鼓、胡须根根倒竖的将军，你们猜他是谁？"燕泰师傅停下来喝了一口水。

"是谁呀？快讲！"孩子着急地问。

"是大名鼎鼎的张飞。"看到孩子们全神贯注地看自己捏泥人，燕泰师傅越做越有劲，一时兴起把整套三国故事略带夸张地讲给孩子们听。他指着已经捏好的泥人，从诸葛亮舌战群儒、蒋干中计、黄盖苦肉计一直讲到孔明借东南风、火烧赤壁……燕泰师傅讲得生动有趣，孩子们听得津津有味。

第二天，燕泰师傅把这些人物粘贴在与屋脊等长的凹垛上，再画上花草树木、大山大河，成了一个栩栩如生的历史故事长廊。

像这样的画卷，在大门外屋檐下随处可见。师傅们把捏好的梅兰竹菊等粘贴好后，再画上蜻蜓点水、群蜂采蜜、蝴蝶飞舞等场景，一幅幅山水画异彩纷呈，让人目不暇接，赞不绝口。

手艺精湛的惠安石雕师傅的功夫堪称一绝。要砌一堵红砖墙，必须先安装青石基座。师傅仿照雄狮神兽有力的脚掌雕刻底座，然后在底座上安装数吨重的裙堵石，像是借助神兽的力量撑起一面墙壁，最后泥水师傅在白色裙堵石上逐层垒砌橘红色砖块，一直砌到屋檐下的垛上。在红砖与土墙之间，有一道近十厘米的槽，师傅们用红土、砂石、石灰搅拌的三合土填补，使红砖与土墙连成一体，坚固耐用，一面红白相间、色调和谐、醒目华丽的外墙才算完成，充分体现闽南民居独特的风格。

红砖厝其他三面墙体用大小不一、形状各异的石头或有规则的角石堆砌，然后逐层叠砌红砖。

整座红砖厝的外墙和屋面红艳如火，表达人们向往红彤彤的新天地、追求红火火新生活的愿景。整个屋面线条优美，灵动流畅。

装饰大门门面，是建造红砖厝最重要的环节。每座红砖厝都有一个响当当的名字。福谦回顾平生跌宕起伏的艰难岁月，现在终于如愿以偿，把这座红砖厝命名为"福安居"，意思是"福满乾坤，安居乐业"。石雕师傅明白主人的苦心，聚精会神地雕刻。福诚坐在师傅身旁，又是敬烟又是奉茶。他说："师傅，'福安居'和上面的'崇善堂'六个字是我专程去泉州城花重金请有名的书法家李灏写的，非常遒劲有力，是吗？"师傅答道："好书法，一字值千金！我精心雕琢，保证不走样！

"福安居"上面还有"崇善堂"，这是兴建大屋必须遵循的惯例，体现了闽南人崇尚和传承家族文化、宗祠文化的精神。大门的两旁是一副经过精雕细琢的"鸿运当头迎百福，吉星高照纳千祥"的楹联浮雕。楹联下端各有一个一米多高、一尺来宽的青石镂空花篮，一边是麻姑献寿，另一边是仙女散花。这两个镂空浮雕上盛开的花，千姿百态，错落有致，象征人间盛景春常在，花开四时福无边。大门两边两幅红彤彤的砖雕上面雕刻着民间流传的八仙过海的故事。引人注目的还有大厅正中真金正漆的彩漆和镶金的镂空木雕神龛。

红砖厝两进大屋八对红底金箔楹联，主要内容是鼓励耕读，劝人为善。

红砖厝由福诚主持，历经一年的装修，终于在第二年秋季竣工。现在，呈现在人们面前的这座红砖厝，从屋顶到砖厅石埕，从外墙到里屋，浑然一体，异彩纷呈，精美绝伦，充分体现红砖厝"红砖白石双坡曲，出砖入石燕尾脊，雕梁画栋皇宫起"的特色。这座红砖厝将永远屹立在蓝天白云下的青山绿水中，和闽南无数的红砖厝一样，为一个伟大民族博大精深的建筑文化增添光彩！

第二十六章

装修红砖厝

第二十七章　土匪祸侨乡

抗日战争胜利了，人们以为苦尽甜来，会有好日子过。殊不知国民党为了打内战抓丁派饷，横征暴敛，百姓依旧生活在水深火热之中。这一时期匪患成灾，风声鹤唳，哀鸿遍野。

一天午后，薛云腾带领一群凶神恶煞的恶棍绑着一个女人，从大山深处的风雨亭顺着古御道气势汹汹地走下山。走在前头的人敲着大锣，嘴里大喊："抓共匪婆！抓共匪婆！"原来，大清早有一个操外地口音的女人从东苍乡经过，薛云腾断定此人是共产党，立即报告镇公所，镇公所召集民团追捕女人。外地人人生地不熟，迷了路躲进山里。薛云腾纠集了二十多个地痞流氓搜山，抓住这个迷路的女人，把她捆绑得严严实实地游乡示众，随后押去镇公所邀功请赏。薛云腾走在前面威风八面，趾高气扬，双脚蹬得地面砰砰响，腰间佩着的驳壳枪不停地晃。到了镇公所后，那个女人被薛云腾一伙活活折磨死。薛云腾捉"匪"有功，官升一级，从保长升任联保主任。

白天如此，夜晚更不得安宁。秋收过后是农闲季节，除少量农田种小麦外，多数农田休耕，农民熏了田^①等待来年春播。这段时间是农村最热闹的时候。闽南农村有个习俗，几乎每个乡村都敬奉一尊或几尊守护神。秋收后农民手中有粮，村里白天有各种庆祝活动及宴席，晚上请戏班在祠堂或佛殿前演戏，大姓氏的家族排场也大，有时连演数晚。

抗战胜利后，山村比以前更不安宁。苛捐杂税多如牛毛，最糟糕的是抓壮丁，白天抓，晚上也抓。秋高气爽的夜晚，社戏开演了，晚饭后男女老少大都会去看戏。村民们正聚精会神看戏的时候，薛云腾带领持枪带棍的民团悄悄钻进人群。他们看准一个体格强壮的青年男子，就包抄过去，抓住他并牢牢绑起来。青年大呼："救命，抓壮丁啦！"人们跟着惊呼："抓壮丁了！抓壮丁了！"一时间戏台上下乱成一团。人们迅速散开逃避，小孩子被吓得哇哇直哭，哭闹声、喊叫声乱成一片。卖零食的担子里的花生糖果被踢得散落一地，小赌档的桌台被撞翻了，法币飞散，骰子在地上滚动，好好的一场大戏被搅得天昏地暗。如此场景被人们称为"慌埔"。这是薛云腾惯用的抓壮丁手法，几乎年年都用，闹得民怨沸腾。

一天晚上，薛云腾一伙人潜进大王宫前的戏场抓住了两个青年人，一个名叫黄梅，另一个名叫陈冬来。被抓后两个人高声喊道："抓壮丁了！抓壮丁了！"四周群众一拥而上，把狗腿子们痛打一顿，救出两人。薛云腾自认倒霉，无奈地离开。一阵纷乱之后，唱戏的照样粉墨登场，观众也陆续回到戏台前看戏，大家不想轻易失去一年中难得的娱乐机会。

薛云腾催收苛捐杂税大都在白天，因为即使收不到钱还能抢棉被毛毯，抓鸡赶羊。抓壮丁当炮灰主要是利用夜晚进行偷袭。因为薛云腾白

---

① 熏田：农村冬闲田的一种积肥方法。每个土包上面放四捆稻草，燃着稻草后用土盖住慢慢熏，可以提高土地肥力。

天很难抓到青年男子，他们远远看见薛云腾走来，满山遍野地跑，躲在树林里，想抓也难。

这段日子，福诚不敢在家里睡。他对阿彬说："嫂嫂，薛云腾现在抓壮丁抓得紧，他最爱抓小姓人家。我们程姓人少，我看夜晚得上山避一避。"

"我也这样想，薛云腾又升官了。他恨我们，每时每刻都想报复我们。你万一被抓走了，这个家谁担待？隔壁的简叔被抓走十来天了，不知被绑去哪里，一点消息都没有。简婶到处打听，也没个着落，不知往后的日子该怎么过！"阿彬说。

"还有任叔，被抓去当兵后也是音讯全无。前天我去青峰街，远远看见十来个兵丁押着一群壮丁。壮丁们被绑得像蛳蟹，连成一串被押着走，一个也逃不了，走得稍慢点的，还被兵丁狠狠用枪托砸。听人家说，壮丁们被抓走后很快就送去前线打仗。我看，晚上还是上山好。黑天暗地的，安全！"福诚说。

"明宇跟你上山，孩子年纪虽小，但能做个伴！"阿彬说。

"也好！孩子容易睡着，就是蚊虫多！"

"多拿几个破布袋盖住，会好一些！"阿彬说。

从这天开始，福诚叔侄夜夜上山躲避，天快亮时，看没有异常情况才下山。

从一九三七年开始，民国政府重新实行保甲制度。一个保（相当于一个乡）有一个保长。保以下是甲，由保长指派一人当甲长，负责管理一个自然村。这些保甲长的主要任务就是抓壮丁、催收苛捐杂税。

李家庄的甲长名叫李闲，抓壮丁从不卖力，当然完不成抓丁任务，薛云腾记恨在心。他警告李闲："再抓不到壮丁，就抓你去当炮灰！"

李闲知道薛云腾心狠手辣，处处提防，薛云腾总是抓不到他。

薛云腾白天抓不到李闲，就打算夜晚抓。在一个夜黑风高的晚上，薛云腾带了三个镇上来的兵丁到李闲家抓人，但还是没抓到李闲。一怒之下，薛云腾把李闲怀有七个月身孕的老婆抓去关在自家柴房里，企图用他老婆诱捕李闲。一个山村妇女没见过世面，被关在柴房里，三天三夜没吃没喝，担惊受怕流产了。消息在乡里传开，乡里人用最难听的话咒骂薛云腾。

一九四八年秋，即将开始收割水稻的时候，东苍乡发生数起抢劫事件。

华侨薛达豪身材魁梧，达观随和，乐善好施，对兴办学校尤为热心。他早年在菲律宾经商，抗战胜利后回国省亲，是东苍乡最富有的人。他的妻子艳娘也是读过书塾的人，丈夫回国后不久，她把丈夫的护照收管好，对他说："你成年漂泊在外，我们聚少离多。人生苦短，你别再漂洋过海了。我们共偕连理，白头到老！"

薛达豪听了这话一头雾水，说："我从小出外，不懂耕田怎么办？"

"你以前不时寄钱回来帮助堂亲们。俗话说，亲帮亲，邻帮邻。堂亲们也舍不得你下田种地，会有人帮忙的！"艳娘说。

薛达豪细细一想，觉得爱妻言之有理，应该"怜取眼前人"，索性把护照烧了，不再浪迹天涯，踏踏实实陪着娇妻过日子。尽管万里之外还有一个翘首以盼等待他回家的亲人，但他也只能两者舍其一。

为了让日子过得舒适惬意，薛达豪开始布局新的生活。他颇有建筑天分，设计了一座别具一格的红砖厝。他的红砖厝与传统的红砖厝建筑风格不一样：主屋是两层楼房，楼上楼下各四个房间，厢房环绕主屋，与主屋隔着一丈多宽的院子把主屋团团围住。大门是铁门四周装有铁栏杆，骑楼上也同样安装了铁将军①。这样新颖的建筑方圆百里未曾见过，非常坚固，能防盗防匪。此外，为了加强防匪实力，薛达豪从泉州买来四支步枪、一支驳壳枪和一大箱子弹，从乡里挑选了十多个同宗的青壮年，教他们练习枪法，夜间轮流在楼上值班。他告诉大家："谢谢大家鼎力相助。从今天起，晚上六点到第二天早上七点，你们分四组值班，每组两人，一岗三个小时多一点。主要任务是防止土匪打劫。我们不只防护我一家，我这里装着铁窗、铁门、铁将军，固若金汤，匪徒攻不进来。我的这座屋子在本乡的中心点，东苍乡如有农家被抢劫，你们可以鸣枪，把土匪吓跑！"

薛达豪的红砖大屋远近闻名，人们认为他肯定有许多美钞和黄金，远近的土匪早已垂涎三尺，但只能望着铁将军叹息。

翻山虎以前是陈国辉手下的排长，陈国辉倒台后，他摇身一变成了国民党军官，收罗陈国辉旧部继续在旧地盘打家劫舍。他把薛达豪看成唐僧肉，但苦于薛家防守严密，找不到下手的机会，不敢贸然行动，恨得咬牙切齿。一天，翻山虎召集一众小头目商讨对策，他说："东苍乡的薛达豪是远近最有钱的侨户，想要赚大钱就得从他下手！"

"听虎哥的！但薛家筑有铁门铁闸，防守严密，强攻恐怕有困难。"一个小头目说。

"强攻不行，可以智取！大家想想办法。"另一个小头目说。经过一番讨论，匪徒们个个献计献策，决定利用秋收的时机，埋伏在薛家屋前屋后的稻田里，等清晨铁门开启后，以迅雷不及掩耳之势攻进薛家。

土匪们思前想后，认为这个办法最好。商量妥当后，翻山虎派人前往东苍乡侦察，摸清薛家的作息规律和铁门开启关闭的时间。

----

① 铁将军：指锁门的锁。

金秋十月是收割晚稻的季节。一天深夜，翻山虎带领五十多个荷枪实弹的土匪潜入薛达豪红砖厝旁的稻田里。

薛达豪从回乡那天起就组织人值班守夜，几年来平安无事。大概因为从没有发生过麻烦事，值更人员便有所松懈。一天，两个值班乡亲清晨五点赶着回家割稻子，刚打开铁闸，两个彪形大汉就猛扑上来，用毛巾把两人的嘴塞住，其他匪徒迅速冲进屋里。

土匪一上楼马上踢开薛达豪房间的门，把薛达豪从被窝里拖出来双手反绑着审问，想尽快得知收藏美钞黄金的地方。只要这两样东西得手，翻山虎马上收队，以免暴露在光天化日之下。

尽管匪首翻山虎策划周密，但还是百密一疏。这股悍匪和安营扎寨的土匪不同，他们是临时组织起来的散兵游勇，是一股乌合之众，有的是临时加进来的，彼此互不相识，为了方便辨认，土匪们在右手臂绑了块白布。

危急关头，薛达豪二十多岁的养子薛云贵看见土匪右臂都绑着白布，他灵机一动，也绑了块白布混在土匪堆里。他熟门熟路地挤上楼，快手快脚抄到驳壳枪，拿个小布袋，打开柜子，把黄金和美钞等值钱的细软倒进袋里，转身跑出房间。

翻山虎抓住薛达豪问："黄金美钞藏在哪里？快说！说了就饶你不死，不说，毙了你！"另一个土匪拿枪顶着薛达豪的胸口。

"在隔壁房间的柜子里！"薛达豪本以为自家防御牢固，没想到竟被土匪攻了进来。平生从没遇到过这样的倒霉事，他一时六神无主。薛达豪想："钱没了可以再赚，命没了可什么都完了。"想到这里，他只好实话实说。

"走！"翻山虎用枪顶着薛达豪的后脑勺进了隔壁房间。土匪推着薛达豪走出卧房时，正好和薛云贵打了个照面。土匪认为薛云贵是自己人，竟与他擦肩而过。进了存放细软的房间，薛达豪指了指收藏贵重物品的柜子。翻山虎赶紧上前察看，发现柜子已经被打开，抽屉里还有些散落的金饰和几张小额美钞。

"黄金呢？美钞呢？"翻山虎气急败坏地问。

"原本放在这里，现在不见了，我不知道！大概是被你的兄弟抄去了。"薛达豪刚才也看到儿子下楼，心里明白几分。

"刚刚有位兄弟开了柜子，把柜子里的东西装进袋里出去了！"一个土匪说。

"是谁？"翻山虎暴怒。

"不认识，手臂绑了白布！"另一个土匪说。翻山虎指派两个喽啰看守薛达豪，对刚才说话的喽啰说："快快下楼辨认！"

薛云贵下了楼梯后大摇大摆地走到铁门前，守门的匪徒认定他是自己人，便没加盘问。薛云贵转个弯消失在稻田里，纵身跳过大屋旁两米宽的溪涧，藏好细软，朝天连开数枪求援。枪声惊动了酣睡的乡亲，大家知道，只有薛达豪家有枪，一定是薛家遭打劫了，于是家家户户齐出动，有大鼓的擂大鼓，有大锣的敲大锣，有大铳枪鸟枪的朝天砰砰放个不停。"土匪进村了！捉土匪！"喊叫声在夜空中震荡。

守在屋外的土匪不知道发生了什么事，慌慌张张地跟着开枪。一时子弹呼啸，锣鼓声、叫喊声一阵比一阵紧。土匪们乱了阵脚，翻山虎大喊："撤退，撤退！向前面高山撤退！"他命令小喽啰推拽着薛达豪走。翻山虎看见离薛达豪家三四百米处有座高山，便指挥匪徒占据制高点。山高路陡，土匪们爬上山顶，个个上气不接下气，薛达豪也被押上了山。

土匪们拼命逃跑，守夜的乡亲拿着步枪向土匪频频射击。看见养父被拖上山，薛云贵紧紧尾随追赶。

参与这次打劫的大都是外地土匪，他们没预料到会出现这一幕，又不谙当地地形，慌不择路，一个劲向薛家旁边的卧船山山顶爬。他们误以为爬得越高越安全，殊不知卧船山是一座孤立的山头，环绕这座山有几个乡镇数十个自然村，四周是人口稠密的地方。这时天渐渐亮了，红霞布满天空。老百姓最恨土匪，四乡八里的群众听到锣鼓声纷纷向卧船山山下涌来，声势浩大。翻山虎这才觉察到爬上山顶绝非良策，容易被围得水泄不通，于是马上改变主意，指挥土匪冲下山向北面丛林地带撤退。薛达豪六十多岁，行动缓慢，土匪们也顾不得他了，慌忙向北面的崇山峻岭逃跑。最先爬上卧船山山顶的群众护送薛达豪下山。薛云贵看到养父脱险，拿着驳壳枪向土匪逃跑的方向穷追不舍，在临近山下的公路旁打死一个土匪。

过了公路就是连绵的群山。从四面八方围上来的群众手里大都是锄头扁担，呐喊助威还行，真的和土匪拼肯定不行，于是追了一阵后就不再追赶。此时已是晌午时分。

抢劫薛达豪家的事件发生后不久，福诚家也遭遇劫难。

农民秋收后要熏田积肥，以备来年春耕。几天来，福诚到李家村帮姐夫李引棣熏田，连续三天的劳作使他筋疲力尽，腰酸腿疼。福诚家养着一只非常机灵的大黄狗，门外稍有动静就叫个不停，直到主人叫停为止。土匪常夜间出来打劫，华侨家是土匪打劫的主要对象。福诚暗暗想：被打劫的人家不在少数，但至今自家尚且平安，命运似乎比人家好些！

福诚向大黄狗招了招手，大黄狗会意跑了过来，趴在福诚膝下。福诚解开纸包，拿出几根骨头给它啃。做完农活后姐夫宰了只大公鸡犒劳大家，福诚吃了些鸡肉，惦记着大黄狗，把鸡骨头包起来带回了家。

他想："幸亏有这只大黄狗，晚上如果有动静，它会狂叫把土匪吓走！"想到这里，福诚把一面大锣和木槌放在枕头下，安心睡觉了。

怕什么，来什么。红砖厝刚装修完不久，石灰土还没风干。一天后半夜，一群土匪在福诚家厨房外墙挖了个只容得一个人爬进的洞。一个土匪钻进厨房开了边门，土匪们蹿进了屋。匪徒踢开各个房间的房门，把睡梦中的人们一个个吆喝着拖起来，集中在右大房看管。奇怪的是这一夜大黄狗没有叫。

丧心病狂的匪徒入屋后大肆抢掠。他们把打谷桶的麻帐和床上的蚊帐铺在地上，打开橱柜，拉出抽屉，把抽屉里和柜上格子里的物品，不分好坏统统往帐里倒，最后把麻帐口扎紧堆在院子里。土匪打劫时干净利索，连刚收割还没晒干的稻谷也装在麻袋里挑走，一件衣物一粒米都没留下。

但是土匪们最想要的贵重的值钱的东西，一样也没抄到。他们把福诚绑在长椅上，一个土匪跨上去，坐在福诚胸脯上，叫嚷道："说，快说！黄金美钞放在哪里？全拿出来免得受刑！"

"全买了建筑材料，都用完了！"福诚回答。

"不拿出来，有你好受的！你不是刚装修了红砖厝吗？没钱怎么装修？"坐在福诚身上的土匪接过旁边一个土匪递过来的一壶辣椒水，往福诚鼻腔里灌。福诚被折磨得透不过气来，只好说："有，有！让我透口气！"

"快拿出来！"土匪大声吆喝道。

福诚透了一口气后说："没有黄金，也没有美钞！有的是命一条！"

土匪恼羞成怒，继续给福诚灌辣椒水。

福诚说没有黄金美钞倒是实情，他说有，只是想借机透口气。

"家里的确没有值钱的东西。"福诚深深吸了口气，摇摇头。

"装穷！"土匪对着福诚一阵拳打脚踢。另外两个土匪把福诚的老婆拖过来照样绑在大长椅上，像对待福诚那样行刑。

坐在地上的阿彬急了，大声说："她有身孕，不能用刑，要罚罚我！"

一个土匪看了福诚老婆一眼，看见她的肚子微微凸出，但还是跨了上去，坐在她大腿上，又摸又捏又灌水，百般侮辱。

那几天，阿彬病了正发高烧没有受刑。她看土匪忙于抢劫行刑，悄悄摸出房门，迅速跑过大厅想从后轩跑出去呼救。不管三七二十一跳过后花台，想从后花台跳到田里出去呼救。这时她听到有个土匪喊："快，快！一个老太婆逃出去了！"大厅里的土匪闻讯，冲出后轩把阿彬抓进来围住毒打。

经过一个多钟头的搜掠折腾，土匪把全屋的每个角落都搜遍了，认为再也搜不出东西了，于是挑着背着抢劫来的东西，有的打着手电筒，有的提着灯笼，沿着山路消失在山的另一边。山那边有三座农舍六户人家，当晚这群土匪围住村口，把几户人家洗劫一空。乡下人家很少有值钱的细软，土匪连牛羊也都赶走了，还吃了宵夜。土匪大多是临时组合，天亮时上山在山头分赃，因分赃不匀在山头上大打出手，一时尘土飞扬。

土匪虽然已经撤离，但福诚一家人还是惊魂未定。这时已是深秋时节，家里的东西被抢光了，每个人只穿着一件睡衣睡裤，个个冷得发抖。

"你去舅父家，把被抢劫的事告诉舅父，再拿些吃的和衣服回来！"阿彬对明宇说。

全家只有十来岁的明宇走得出门。从杏花村到舅父家要走好几个钟头。明宇出门时天还没亮，残月如钩，山间小路依稀可辨。明宇只穿了一条内裤，光着脚踏着草丛上冰冷的晨露，迎着飕飕的寒风，浑身哆嗦，手脚发麻，嘴唇发青，牙齿咯咯作响。他加快步伐，一路小跑，到了舅父家。舅父和妗母见状大吃一惊，问道："明宇，怎么啦？"妗母急忙拿来衣服给明宇穿上。

"舅父妗母，土匪抢劫了我们家！"明宇累得上气不接下气，边掉眼泪边说。

妗母又去打了一碗热粥，说："快吃了，别受寒，有话慢慢说！"

明宇一边喝粥，一边把家里被抢劫的情况讲给舅父妗母听。

舅父和妗母拿了衣服、食物和明宇赶来福诚家。这时天已大亮，前来慰问的乡亲好友挤满一屋。

福不双降，祸不单行。因为土匪打劫受了酷刑，福诚老婆一病不起，令人担心的事终于发生了。一天，福诚老婆肚子阵阵绞痛，额头上直冒豆粒大的汗珠。不多时接生婆也来了，大家急得团团转，阿彬上床搀扶福诚老婆，让产妇倚靠着她。这时明宇放学回家，阿彬大声呼叫明宇："快去，把厨房里大大小小的瓶瓶罐罐拿到屋后用力地摔，摔得越响越好！快！"明宇迅速跑去厨房，把厨房里的瓶瓶罐罐一个个拿到后花台使劲地摔，发出巨大的响声。过了一会儿，他听到屋内传来婴儿哇哇的哭声。孩子生出来了，屋里的人松了口气。过了一会儿明宇又听到呼喊声："不好了，不好了，大人昏过去了！"屋里又一阵慌乱，人们集中精力抢救大人。已经没有东西可摔，明宇进到屋里，掀开门帘，只见叔叔手里拿着参汤，正用铁汤匙往姊姊嘴里灌。但此时，福诚老婆的嘴再也张不开了。情急之下，阿彬用汤匙柄撬断了她的一颗牙，把参汤一滴一滴地往她嘴里滴，但是福诚老婆仍昏迷不醒。大家回头看婴儿，婴儿也没了气息。不到一个时辰没了两条人命，一家人号啕大哭。

福诚没有想到会发生这样悲惨的事。不久，他带着一颗破碎的心，拖着沉重的脚步离开了大山里的家，回了椰城。

第二十八章　东苍乡新气象

　　春雷一声震天响，一九四九年秋东苍乡解放了。老百姓欢欣鼓舞，喜笑颜开。

　　新中国成立后，镇一级建制改为区。吴军是区公所派到东苍乡的下乡干部，他穿着整齐干净的米黄色军装，腰间佩戴着一支盒子枪，左胸的小口袋里插着一支钢笔，非常威武干练。他当时二十五岁，随军南下，会说闽南话。

　　东苍乡山脚下有个馒头状的大草埔，站在草埔上呼喊，全乡的人都听得见。"李大炮"是乡里的"大声公"，乡里有事通知村民，都由他站在草埔上，用土广播筒向东西南北四个方向广播。

　　"乡亲们，今晚晚饭后，在薛氏祠堂开会，选举乡政府的干部！"

　　吃过晚饭，人们聚集在薛氏祠堂门口。学校的老师点燃一盏煤气灯，挂在大厅正中间的屋梁下。这盏灯是菲律宾华侨捐赠给学校的，在当时是最先进的照明工具。

　　会议开始了，吴军环视祠堂内外，站在大厅前的石阶上说："乡亲们，现在解放了，人民当家作主。今天我们要成立东苍乡人民政府，选举乡长和副乡长，还有治保主任、妇女主任、民兵队长，也就是统称的乡政府的五大头。大家同住一个乡，低头不见抬头见，相互了解，我们要选举人品好、吃苦耐劳、愿意为大家服务的人当我们的带路人，带领大家向前走！"

话音刚落，人们热烈讨论，经过一阵酝酿，提出了十多个候选人，然后逐一举手表决。赞成来福伯当乡长的人最多，他被选为乡长；光伯被选为副乡长；另外人们选举大番为民兵队长，正式成立民兵连；张妙来当选妇女主任；治保主任是李家庄的李大树；薛达豪为人亲切和蔼，善于团结群众，化解邻里纠纷，被选为调解主任；李引棣写得一手漂亮的毛笔字，被选举为乡政府文书。

"好，选举有了结果！"吴军大声宣布东苍乡第一届人民政府成员的名单，乡亲们热烈鼓掌。吴军又说："从今天起当选的乡领导干部要各司其职，做好乡里的工作，全心全意为人民服务。"

"由乡里人自己选乡长，这是从来没有的事！"有人感慨地说。

"人民政府就是好，带领人民翻身得解放。"大家都这样说。

新时代带来了新气象。以前静寂的山乡现在不平静了，到处生机勃勃。为了庆祝解放，乡长建议学校排练戏剧，既宣传党的方针政策，又丰富学生文娱生活。不久，《血泪仇》被搬上舞台。演出当晚，村里的剧台下挤满了观众。

饰演主角王仁厚的是一名小学六年级学生。他手拿尺把长的旱烟管，驼着背步履蹒跚地上场，声泪俱下地唱道："王仁厚前后村都找遍，找不到我的东才儿……"

新中国成立前几年有三大祸害：抓壮丁、苛捐杂税、匪患。这三大祸害逼得人们家破人亡，妻离子散。老百姓对国民党反派动恨之入骨。解放初演戏大都取材于民间，反映这三大祸害，剧情真实，能引起观众的共鸣。

王仁厚唱毕从舞台右边进入后台。这时，一个手拿文明棍、戴着墨色眼镜和圆顶礼帽的保长气势汹汹地上台了，两个持枪的保丁押着五个被绑成一串弯着腰跌跌撞撞的壮丁，从舞台左边出来。走在前面的正是王仁厚要找的儿子王东才。保丁一边吆喝着一边对壮丁拳打脚踢，这时候，冷不防从台下冲上来两个汉子，夺了保丁的枪，迅速解开被绑壮丁的绳索，揪住保长举手要打。饰演保丁的演员见势不妙，一溜烟跑进后台。饰演保长的演员脱了帽子，对冲上来的人说："哥呀，是我，阿频！"哥哥见是弟弟傻了眼，断断续续地说："你……你……是……保长！"

"我在演戏呀！"弟弟回答。

原来今晚演的戏反映的是当时农民被压迫被剥削的真实情景，演员演得逼真，扣人心弦，台下有的观众看得入迷，想起自己为逃避抓壮丁而睡山洞的惨状，误以为国民党真的又来抓壮丁，冲上台要打保长。见此情景，观众捧腹大笑，掌声雷动，大呼："好戏，好戏！"类似的情景，当年屡见不鲜。

镇里唯一一所中学排演了明朝末年农民起义的故事《李闯王》，校长亲自扮演李闯王，总务主任扮演牛金星。太阳下山后，他们下乡演出，受到群众的热烈欢迎。

这是一个百废待兴的年代。泉丰区方圆十多公里，有二十几个乡、两百多个自然村、四万多人口，每天晚上都有几个乡演戏。这可乐坏了年轻人，夜幕刚刚降临，小伙子们不论远近，成群结队，有戏必追。在贯穿泉丰区的大路上，三五成群的年轻人，踏着皎洁的月光，穿梭往来，追逐嬉戏。当时乡里演出的剧目除了革命题材的戏剧外，更多的是古今爱情剧，《梁山伯与祝英台》风靡一时。高甲剧团演的《陈三五娘》，让青年男女们看得如痴如醉，是人们百看不厌的剧目，有很多人会跟着唱。一九五〇年，政府公布新婚姻法，废除包办婚姻，主张婚姻自主，自由恋爱，青年男女冲破封建桎梏，在青山绿水间，在花前月下，成双成对，喁喁私语，倾诉着相互的爱慕之情。这是大时代洪流里的一朵美丽的浪花。

树欲静而风不止。正当人们沐浴在春天的阳光里，憧憬美好未来的时候，岚平县被国民党的残渣余孽搅得天昏地暗。一天，时近中午，六名税务人员翻过一座山岭前往县城缴交税款，路过山下一条街道停下来休息。此时，以"白云纵队"翻山虎为首的土匪包围了税务人员，抢走税款，当场打死一人。其他五人被绑架上山，在偏僻处被人用石头活活砸死。更有匪徒在光天化日下公然攻进区公所，杀害工作人员。罗西乡特务组织围攻区公所，把所里的工作人员都活活烧死。一个十八岁的土匪用刀一口气砍杀了十四个区公所人员，有的头颅滚落三丈外，鲜血飞溅。康梅乡的农会主席被抓后被剖腹挖心。颖县土匪暴乱，一个村被活埋了十三位村干部。闽南各地死于匪患的干部群众数以千计，损失的财物难以计数。土匪穷凶极恶，狠毒残酷，他制造的惨案令人触目惊心。为了保卫胜利果实，中国人民解放军第三十一军官兵与泉州周围各县人民相互配合，搜山剿匪，全歼了匪徒，根除了匪患。

随着乡一级人民政府的普遍成立，剿匪、镇压反革命、土地改革、大规模的农田水利建设等各项工作，在东苍乡轰轰烈烈地展开。

区公所根据群众的揭发检举，抓捕了一批罪恶滔天、民愤极大的土豪劣绅和打家劫舍的土匪头目，一场肃清反革命分子的运动开始了。东苍乡伪联保主任云腾成了人人喊打的过街老鼠，没过几天，他就被关押到了区公所。土匪翻山虎和他的狗腿子们也被抓捕归案。不久，区公所召开公审大会，薛云腾、翻山虎等十几个罪犯被押上审判台，一个个跪在台前。

人们纷纷上台控诉薛云腾、翻山虎等人的罪行。黄汝娟第一个上台。她指着薛云腾大喊："薛云腾，还我孩子！"原来当初薛云腾想抓黄汝娟的丈夫当壮丁，但抓了几次都没有抓到，就把怀有七个月身孕的黄汝娟关进柴房。黄汝娟经不起折腾，流产了。台下群情激愤，大呼口号。

"打倒薛云腾！"

"枪毙薛云腾！"

"血债血偿！"

口号声一阵高过一阵。有人想冲上台打薛云腾，被公安人员拦住。

简婶、任婶的丈夫三年前被薛云腾抓去当壮丁，至今音讯全无，生死不明。简婶指着薛云腾骂道："薛云腾，你狼心狗肺，把我的丈夫抓到哪里去了？我上有老，下有小，一个妇人家怎么过日子？"

任婶指着薛云腾大骂："你横行霸道，欺压乡民，抓丁派款，坏事做尽，今天，看你往哪里逃！"

控诉大会开了一个多小时，想上台控诉的人排成队。

最后工作人员宣布法院的判决：

薛云腾因杀害地下党员、戕害人命、抓丁派款、敲诈勒索，数罪并罚，判处死刑，立即执行；

匪首翻山虎因杀害税务人员和聚众抢劫，判处死刑，立即执行。

金钱是万恶之源。薛云腾平日把"人为财死，鸟为食亡"挂在嘴边，为了升官发财无恶不作，终于受到惩罚。薛云腾听了判决，瘫软在地。执法人员架着两个死刑犯，押赴半山腰的临时刑场执行枪决。那些被抓上台陪审的地痞恶棍和旧社会残渣余孽个个吓得脸色一阵青一阵白，有的耷拉着脑袋不敢抬头，有的浑身发抖，魂魄也不知道飞到哪里去了。

声势浩大的剿匪、镇压反革命运动，震慑了敌人，长了人民的志气。乡里的地痞流氓一个个垂头丧气，再也不敢欺男霸女，为非作歹。

区政府最后处理的是"鸦片仙"，公安人员通知这些人自带棉被等日用品到区公所集合。公安人员把二十多个瘾君子集中在一间大房里，派出所李所长对他们说："你们不务正业，吸食鸦片，没钱就偷，扰乱治安，把好好一个家弄得倾家荡产。现在时代不同了，由不得你们胡闹。你们在这里住上十天半个月，我不信你们改不了。房子后轩摆了十来个尿桶，给你们擤鼻涕拉稀，拉满了轮流拿出去洗。想回家的提前一天说，要写保证书，保证以后改邪归正，我通知你们家人来接你们。把鸦片戒掉后，去溪里洗个澡，痛痛快快回家重新做人。"

"为什么把你们集中在这里呢？"所长又说，"现在时代不同，你们的恶习不改也得改！"

"在家里改不行吗？"有人问。

"不行，你们骄横惯了，熬不住时对家里人不是骂就是打，要死要活的！要你们来这里戒，是你们家属的意愿，看你们敢不敢闹。辛苦几天，很快会过去的。以后我下乡从你们家门前经过，骂我也行，请我喝杯茶也好。现在听我的话，别闹！"

说完，李所长咔嚓一声把门关上了。没半天工夫，房间里的人毒瘾陆续发作，有的擤鼻子，有的打呵欠，乱成一团，哭成一片。炊事员送来馒头，没人有心思吃。第二天房间里屎尿满地，臭气熏天。就这样过了十来天，有人开始睁开模糊的双眼，有人趔趔趄趄扶着墙壁站了起来。他们保证改过自新，写了悔过书后，由家人带去溪里洗澡回家。经过一场轰轰烈烈的革命运动，泉丰区的土匪销声匿迹，乡下再也没有人吸食鸦片。以前走歪路的人，现在努力改造，好好做人。从此玉宇澄清，路不拾遗，夜不闭户，广大农村呈现出文明祥和的崭新局面。

乘着大好形势的东风，东苍乡开始了轰轰烈烈的土地改革运动。根据土地丈量的结果，东苍乡每人分得八分土地。

正月过后开始春播。村民们欢天喜地地在自己的土地上忙碌，掀起备耕春播的高潮。每年夏收秋收以后，农民们挑着晒干的谷子，敲锣打鼓上交公粮，支援抗美援朝，支援国家建设。

第二十八章

东苍乡新气象

第二十九章　乡村新式婚礼

一天，乡里的新领导聚集在一起。乡长薛来福在讨论当前农村工作重点时说："现在农民分了田地，春种春耕热火朝天，形势大好。今天大家一起讨论一下今后的工作！"

"我们应该引导群众破旧俗，树新风。去年政府公布了新婚姻法，我们要抓紧落实！"妇女主任最关心妇女的切身利益。

"新年快到了，为年轻人办场集体婚礼，既新鲜又省钱，还宣传了新婚姻法！"李光伯提出一个好主意。

"我赞成！"听了李光伯的话，程大番拍手叫好。

东苍乡的童养媳很多，但像翡翠这样受到爱护和培养的寥若晨星。童养媳大多干最辛苦的农活，吃剩饭剩菜，常常挨打受骂，吃不饱穿不暖，有的甚至被迫跳水自尽。现在乡里提出口号：不准收养童养媳，童养媳婚姻自主。朱素娟今年六十几岁，丈夫和儿子都在印尼，聚少离多。十二年前，她收养了一个名叫张竹的五岁童养媳。张竹非常乖巧，天天上山砍柴、放牛。最近，她认识了程大番的儿子程小番，两个人开始眉目传情，谈情说爱。她现在和以前不一样了，吃了晚饭洗完碗筷便消失得无影无踪。朱素娟看不惯，开始只是埋怨几句，后来发现只埋怨不行，就骂她："田螺脚，姜母手，整天吃饱四处溜！"骂归骂，张竹不理她，但也不像以前那样怕她，照旧和程小番来往，两人一起看戏幽会，张竹常常过了半夜才回家。

一天晚上，过了半夜张竹还没回家，朱素娟坐在大厅等她。等到张竹回来，她终于沉不住气，骂道："你年纪轻轻就跟人家乱跑，太不像话。你要知道，你的丈夫是在印尼的阿福，不是小番！"

"我不管，印尼有个谁我不认识！我心中只有小番！"张竹这回不再装聋作哑，干脆打开天窗说亮话。

"你敢嘴硬？你是我用钱买回来的，从五岁养到今天。现在翅膀硬了，说不认就不认了！你这只白眼狼！"话音刚落，朱素娟举起身边的竹扫帚照着张竹打来。张竹赶快闪开，没被打着，倒是朱素娟闪了腰，跌倒了，"哎哟，哎哟"直呻吟。张竹把她扶起来，让她坐好，帮她揉腰。

"痛呀！痛呀！"朱素娟疼得嗷嗷叫，张竹不停地帮她揉搓。过了一阵子，张竹问："娘，还痛不痛？"

"关你什么事？"

"娘，现在提倡自由恋爱，你的头脑要转弯。你的乖儿子在印尼有老婆有儿子，会想回来吗？你守了快一辈子活寡还不够，还要我陪你守？"张竹开导她娘。

"华侨家都是这样！"朱素娟嘴硬，一点都不退让。张竹看娘顽固不化就进了房，闩上门，任由朱素娟暴跳如雷。

第二天，朱素娟见了张竹还是破口大骂。这一天，张竹没去砍柴放牛。她把牛牵到水草茂盛的溪边，拴在大树旁，一溜烟跑去杏花村找小番，诉说昨夜受委屈的事。小番说："欺人太甚！咱们去找乡政府的人让他们去跟你娘理论！"小番和张竹去了乡公所，正好妇女主任张妙来和调解主任薛达豪在办公室。听两个年轻人诉说一番后，张妙来说："现在正在宣传推广新婚姻法的势头上，怎容得她胡闹！"

"我们看看去，朱素娟性情古怪，得理不饶人，没理占三分！"薛达豪说。

从乡公所走到西头的李家村，用不了一袋烟的工夫。看见乡干部进门，朱素娟知道他们的来意，先声夺人："你们评评理，我一把屎一把尿把她带大，现在翅膀硬了，说要自由就要自由！"

"早就想拜访婶婶，但一直忙着搞土改，抽不出时间。今天和薛伯一起来看你！"张妙来说。

"你们是贵人，我看无事不登门，有话直说！"朱素娟明摆着不配合。

"素娟，时代不同了，如今国家推广新婚姻法，提倡婚姻自主，不准包办婚姻。童养媳的旧习俗要废除！"张妙来三句话不离本行，开始宣传婚姻法。

"你到别的地方宣传去。要把养大的女儿送人，我想不通！"朱素娟还是没好气，说话硬邦邦的。

"没想通也得想通！你要为下一代的幸福着想。你以前也是童养媳，一辈子吃尽苦头，不该让阿竹像你以前那样过日子！"薛达豪说到这里，朱素娟低头不语。

"再说，阿福在海外有家室。你总不该横下一条心，让阿竹沿着你的老路走！"张妙来的话句句在理。

"我老了靠谁？"朱素娟说。

"如果娘不嫌弃，我照顾娘。咱们家和小番家同住一个乡，一个在东头，一个在西头，来往方便！"张竹说。

"两全其美！阿竹很孝顺！"薛达豪说。

朱素娟暗想，这个办法也不错。儿子在海外还不知道几时回来，难道要耽误人家一辈子？就"嗯嗯"几声，说："翅膀硬啦，别飞远就行！"

在场的人个个喜笑颜开。小番说："如果您愿意，我也叫您一声娘。娘的地我来种，和阿竹一起照顾您！"

"娘的饭我来煮，娘的衣服我来洗。"张竹说。

"你就把阿竹当成亲生女儿，现在又多了个儿子。素娟，你多赚呀，划算！"张妙来笑着说。

一席话打开一个死结，化解了一场矛盾，成就了一桩婚事。

"现在破旧俗立新风，乡政府准备办一场集体婚礼。那天，你也去，让你做主婚人，戴朵大红花。"张妙来邀请朱素娟参加集体婚礼。

"已经联系了二十二对，加上小番、张竹一共二十三对，要是多一对，就有二十四对，成双成对好！"薛达豪说。

"有呀！有呀！"张竹拍手说，"我们夜校的翡翠老师和校长情投意合，正好凑一对！"

"人家的事你知道得那么清楚，怪不得你早早看中小番！"朱素娟指着张竹说。

"对，我怎么没想到这一对？翡翠正在办离婚手续，前天找我开证明，证明她和程墨没感情，结婚第二天程墨就跑了，至今音讯全无。我如实作证，把事情的经过写得一清二楚。"张妙来说。

"看看去，催一催！"薛达豪也是急性子，要做的事就想立马就做成。

第二十九章 乡村新式婚礼

有客来访，阿彬最是热情，烧水泡茶对阿彬来说最拿手。张妙来和薛达豪进屋，看见翡翠正坐在桌旁批改作业。

乡里开展土地革命的同时，也开展扫盲运动。乡政府规定，凡是不识字的青年都要进夜校学文化。因为是扫盲，只有一个进度，按年龄大小分成四个班级，夜晚在学校上课。夜校也有校长，翡翠被聘为扫盲教师。正如张竹说的，校长和翡翠可是非常亲热的一对。夜校的课本是自编的，先教"一、二、三，天、地、人"，笔画少的字容易认，再慢慢地由浅入深。

"夜校也有作业？"薛达豪问。

"作业还少吗？回家就抱了一大叠，连烧火做饭都是我一个人！她一点儿都帮不上忙。她说自己现在是共青团员，要带头做事。"阿彬代翡翠回答客人的话。

"离婚手续办完了吗？上头有答复吗？"主任问。

"还早呢！"翡翠答。

"为什么？事情不是明摆着的吗？乡里人都知道。"薛达豪不解地问。

"我已经跑了几趟。法院的人说：'人家在海外，你说离就离，没那么容易。侨属的婚姻和军婚差不多，要有非常充足的理由，必须提供非常充足的证据！'"翡翠介绍了自己办理离婚手续的情况。

"都是我不好。我本想把翡翠的婚事办得风风光光，才想出办结婚证的事。我和阿谦没有什么结婚证书，黑头黑脸不也过了大半辈子。当时如果不办结婚证，现在也没有这么多麻烦事！"阿彬说。

"急事缓办，不急。福谦知道这件事，他会抓紧时间配合。"张妙来说。

"我爸来信说，程墨不知跑哪儿去了，一个鬼影子也没有。他既然不喜欢我，他走他的阳光道，我过我的独木桥，井水不犯河水，写封信表明态度，事情就好办了，免得我三天两头往法院跑！"翡翠说。

"我想，很快会有结果的，你爸会帮你想办法。事情办妥了，到时候热热闹闹参加集体婚礼，移风易俗树新风，你也参加。"薛达豪说。大家都相信薛达豪的话很快就会成为现实。

张妙来和薛达豪离开程家的第二天，翡翠就收到一封胀鼓鼓的信。她拆开一看，原来是父亲的来信，里面还夹着一张从报上剪下来的声明，声明里说程福谦宣布与程墨脱离父子关系。

事情是这样的：程墨婚后回到椰城，没在店里帮忙，也不读书。常言道"学好要三年，学坏只三天"，程墨跟以前一样，结交了一伙不三不四的朋友，整天浪荡嬉耍，吃喝玩乐，嗜赌成性。不久，他结识了一个风尘女子，育有一男一女。他时来运转做"庄家"赢了钱，过着挥金如土、纸醉金迷的日子。都说十赌九诈，一次程墨被人出千诈赌输了几百万元，落魄到四处借债，还不清债被迫四处躲藏，"跑路"了。他的姘头看到程墨一败涂地，带着两个孩子跟一个印尼军官跑了。程墨本性难移，不甘赌场惨败，还想扳回败局。他编造谎言，以福谦的名义向乡亲借款、还向福谦的朋友骗借巨款，又去赌博，结果又败得身无分文，流落街头。一天，福谦正在盘点存货，突然来了十多个商界人士，手里拿着单据来讨债。福谦觉得奇怪，听债主说完才知道程墨以他的名义向别人借钱。福谦左右为难，还也不是，不还也不是。他如实告诉债主："程墨向大家借钱，我事先不知道，感谢各位商家对我的信任。这次我代他还清债务，下不为例，敬请大家以后不再借钱给程墨！"

债是还了，但福谦因此周转困难。谁能保证同样的事以后不会再发生？福谦知道程墨劣性难改，如不及时制止，说不定会被弄得倾家荡产。思前想后，他认为最好的方法是在中文报刊上登报声明：宣布与程墨脱离父子关系，不再承担程墨的债务。

声明登出后，福谦写了一封信，并把报上的有关声明剪下来一起寄回国内。翡翠看了信后，立即赶去法院递交了信件和剪报。不到一个星期，她的离婚申请就批下来了。

消息很快在乡里传开了，村里人都说："这回翡翠真的解放了。"薛达豪说："我之所以知道翡翠的离婚案不会拖太久，是因为我猜准福谦的心，他会把翡翠的事挂在心上。我算的比诸葛孔明还准！"自此，薛达豪多了一个"后诸葛"的称号。

一场新时代的新式婚礼紧锣密鼓地筹办着。消息传出，周边的西苍乡和南苍乡都要求参加。这两个乡的妇女主任说："事前没想到，没做好发动工作，只有三对新人参加集体婚礼，不成气候。都是乡亲，合在一起办排场大些。"张妙来和乡长商量后，很爽快地答应了，她说："办好事不怕人多！我们乡二十四对，加上你们两个乡六对，共三十对新郎新娘。我们一起把这场婚礼办得红红火火。"

此时正值春夏之交，土地改革后种下的第一季水稻正是中耕除草的时候。一眼望去，绿油油的庄稼，一片连着一片。大家都说今年年景好，一定是丰收年。东苍乡党支部征求群众的意见，选定的集体婚礼的好日子在农历六月十五，那天正好是礼拜天。有人说："每个礼拜天都是好日子，办什么事都一帆风顺！"

这一天老天作美，红彤彤的太阳从东山探出头，万道霞光把天空染得通红。乡政府工作人员叫来十几个年轻小伙子布置会场。乡长对小伙子们说："今天要用心把会场布置得光彩夺目。以后轮到你们办喜事，人家才会帮你们。"几句话说得小伙子们心里甜丝丝的。

主席台简朴大方。正中间悬挂着毛主席和朱德总司令的像，像的两边是两面鲜艳的五星红旗。今天李引棣特别高兴，他说："从盘古开天地至今都没有这样的盛事！"他把文房四宝拿到主席台，用端端正正的颜体写了一副对联，上联是"鸾凤和鸣唱新曲"，下联是"珠联璧合谱华章"，横批是"移风易俗"。他写对联时，双脚八字分开，脚跟站稳，身躯微微向前倾斜，左手压住八仙桌上的红纸，右手握着大毛笔在砚池里蘸满墨汁，控好墨，调好笔锋，不慌不忙、全神贯注、一笔一画地挥洒，一气呵成，苍劲有力。墨迹干后，年轻小伙子们把对联贴在台前的柱子上。

乡政府给新婚夫妻办婚礼，这是开天辟地头一回。喜事像和煦的春风，传遍山乡的每一个角落。人们觉得新鲜，陆续从东苍乡的四面八方汇聚到会场，连会场旁边的小山头都站满了人。

东苍小学的军乐队打着"咚锵咚锵"的西洋鼓，吹着"嘀嘀嗒嗒"的铜管，最先到达会场。四支"隆咚锵隆咚锵"的锣鼓队跟着进场。"嘟嘟嘟嘀嘀嘀"激昂顿挫的军号声在山村回响。小学生们个个生龙活虎，打着整齐的锣鼓，兴致勃勃地列队走来。秧歌队的队员迈开大步，时而向前倾，时而向后扭着秧歌。

上午十点整，张妙来拿着广播筒大声宣布："新式婚礼仪式开始！新郎新娘进场！"

民兵队队长带了几个助手，在广场中间拨开一条路，三十对新人手拉手陆续上台。他们穿着新衣裳，胸前挂着大红花，喜笑颜开。广场上立即响起一阵阵热烈的掌声，乐队锣鼓齐鸣，鞭炮噼里啪啦，婚礼热热闹闹地开始了。

第二十九章

乡村新式婚礼

大家唱完国歌后，张妙来请乡长薛来福讲话。

乡长站在台前激动地说："乡亲们，我们今天在这里参加三十对新人的婚礼，见证这个振奋人心的时刻。这是一件从未有过的新鲜事，是农民翻身做主的大喜事。新的婚姻法已经颁布，我们要坚决废除包办婚姻，废除早婚、不许寡妇再婚的陋习，推广新婚姻法，提倡婚事新办。台上这三十对新人冲破束缚，为青年们树立了榜样。我们衷心祝福他们美满幸福，为新农村的建设作贡献！我的话讲完了。"

场上又爆发出一阵热烈的掌声。接下来是张妙来和新郎新娘代表讲话。翡翠代表参加婚礼的新郎新娘们说："我们衷心感谢党和政府的关怀，感谢乡亲们的支持。我们一定要努力奋斗，做建设新农村的旗手，绝不辜负乡亲们的期望！"

发言完毕，乡长、妇女主任为新郎新娘们颁发结婚证书。

结婚仪式结束后，文娱节目表演开始了。首先是军乐队绕场一周，鼓声和军号声振奋人心。秧歌队紧跟在军乐队后面，队员们边走边扭动身子、舞动双臂，五颜六色的彩带在空中飘扬，最后是腰鼓队压阵。这场活动整整持续了四个小时，直到下午两点，才在一阵阵的欢笑声中完满结束。

第三十章　携眷返故里

红砖厝建成后，福谦犹如大雁眷恋旧巢，巴不得一年飞回故乡几次。平时福谦兄弟经常讲旖旎的闽南风光，也讲充满传奇和神秘色彩的红砖厝，使索妮娅陶醉在美好的想象之中。她日夜都想到中国看看，欣赏中国的大好河山。

若干年后阳春三月的一天，福谦、福诚两对夫妇带着孩子们回到他们朝思暮想的家园。这次回国比以前方便多了，不必在大海上颠簸。福谦说："我们先搭乘飞机从椰城直飞香港，在香港买些土特产，然后乘车到泉州。到了泉州就到了自家门口了！"

福谦一行在香港住了两晚，购买了所需的物品后，第三天便搭车向泉州进发。他们到达泉州时已是半夜时分，万籁俱寂，当晚投宿泉州中国旅行社。第二天大家很早就起床了，福谦对大家说："我们离家乡越来越近了！吃过早餐，福诚带你们游览泉州古城。我在泉州有个朋友，多年没见面了，我想去拜访他。"

随后福诚带着嫂嫂、老婆和孩子们出了门。他们走过一条小巷，来到涂门街清净寺。出现在他们眼前的是一座高耸挺拔的雄伟建筑，福诚向索妮娅介绍："这座寺院已有上千年的历史，是穆斯林在泉州最大的寺庙，占地两千五百多平方米。它是仿照叙利亚大马士革伊斯兰教礼拜堂的风格建成的，整座清净寺是石构建筑。它是中国十大名寺之一，是泉州与海外通商的重要历史见证。"

这时，索妮娅又兴奋又激动。她说："真了不起，难得一见！"

福诚说："泉州鼎盛时号称'市井十洲人'。没有对世界各族人民和不同宗教文化的包容，是不可能吸引世界各地富商巨贾蜂拥而来的。"

"是啊，追求世界大同，没有对不同文化和宗教的包容是不可能做到的！"索妮娅很赞同福诚的见解。

出了清净寺，福诚一行乘车到了蟳埔村，观赏江海风光。进了美丽如画的蟳埔村，一条贯穿东西的古街出现在他们眼前：多条小巷纵横南北，错落有致，蚝壳厝星星点点散落在村里。白天男人下海作业，年轻妇女有的进城卖鱼，没进城的都到海边滩涂挖海蛎，留守在村子里的大都是老人和小孩，除了几声鸡鸣狗吠，村子非常静谧。

福诚继续向索妮娅介绍："这里就是你日夜思念的蟳埔村。一千多年前你的祖先来这里做生意，在这儿开枝散叶。当时泉州与阿拉伯生意往来频繁，商人们把中国的陶瓷丝绸载到阿拉伯卖，返航时船里空荡荡在风浪中严重颠簸。他们担心船只在海上漂浮不定，于是就地取材装载蚝壳压舱。回到家后废物利用，把蚝壳和红土、砂粒搅拌糅合垒墙，再加石头砖块砌筑，建成坚固无比的蚝壳厝。"

"她们的穿着和发饰很特别，跟你以前讲给我听的一模一样！百闻不如一见，今天看得真切，真是别具一格！"索妮娅看见前面有两个大娘穿着褐色大襟衣在门口闲聊，便走上前去和她们打招呼。

"她们穿的黑色裤子、褐色大襟衣是用杜仲染成的。"福诚凑上前，把他知道的讲给索妮娅听。

"这些你已经讲过了，让我仔细瞧瞧！"索妮娅走上前毕恭毕敬地向大娘们请安。两位大娘端详着这位不速之客，又好奇又不解，看样子不是本地人，但又会说闽南话，于是马上招呼客人到屋里坐，泡了一壶热腾腾的茶招待客人。谈笑间，索妮娅仔细端详她们的发饰。老奶奶看索妮娅待人亲切，对自己的装束感兴趣就介绍说："我们头上的发髻与众不同，听说是一千多年前的阿拉伯人传下来的。我们梳发时先把长头发往后梳，绾成圆髻，中间插支象牙簪，再把采集来的以含笑花为主的各种花苞、花朵，用麻丝一朵朵穿缀成碗口大的圆圈，一圈圈套在发髻上。节日和喜庆的日子，还要插上玉簪、银篦、金丝练和佛子钱等金属饰品，把乌丝青发装扮得花卉成团，朵朵红艳美丽，人们亲切地称我们为'鹧鸪姨'。"

"这里的妇女很勤劳，整天忙忙碌碌，从小到大都要下海捕鱼，或者把鱼挑到城里叫卖。"福诚补充道。

索妮娅睁大双眼睛惊讶地说："怎么有那么多花？"

"据前辈们说，阿拉伯人喜欢种花。你们看，对面有个大花圃，据说百花盛开的时候，一个阿拉伯青年摘了花送给村里的汉族姑娘。收的花多了，但又舍不得丢，于是把花穿成花圈，套在发髻上，时间久了成为风俗习惯。"大娘深情地说。

"真是美丽动人的爱情故事，像你和我的爱情。中国好，中国人的胸怀像天空像海洋那样宽阔！"索妮娅拉着福诚的手亲昵地说。

"是呀，这个花圈承载着世界上两个伟大民族的友谊。"福诚补

第三十章

携春返故里

充一句。

"为什么？"索妮娅不解地问。

福诚说："阿拉伯人和汉人通婚，天长日久，阿拉伯人逐渐汉化了，流传至今的这些独特的服装和发饰，让人们缅怀昔日的辉煌。"

"见解独特，发人深思！"索妮娅站在蚝壳厝旁，抚摸着墙上的海蛎壳说，"中国人和阿拉伯人和平相处，一定会创造出更多的奇迹！"

他们告别了大娘，边走边看，欣赏壮丽的海天景色。

晋江绕过泉州城南流经蟳埔村，此处的江面非常开阔。江水从村子东面急转弯折向东北直奔五里外的后渚港，与洛阳江相汇于大海。后渚港别具一格，是一道独特的风景线：江水转弯处足有五六公里宽，是泉州湾的内海，潮起潮落，涛声阵阵。清晨的朝霞、落日的余晖把江面染得一片金黄。此时海天一色，海湾像一面硕大的镜子，金光闪闪，景色雄浑壮观。艳阳当空万里无云时，江面上碧波荡漾，熠熠生辉。江边芳草丰盈，芦苇茂盛。茂密的树林和山峦，由近而远，由浓转淡，慢慢变得朦胧迷幻，犹如一幅烟笼月罩的山水画卷。退潮后礁石赭褐润湿，滩涂乌金肥沃，沙滩洁白细软。江面上，千百艘货船穿梭往来，汽笛声此起彼伏。宋元时期，后渚港是"东方第一大港"，海上丝绸之路的起点。千百个挑夫日日夜夜走在桃花山到清源山曲折坎坷的山林古道上，把从世界各地运来的物产挑进城，又把德化瓷器、永春篾香及其他闽南土特产肩挑背驮到万国货船，运往世界。

游览后渚港后，福诚一行回到城里，此时夜幕已经降临。福谦早已从朋友家回来，在旅馆等候他们。晚饭后，一家人漫步西街。此时的西街灯火通明，人流如潮，熙熙攘攘，热闹非凡。最吸引孩子们的是琳琅满目的泉州特色小吃。孩子们一会儿买点蚵仔煎，一会儿品块润饼菜，一会儿尝口土笋冻。福谦对孩子们说："泉州有十大特色美食小吃，我带你们试试口味，别撑坏肚子"。

"十大小吃是哪些呢？"孩子们好奇地问。

"除了你们尝过的几种，还有面线糊、姜母鸭、牛肉羹、烧肉粽、醋肉、四果汤、肉夹包……我们还有许多时间，我带你们去一家有名的小食店慢慢品尝。"

"好呀，谢谢爸爸妈妈！"

"我们在泉州走马观花地逛了一整天，明天回家。家乡离这儿不远，不到五十公里。以前上下泉州都是乘船，现在不行了，河道淤塞，想坐船也没有。再说有了汽车，跑得比船快，一个多钟头就能到家。我们明天还是搭车回去，沿途经过丰州、石砻，还能远眺雪峰寺。这些都是有名的景点，我会给你们逐一介绍，带你们实地参观。"

第二天早晨，福谦包了一部能搭乘一家人，沿途可随意停靠游览观光的车向老家进发。不一会儿，车子出了"东西双古塔，南北一条街"的泉州古城，丰州就在眼前。

"说到丰州，是个伤心地。"福谦有些伤感地回忆当年的事，"那时的丰州是岚平县县府。十九岁那年，我因为建红砖厝被人陷害，官府派兵丁把我绑来这里关押。我们今天回家有车坐，那时候是走路呀，双手还被反绑着！"听着听着，梨花流出眼泪，她抚摸着福谦的肩膀，安慰他说："都挺过去了，现在好就好了！"

福谦吸了口气，恢复了平静的心情："不要小看丰州，作为县府有一千七百多年的历史！你们看，那座山是九日山。山上郁郁葱葱，风景优美，岩石生色，有许多古代名人碑刻。"福谦指着山下浩瀚无边的大海向家人介绍，"九日山下江面宽阔，是船舶避风的良港。一千多年前，泉州海外交通发达，亚非人民来泉州做生意的很多。当时泉州人称外国船为蕃舶。这些货船春夏两季随东南风扬帆而来，秋冬时节乘西北风离开。每年泉州官府民众都在九日山为蕃舶祈风，祈请海神保庇，让蕃舶一帆风顺，然后勒石为记。所以山上保留着很多祈风石碑刻，它们是中国和亚非各国友好往来、经贸互通、和平发展的历史见证。"

"印尼和阿拉伯国家的船只也到这里来？"孩子们好奇地问。

"那时，来泉州做生意的有一百多个国家和地区，印尼当然也在其中！"

汽车在连绵不断的山脚下，沿着晋江东溪前行，不久到了石砻。"你们看！"这回轮到福诚说话，他指着山上黑黝黝的石头阵说，"石头阵下面出产砻石，也叫泉州石。它是深层石，密度高，石质坚硬，泼墨不变色。矿区方圆近两平方公里，储量一亿多立方米，满山满坡尽是宝。我们的红砖厝用的裙堵石、长板石、条石全是在这里购买的。一块板石小的四五吨重，大的二十几吨重！运到我们家颇费周折！"

"这里离家有多远？"孩子们好奇地问。

"四十公里。"福谦回答。

"那么大的石头是怎么运回去的？"索妮娅不解地问。

听到索妮娅提问，福诚非常自豪，滔滔不绝地讲述当年的情形："你们看，我们的左手下方是晋江东溪。那年，我也下到溪里，和工人一起把大板石搬上船，然后逆流而上，用竹篙把船撑到离我们家三里路的小渡口。船靠在岸边，工人们下水把石头搬上岸。一块板石要二三十人齐心协力，一小步一小步抬到我们家！你们说，建座红砖厝有多么艰难！"

"难度真大呀，了不起！"索妮娅啧啧称赞。

"这里的石头也远销新加坡！"福谦补充一句。

说着说着一行人不知不觉到了洋梅山下。

"你们看，洋梅山在东溪的右岸，高耸雄伟。我们现在看到崇山峻岭间有几座高大的佛殿，那就是蜚声中外的雪峰寺。"

"在高山里也有如此雄伟的建筑！"一路走来，索妮娅和梨花惊奇不已。

"天下名山僧占多！大寺院大多建在深山里。"福谦说。

"我想一定有讲不完的故事！"索妮娅说。

"何止呢？"福谦如数家珍地介绍雪峰寺的来历，"俗话说'北有赵州，南有雪峰'，都是千年名刹，声名远播。你们看，在烟雾缭绕的半山腰坐落着一座座高低错落、金碧辉煌的殿堂。雪峰寺香火鼎盛，法脉广布。雪峰寺的义存禅师是唐代享誉中国的禅宗巨擘，瑞今、妙灯都是雪峰寺有名的住持。这里山川景色别致，寺庙宏伟，文物珍贵丰富。朱熹、张瑞图等历史名人留下许多楹联和匾额墨宝，弘一法师、太虚法师、芝峰法师等近代佛教高僧曾会集于此，留下十分珍贵的诗文。"

"雪峰寺是个旅游的好去处，应该去参观！"索妮娅提议说。

"好，改天安排！"福谦说。

"听你们讲故事，越听越精神。这条路我走过几百趟，也听人家讲过一些故事，但没有你讲得这么精彩！"司机也听得津津有味。

"有趣，一路走来风景美、故事多，中国不愧是文明古国！"索妮娅不停地赞叹。

"前面那座山就是我常说的青峰山。青峰山下有条青峰街，小时候，我们常挑柴来这里卖，顺便买点日用品回家。当年我去新加坡也要翻过青峰山，再从青峰渡口坐船去厦门。"福谦讲他的过去。

"今天我们也要爬山？"孩子们问。

第三十章 携春返故里

"现在的青峰街不如从前热闹！"

"为什么？"

"现在有公路，有汽车，人们不再坐船，青峰街就被冷落了。过了桥我们沿着盘山公路可以直到山顶，再转过几道弯下了山就到家了！不要小看这条溪流，她是孕育泉州古城的母亲河。这条河源自戴云山，分成东溪、西溪，流经四个县，在泉州城外的丰州汇合。从这里溯流而上二十公里就是白鹤拳的发祥地永春五里街。"

"白鹤拳和我们的缘分很深，应该去探访！"梨花饶有兴致地说。

"当然的，另有安排！"福谦重拾刚才的话题滔滔不绝地说，"我们这地方真是钟灵毓秀，人杰地灵，英才辈出。几百年来，成千上万的山村赤子从这里上船下南洋，有几位成了举世闻名的富豪。如印尼糖王黄奕住先生，独资捐建国光中学、国专医院、国专小学的橡胶大王——新加坡华侨李光前先生。还有很多数不清为国家为家乡作出贡献的华侨。他们有的投身辛亥革命，有的在国内革命战争、抗日战争中为国捐躯。我们闽南侨胞对国家对家乡的贡献是发自内心的自发行为，犹如春雨'润物细无声'，不求回报。"

车子到了青峰山山顶，福谦说："山下就是我们的东苍乡。孩子们，我十岁时来这儿放过牛，这里的草地几乎都有我的足迹。有一次我从新加坡回来走这条路，险些没命。那时的社会真是暗无天日，老百姓犹如砧板上的肉朝不保夕！"

"熬过来就是幸运，现在拨开云雾见青天了。"梨花劝慰丈夫。

"孩子们，你们看！"福谦左手指着不远处的两座山峰说，"以前那里是老虎经常出没的地方，山上有座孝子亭。相传山下有个小孩儿的母亲病危，这孩子很孝顺，为救母亲，独自摸黑翻山去买药。他取了药急匆匆返回时，在山上遇到一只拦路的老虎。小孩儿对老虎说道：'老虎啊，我母亲患病在床，我手中的药能救母亲一命。我回家救母，你先饶我一命。我服侍母亲服了药，再回来给你吃好吗？'老虎有灵性，点点头让了路。孩子回家救母后没有食言，返回去找老虎。老虎被孩子的孝心感动，没有把他吃掉。孩子舍身救母的精神感动了乡民，他们在老虎卧地拦路的地方建了一座亭，名为'孝子亭'。这个故事传颂了几百年，教育人们要树德行善。百善孝为先，行善先尽孝。家乡的人民很重视孝文化，亭子破损或倒毁都会有人修理或重建。我们乡历来出孝子，和这个故事的传播有关。

"听人说'年深外境犹吾境，日久他乡即故乡'，原来家乡有这么多生动又有意义的典故让你难以忘怀，难怪你十五岁出门至今年过半百都没成蕃，不把外境当吾境，不认他乡即故乡！"梨花常常听福谦念叨家乡，现在才悟出其中的真谛。

"'胡马依北风，越鸟巢南枝'嘛，一生一世两地情！"福诚感慨地说。

福谦望着前方，对家人说："再沿公路前行一公里，往左拐一下就到我们乡了，再向前走三四公里，是泉丰区政府所在地。那里有一条三四百米长的街道，还有一座远近闻名的千年古刹——千金庙。古刹的建筑风格近似红砖厝主屋，一千多年来，咱们家乡的地名一直是'千金庙'，'泉丰'是后来命名的。"

"为什么叫千金庙呢？"好奇的索妮娅喜欢盘根究底。

福谦继续兴冲冲地讲故事，讲到兴奋时，仿效讲书先生的语气说："来历很有传奇色彩，听我慢慢道来：

"话说唐朝末年，起义军王绪将军率光州、寿州义军五千人和数万中原士人黎民南迁福建。竹林兵变后，王潮任军中主帅，他的三弟王审知为副帅。义军准备北返光州，经过沙县在当地驻扎休整。忽然有军士进入将府下跪禀报：'将军，府外泉州人氏张延鲁求见。''传见！'王审知说。

"张延鲁是泉州名绅，他带领数位绅士名流，到将府挽留王家军。他对王潮、王审知说：'泉州刺史廖彦若荒淫无度，鱼肉百姓，荼毒生灵，万望义军攻克泉州，救民于水火之中。'

"王潮听罢问王审知：'三弟意下如何？'

"王审知答道：'泉州百姓请求我们吊民伐罪，征讨廖贼，民意不可违！'

"于是，王潮派王审知率大军先南进漳州，再北抵南安。王部驻兵泉丰、富康两地，休整练兵，待机攻取泉州。

"王审知和蔼仁善，平易近人，治军严明，与民秋毫无犯，受到百姓的爱戴和尊敬。因他喜欢骑白马，兄弟排行居三，人称'白马三郎'。

"一天，王审知正为军中缺粮愁眉不展，忽然来了一名富绅求见。见了富绅，王审知以礼相待。富绅说：'在下陈目五，本乡人氏。得知军中缺粮，愿出家中万石储粮劳军，以解贵部燃眉之急！'

"王审知闻言大喜，说道：'本将正为军中缺粮寝食难安，蒙您雪中送炭，来日自当回报。'

"富绅说：'义师千里征战，一匡靖乱，救民水火，民当助力，岂敢言报！'

"公元八八六年，王审知攻克泉州城，诛杀刺史廖彦若。数年后又攻克福州，统一全闽，王审知荣封闽王。为报昔日陈目五赠粮义举，特赐其一袭黄龙袄及一批金银财宝。

"陈目五本是为富不仁之人，当年赠粮，实为投机豪赌。他获得闽王赏赐后，拿着黄龙袄到处招摇，闽南州县官员豪绅都来巴结他。陈目五横行乡里，欺压乡邻，连他的侄媳也难逃魔掌，遭其玷污。他还在街道旁边建了一座规模很大的宫殿式府第，厅堂上挂着'干全朝'的横匾。其侄因妻子受辱与陈目五积怨殊深，星夜赶往福州告发他图谋不轨。王审知听后怒气冲冲地说：'本王尚知节俭，常穿麻布鞋，粗茶淡饭度日，府舍简陋，未尝营修，且礼贤下士，勤于政事。陈目五作恶多端，朝野共恨，纲纪不容，非诛杀不可！'

"消息传来，陈目五知道自己犯下的是死罪，吓得魂飞魄散，六神无主。他的女儿陈千金，读书明礼，聪慧过人，想出一个妙计，不但救了父亲一命，还保住了府第建筑。"

"你们猜，陈千金想出什么妙计？"福谦问。

"别卖关子，我们想不出，还是你讲！"梨花说。

"原来，他女儿连夜把横匾'干全朝'改成了'千金庙'，把府第改作闽王生祠，请工匠塑造王审知、白马、马夫塑像于大厅。泉州府官兵前来查抄时，看到这些塑像，觉得陈目五非但没有'心怀不轨，妄图称王'，而且有尊奉闽王的忠义之举，于是如实上报，陈目五因此逃过一劫。陈氏劫后余生，重新做人。其女巧计救父，传为佳话。千金庙大厅石柱上有一副楹联写的是：鉴阴阳已昭报应，司祸福而转轮环。说的就是千金庙的故事，告诉人们'善恶有报，祸福相倚'的道理。这就是千金庙的由来。

"千金庙规模不大，但应了'山不在高，有仙则名。水不在深，有龙则灵'的古语，名声远扬，香火鼎盛。千金庙与厦门南普陀寺、泉州开元寺并称'闽南三大名刹'，而且是唯一一处奉祀开闽王的寺庙。

这个故事告诫人们：'莫道阴阳无报应，举头三尺有神明。'

"抗日战争时期，泉州一所中学内迁，借用千金庙继续办学。抗战胜利后，原校迁回泉州。菲律宾华侨捐资把这所学校继续办下去，后来印尼、泰国等地侨胞积极参与，像运动会接力赛一样，一批又一批一代又一代的侨胞从未停止对这所中学的资助，所以它被命名为侨光中学，是华侨之光的意思。"

故事情节跌宕有趣，福谦讲得有声有色，孩子们听得兴致勃勃。梨花说："孩子们，记住家乡的故事，长大要行善积德，才有善报！"

"听娘的话！"

故事讲完了，车子也到了杏花村村口。连绵起伏、繁花茂盛的群山下一座高大的大理石牌楼呈现在眼前。牌楼高七米、宽五米，上面镌刻着一副对联：上联是"双狮呈祥龙腾虎跃东苍好"，下联是"牡丹献瑞姹紫嫣红杏花香"，横批是"金紫龙门"。牌楼旁的石桥下是一条长年奔流不息的小溪，溪的两旁茂林修竹，百花竞放，溪涧的岸上，是一层高过一层的梯田，好一派幽静清澄的人间仙境！福谦的红砖厝坐落在前面几十米的双狮山下。

告别司机后，福谦兄弟带着妻儿穿过田间小径向自己家的红砖厝走去。乡亲们在田里忙碌着，看见远远走来一群人，知道是福谦一家回来，都招手问候。

福谦一行进了红砖厝大门，四处静悄悄的。

"屋里怎么没人？"梨花问。

"这是乡村习俗，亲人远道而来，家里人要先避一避，表示敬意！"福谦解释道。

"噢！明白了！"

几秒钟后，阿彬搀扶着娘，后面明宇、翡翠还有福谦的姐姐、姐夫都出来了，一家人相见，虽有千言万语，一时却相顾无言。梨花看见阿彬，亲热地拉着她的手，叫了声"姐姐"，阿彬一时不知所措，脸颊绯红。明宇已经十四岁了，父子聚少离多，在父亲面前反觉得生疏。

在城市长大的孩子们从没见过如此巍峨的群山，更没看过这么充满诗情画意的田园风光。他们像走进了一个童话世界，个个兴高采烈，活蹦乱跳，相互追逐着，嬉戏着。梨花看到这座规模宏大、造型优美、雕刻精美的大屋，连连称赞：

"以前听你唠唠叨叨夸红砖厝，心想红砖厝一定是美丽的，想不到竟然这么漂亮，不可思议！阿谦，难怪你费尽心血啊！"梨花颇有感触地说。

"何止费尽心血啊，是拿命换来的！"福谦感慨地说。

"想起来了，很多凄凉的故事你都说过了。"梨花又激动又心疼，眼含泪水。她接着说："要让子子孙孙知道这座红砖厝的历史，知道前辈创业的艰辛，记住前辈的功德！"

"还要激励子孙好好读书，砥砺前行，爱国爱家，做个有用的人。"福谦补充了一句。

"嗯嗯，我们一定努力！"孩子们点点头。

福谦回来了，乡亲们都来祝贺探望，红砖厝的上下厅堂坐满了人。

乡亲们与福谦兄弟久别重逢，无话不谈。大家都为家乡发生天翻地覆的变化欢欣鼓舞，都说："想不到穷苦人也有翻身作主人的一天。"

看到大家情绪高昂，福谦也有许多话要说。人们觉得从外面回来的人见多识广，都喜欢听福谦说话。"看到大家满脸春风，我也高兴得难以控制自己的感情。现在祖国强大了，我们华侨的地位也提高了，

第三十章 携眷返故里

没人敢欺负我们了。抗美援朝的胜利让海外侨胞扬眉吐气。我们在国外，个个兴高采烈，大放鞭炮庆祝。大家说以前外国人欺负我们，不把我们放在眼里，现在为了保家卫国，我们连美国佬也敢还击，今非昔比呀！拿搭乘公共汽车来说吧，以前我们在椰城乘公共汽车，即使有座位司机也不让华人坐，见了华人像遇到瘟疫，横眉怒对。现在不同了，华人一上车，司机礼让三分，很有礼貌地热情招呼。"

福谦讲得有声有色，博得一阵阵掌声。

东苍乡乡长本来是薛来福，后来他被调去当脱产干部，李光伯当了乡长。当天是星期天，薛来福正好在家。他和福谦既是近邻，又是学友，也赶来探望福谦一家。程大番是土改时期被提拔的干部，在县供电所工作，正好放假回家，也来到福谦家。薛来福对福谦说："听说你们要回来，我天天盼，今天终于把你们盼到了！"

见了薛来福、李光伯，福谦想起往事，说："现在好了，红砖厝建成了，我们也圆了梦。感谢当年两位仗义相助！"

"应该的！应该的！做中人要主持公道，实话实说。当年你受苦蒙冤，我们爱莫能助，深感惭愧！"薛来福说。

"那是世道不好！上天有眼，时来运转！"福谦说。

"听说你升官了，在虎啸峡水库做总指挥。"

"赶着鸭子上架。不是当官，是为人民服务！这个水库很大，既能防洪又能灌溉、发电。有时间，我带你去看看！"薛来福说。

"过几天，你带我们去水库开开眼界！"福谦说。

"好的，带大家走走！"薛来福爽朗地答应。

三天后，薛来福回水库上班，大番正好有事同行。他俩来到福谦家，招呼福谦去水库参观。

"我知道你是急性子，做事比我还急。今天我上班，一起走吧！"薛来福说，"我们骑脚踏车去！"

"我带回来一辆英国产的脚踏车，你上班换辆新的！"福谦说。

"你的好意我心领了！你留着自己用。当干部的不能随便拿群众的一针一线！"薛来福向福谦解释。薛来福帮福谦叫了一辆载客脚踏车，他们一起向虎啸峡水库进发。

薛来福陪福谦参观虎啸峡水库。一眼望去，水库两边尽是崇山峻岭，蜿蜒伸展到无边的天际。湛蓝的天空下，清澈的水面泛起层层涟漪，鱼跃鹭飞，是一个美丽迷人的地方。

"为什么叫虎啸峡呢？你看连绵起伏的山峦在这个地方收窄，据说老虎经常在这里出没，人们常常能听到老虎咆哮的声音，所以叫虎啸峡。在这里修建水库再好不过了，既节省成本又牢固安全！"

"好地方！二十五年前我和我的结拜兄长林养来过这儿。那时，这里是安岚颖苏区的所在地，土地革命斗争搞得轰轰烈烈！"福谦回忆当年访问苏区的情景。

薛来福继续介绍："这个水库是国家投资建设的，是一个具有防洪、供水、灌溉、发电等综合功能的大型水利枢纽工程，历经一年半的时间才修建完成。虎啸峡水库枢纽工程由主坝、副坝、溢洪道、引水隧洞及水电站的地下、地面厂房组成。这座水库能保障四百万人生活、生产用水和六十五万亩农田灌溉用水，防洪调度承担汛期二十天，保障下游人民的生命财产安全。我们还要改造滨海乡镇的盐碱地，让地瓜乡变成鱼米乡。

福谦听了高兴地说："共和国刚成立，百废待兴，这么快就把水库建起来，真了不起啊！三十年前这里是土匪陈国辉的巢穴，匪患比洪灾厉害。现在换了新天地，真是两个社会两重天。"

薛来福描绘着水库的远景规划。他说："以后回国别忘了来这里看看！"

"一定的，一定的。"福谦说。

"能供应我们乡用电吗？"水力发电的话题引起福谦的兴趣。

"应该可以。有的乡拉了电线，已经有电灯照明。具体的情况大番知道！"薛来福说。

"虎啸峡水库的电主要供应县城，高压线经过我们乡对面的山头。乡亲们都盼望着我们乡也能有电灯照明！乡亲们有期待，我也很焦急，我有时也会盘算一下，做过一个计划，就是缺资金，只能纸上谈兵！"程大番说。

"大概需要多少钱？"福谦问。

"人民币一百五十万元！①"大番回答。

"这笔钱我出！就当送给乡亲的一份礼物。"福谦态度坚决地说。

"你去年捐钱建校舍，现在又让你破费。"薛来福说。

"把钱花在最需要的地方，造福乡梓才有意义，我心里舒畅！"福谦说。

"有钱好办事。我明天上班就打报告，请示领导，供电申请获批后告诉大家。"程大番说。

"从开工到通电，需要多少时日？"福谦似乎有点着急地问。

"大概需要一百二十根电线杆，供电所现在有存货。电线随时能买到，装好电线杆拉电线的工程并不复杂，二十个工作日足够了！"

---

① 一九五三年币制改革前，一百元人民币合现在一元。

"就这样定了！"福谦高兴地说。

"供电申请获批后乡政府必须选派两个有高中文化水平的青年到县里培训。我亲自回乡料理这件事，保证如期完成任务，万无一失！"程大番很有信心。

在场的人听了，都不由自主地拍掌叫好。消息像长了翅膀似的传遍东苍乡家家户户，有的说："我早知道福谦回来一定会办件大好事！"

"大番你抓紧施工，我要等到咱们乡家家户户都有电灯照明才走！到了那一天，我们小酌几杯，庆祝一番。那时你们一定要大驾光临！"福谦和大家开玩笑。

"一定来，一定来！"大伙齐声道。

第三十章

携眷返故里

第三十一章　圆梦红砖厝

　　程大番回县供电所后，向供电所领导介绍了东苍乡的情况，征得了供电所领导的支持，即刻办理东苍乡供电申请手续，三天后得到批准。供电设备、水泥电线杆、电缆线、安装配件等专用材料，供电所都有存货，只需交了钱把设备装上车运到东苍乡就可以，东苍乡供电工作进展得既快又顺利。

　　一天清晨，供电所派了三名技术员和四个电工，带上器材，跟程大番来到东苍乡开展电缆架设工作。李光伯按照程大番的计划书，召集了二十个年轻力壮的小伙子配合技术人员工作。他对小伙子们说："安装供电设备是重活，你们要努力配合技术员工作，一切行动听指挥。要注意安全，不要出事。乡里有了电灯，你们夜晚打牌、聊天、谈恋爱都亮堂！"

　　"光伯伯，你会讲故事，讲个故事吧，我们边干边听，把工作干得好上加好！"一个青年提议。

　　"好，我讲！"李光伯手里拉着电线开始编故事。他说，"以前有个媒婆帮人说亲。"李光伯故意卖关子停了下来，年轻人按捺不住，催促道："快讲快讲！"

"这门亲事特别难撮合，因为男方瘸左脚，女方瞎右眼，你们说怎么才能说成这门亲事？"

"难呀，难呀！"有人说。

"不一定吧？让光伯伯去说准能成。"另一个说。

"对媒婆来说，天下无难事。"李光伯继续讲他的故事，"媒婆跑了男家又跑女家，尽量撮合这桩婚事。终于到了对看这个环节。对看开始前，媒婆掀开竹帘进了姑娘的房间，递给她一把扇子，悄悄对她说：'对看时你拿扇子遮住右眼，露出甜美的笑容！'说罢，媒婆放下竹帘，拿了一个凳子走到男青年跟前，叫男青年抬起左脚放在凳子上，并贴近男青年耳边再三叮咛：'要认真做好，装出一副潇洒的模样来，姑娘一定会爱上你。要是这次搞吹了，以后找老婆别再来找我！'安排妥当后，媒婆站在院子里大声喊道：'大家听着，三个人六只眼，对看看清楚！过后没有三长两短话！'

"对看开始了。竹帘外的男青年看到帘内女子用扇子羞涩地遮住半张脸，露出甜美的笑容，心花怒放，对自己说：'真是美若天仙！'

"帘里的人看外面，特别欣赏男青年把左脚放在凳子上的样子，心想：'真是个翩翩少年，潇洒！'两人都非常喜欢对方，于是异口同声地对媒婆说：'看清楚了，谢谢红娘！'

"媒婆站在院子中央大声说：'大家注意听，三个人六只眼，大家看清楚，过后没有三长两短话！'两个人齐声回答：'同意，没意见！'于是双方相亲成功，媒婆很快吃了面线拿了礼金，高高兴兴地回家了。

"婚后两人才看清对方，一个瘸了左脚，一个瞎了右眼，两人都大吃一惊，来找媒婆理论。

"媒婆说：'你们对看时我不是说了吗，三个人六只眼，大家看清楚，过后没有三长两短话！你们都说看清楚了，还怪我！'经过媒婆的再三开导，这对夫妻婚后相敬如宾，日子过得甜蜜蜜，第二年就生了个胖娃娃。"

故事讲完了，李光伯补充了一句："你们要努力工作。有了电灯，你们以后相亲时才不会看走眼。"

"光伯伯思想落后，现在自由恋爱，还要什么媒婆？"一个青年说。

"听光伯伯的话，大家努力，提前完成任务！"小伙子们个个笑逐颜开。

安装电线杆是重活。技术员确定了安装电线杆的地点后，大家开始挖坑。二十多个年轻人分成五组，带着扁担粗绳，从物料场扛来长长的水泥杆。待泥水师傅搅匀水泥砂浆，大家齐心协力把笨重的水泥杆竖起来，慢慢校正位置，然后灌注水泥。李光伯和程大番也不是只动动嘴皮，他们在现场督促检查，组织施工，和年轻人一起干。

程大番三年前还是个抡锄头的农民，调到供电所工作后刻苦钻研业务，努力实践，很快就成长为一个合格的业务干部。他原本预估二十个工作日完成任务，最终在大家的努力下提前了三天。

东苍乡三面环山，只有一条狭长的走廊贯穿南北，向北通闽中、闽北，向南直达浩瀚的大海。千百年来这里不变的是翠绿的群山和山下潺潺的流水。现在，沿着村中的古驿道两旁的民居，一根根水泥杆等距离排列成行。

技术人员腰间绑着安全带，爬上水泥杆顶架设电缆，安装路灯。另外一组电工负责安装供电设备，到各家各户屋内接内线、安开关、装灯具。紧张的工作场景，吸引了大量乡亲围观。大家心里想：过几天整个乡村的夜晚将如白昼。

李光伯心里高兴，他马上召开会议商讨庆祝通电事宜。参加会议的除了乡里的领导外，全乡党员、团员都参加。

"我们是泉丰区第一个实现电灯照明的乡。这么大的喜事，大家想想，用什么方式好好庆祝一番？"

主持会议的李光伯先开了个头，启发大家讨论。于是有人说开庆祝大会，有人说开大会太死板，还是演戏好。

"依我看，电灯照明是新鲜事，大家都想在家里看灯泡亮起的那一刻。开会、演戏都不合适！"治保主任李玉树说。

"我们乡十三个自然村，村村有锣鼓阵。电灯亮了一齐表演大鼓吹，那才热闹！"妇女主任张妙来提出自己的想法。

会场突然爆发出一阵热烈的掌声，把张妙来吓了一跳，她以为自己说错了话。

"妙来姐说话总是妙人妙语，大鼓吹热闹、亢奋，打大鼓吹是绝妙的庆祝方式！"大伙都说。

"好，这是东苍乡开天辟地头一回，锣鼓要打得响！大家分头行动，做好准备！"李光伯三言两语地做了总结。

一个礼拜的时间并不太长。五月的第一个傍晚，百鸟归巢，太阳收敛了最后一线光芒，夜幕悄悄笼罩了山村。这时，程大番按下变电房的供电总闸。贯穿东苍乡的乡村大道的电灯亮了，家家户户的电灯亮了，全乡一片光明。被惊醒的小鸟飞出树林，在夜空中叽叽喳喳地盘旋。没进过城、没见过电灯的乡亲们的心也亮了，笑得合不拢嘴。孩子们都惊诧得张着嘴，脸上带着异样的神情，顷刻高兴得又唱又跳。

东苍乡告别了用煤油灯照明的历史，告别了豆粒大的火苗伴随的黑夜，人们对未来充满了憧憬和希望，相信从今以后将过上更好的日子。

接着，东苍乡十三个村庄一齐敲起锣，打起鼓，吹起唢呐。鞭炮声、锣鼓声震荡山谷。哒哒作响的火花像一条条火龙蹿向天空，把夜空照得格外明亮。

山村沸腾了，到处是欢乐的气氛。

福谦先前约了薛来福、李光伯、丁先生、程大番当晚八点到自己家聚会。现在人都到齐了，他和弟弟、姐夫、堂弟作陪，大家一起小酌几杯以示庆祝。

晚上十点，庆祝通电照明的大鼓吹活动结束了，乡亲们先后来到福谦家里聊家常。红砖厝大门两侧的大红灯笼里安上了灯泡，放射出吉祥喜庆的红光，屋里屋外灯火通明。大厅正中央摆着一张八仙桌、四张长椅，左右墙上四盏荧光灯发着柔和的光。福谦满脸笑容，连声道："谢谢光临！"恭请客人就座。薛来福坐在左边靠北宾位，福谦坐在右边主人位，李光伯和丁先生坐西北向东南面对大门，程大番坐在薛来福旁边，李引棣、福诚坐陪席位，堂弟坐南靠左司酒位。

福谦起身作了一个揖说："今日相聚一堂，主恭宾尊，长幼有序，招待不周之处敬请海涵。今晚庆祝家乡通电，大家好吃好喝好说话，欢喜就好！"客人们谦让了一下各就各位。堂弟小心翼翼地给客人们斟满了酒，说："今晚喝的是难得的好酒，活了大半辈子第一次闻到这么香的酒！大家要尽兴！"说着他打开酒盖，一股陈年的醇香四处飘散，让人闻了顿觉飘飘欲仙。

说话间，翡翠笑盈盈地端来了一盆汤圆，说："今天是个喜庆日子，先吃点甜的！"福诚起身先给薛来福打了两小勺，再依次给众人盛汤圆，他热情地说："电灯一亮，光明一片，咱们乡大变样，喜，喜，喜！吃，吃，吃！"

福谦起身，彬彬有礼地说："仰仗大家的努力，才有今日之喜，祝福明天更好！大家吃汤圆！"

薛来福尝着汤圆说："托福谦兄弟的福，今天咱们乡有了电灯，父老乡亲忘不了你们对家乡的深情厚谊！"

翡翠又端来一盘白斩番鸭，索妮娅端来一盆河蚌汆鸡汤，她们细声慢语地说："下酒菜来啦，请吃好喝好！"

福谦起身举杯，高兴地说："酒逢知己，人逢喜事，干杯！"宾主一起干杯。

丁先生举杯回敬，说："福谦兄人如其名，大福谦恭，乡邑受惠。我敬你一杯！"说完一饮而尽，福谦道了谢，也干了。

酒过三巡，翡翠又端来油炸五香卷、煎蚝饼、醉虾。李光伯望着菜肴一板一眼地说："色香味形俱佳，还上得这么快，这是谁的手艺？"

翡翠说："是我妈做的。"

客人们赞不绝口："阿彬心灵手巧，厨艺这么好，快成职业厨师了。"

这时福诚斟满酒，站起来快人快语地说："人逢喜事精神爽，祝福大家喜事连连！"

众人听了开怀大笑，仰头喝酒。

李引棣举起酒杯略加思索，字斟句酌地说："内弟承蒙诸位多年关爱，今日有所作为。我借花献佛，敬大家一杯，聊表谢意！"说完他从容地喝了一杯。很快一瓶美酒见底了，福诚又拿来一瓶，为大家逐一斟满。席上退了一些菜碟，又添了一些菜肴。

翡翠见客人们吃得开心，笑眯眯地说："请慢用，一共十五道菜，后面还有主食长寿面……"

福谦说："难得大家开心，今晚一醉方休！"

程大番举杯咕噜喝光，自言自语道："我直肠直肚，有吃便好，有喝是福，不客气！"说着他夹了一块鸭肉嚼了起来。堂弟喝了五六杯，面红耳赤，说话短了舌根："我要做好……好司酒，请喝……"大家又干下一杯。堂弟放下酒杯，醉眼蒙眬间袖角扫到桌边汤勺，汤勺掉落地上"咣"的一声。翡翠正好走来，赶忙换了新的。

看着大家尽兴，福诚接着又开了几瓶。这时，剩下的几道菜也上了。大家互相敬着，说说笑笑。福谦知道大家的酒量，提议说："别只顾说话，猜猜拳，有气氛才喝得下酒！"于是薛来福和福谦，李光伯和堂弟先后起身对猜，接着不分宾主混着划拳。厅堂上，众人拳掌挥舞，五指出没，觥筹交错，好不热闹！姐夫、福诚不会划拳，就玩火柴梗。后来，程大番嚷嚷着要轮流打通关，堂弟说："打就打，谁怕谁！"于是"五魁七窍""八仙九怪"地呼喊起来，场面热烈。猜归猜，打归打，兄弟输赢不较真，会喝的多喝，酒量小的随意，以茶代酒也不怪，大家尽兴就好。堂弟说："什么是……天……天堂？这样的……日子……就是！"姐夫来了雅兴，吟唱道："一壶酒，一竿纶，世上如侬有几人？"福谦说："来日方长，后会有期，三杯通大道，一斗合自然！"

将近十一点宾客吃饱喝足撤下席，泡茶聊天，夜半十分主宾尽欢而散。

东苍乡的庆祝活结束以后，程家忙着筹办一场隆重的庆祝活动。当年建造红砖厝多灾多难，福谦娘求助神明保佑，许愿一旦红砖厝建成一定答谢天公。老人家一直记挂着当年许的愿，她对儿子说："红砖厝建好了，一定要遵循古礼敬天公，好好拜拜老天爷！"两个儿子也想借此机会和乡亲好友叙旧言欢，报答乡亲们长期以来对程家的帮助关照，也尽孝子之心，让饱经磨难的母亲如愿以偿。

福谦、福诚两兄弟紧密配合，事事做得有条不紊。他们多次召集堂亲们商议具体细节，组织人手分工合作。有的请和尚找道士，选定黄道吉日，有的请戏班，有的专职采买山珍海味、庆典物品；有的写帖发帖、布置场所、借用桌椅和锅碗盘碟……福谦两兄弟费尽心思，没日没夜地忙。还好阿彬深谙乡村习俗，做两兄弟的左膀右臂。堂亲们尽心尽力，帮福谦把事办得顺顺当当。

庆典的日子确定在东苍乡有了电灯照明后的第一个礼拜天，也就是公历五月六日，农历四月初一。老皇历上面说这一天百无禁忌。

四月初一这一天，红砖厝大门外张灯结彩，大红灯笼在燕尾脊上空悠然飘荡。大厅两旁的墙壁上挂着友人赠送的匾额书画，其中有红底金字雕刻的"华屋增辉"横匾，鹰击长空和银龙戏珠的吉祥木雕，暖色调志庆山水画《福安居图》。两副橙红色志喜中堂分别挂在大厅两旁的柱子上，熠熠生辉，一副写的是"狮子山钟灵毓秀，笔架岭虎啸龙吟"，另一副写的是"杏花树枝繁叶茂，东溪水源远流长"。

红砖厝主屋厅堂大红烛的烛光不停跳动闪烁，高桌上摆着的四果素斋，专门供奉天公。低桌上的三牲荤食，供奉天公部属。旁边铜香炉和吊在横梁上燃着的永春篾香烟雾缭绕，淡淡的清香弥漫全屋。从院子到下厅一直到门埕的供桌上，摆满各式各样的供品。

子时一刻，震耳欲聋的三声大铳响后，庆典仪式开始。三通大鼓后锣鼓齐鸣，吹唢呐的鼓着腮仰面朝天使劲吹，手持钲钹的一开一合不停地敲打。道士们穿着大红或大黄道袍，把手中弯曲的向天螺吹得"呜——呜——"直响。道士口中嘟嘟囔囔念着祝福的词，唱着祈福的歌，在大厅院子里不停兜圈。按照礼仪，家属也要跟着道士踱方步，跟在道士背后转。福谦附在明宇耳边说："你做全权代表！"阿彬、翡翠、明宇手持佛香，尾随道士顶礼膜拜。

乡亲们点燃平铺在田埂上的千响鞭炮，顿时火花四射，爆发出噼噼啪啪的声响。五彩斑斓的烟花尖叫着、呼啸着腾空而起，在夜空中像银龙冲天、仙女散花、流星飞溅，像彩云飘逸、瀑布悬川、喷泉趵突。

这时，门口石埕上一堆堆点金缀银的纸钱也被点燃，即刻天上地面亮堂堂。乐器的敲打声、烟花爆竹声夹杂着孩子们欢叫声，使山村沸腾起来，亮堂起来，把庆典活动推向高潮。

第二天中午，筵开三十席。照例是三响大铳过后，锣鼓齐鸣。堂亲自不必说，应邀的友朋也陆续前来道贺致意，纷纷入席就座。亲友们欢聚一堂，红砖厝里里外外喜气洋洋。厨艺精湛的餐饮师傅一大早就开始忙碌，准备的都是珍馐佳肴。七八个年轻美貌的侍应生穿着红色旗袍，文雅大方，穿梭于酒席之间，时而送菜，时而斟酒。酒酣饭饱之后，亲友们有的打牌，有的品茶。直至下午三时十五分，宴席在鞭炮声中圆满结束。

下午四点半，客人们陆续散去了。福谦和堂亲们坐在大厅里品茶叙旧。他呷了一口茶，对大家说："我们村叫杏花村，以果树作为村名，很有诗意。唐诗有句'牧童遥指杏花村'，想必大家耳熟能详。杏花特别美，含苞待放时是淡红色，花落时是纯白色。果实既可食用也可供观赏，要多栽种培植，美化环境。"

"好呀，让我们村成为名副其实的杏花村！"堂亲们很支持。

"我买了十多株杏树苗，想请大家一起栽种照顾！"福谦说。

堂亲们说："好呀！"大家理解福谦的用心，随即动身拿起镢头、锄头、水桶、树苗到双狮山下寻找合适的地点栽种。

种完树回到大厅，孩子们叫嚷着要爸爸叔叔讲红砖厝的故事。福谦说："好的！我们先拍张全家福！"拍完全家福，福谦对大家说："孩子们！你们见过像我们家这样的红砖厝吗？"

孩子们齐声说："头一次见！"

福谦说："我一边慢慢讲解一边带你们慢慢观赏！我们这座红砖厝跟你们一样，也有名字。"

"什么名？"

"福安居。"

"是什么意思呀？"

"幸福安康的居处！你们看，我们的红砖厝后面有座大山，叫双狮山，福安居就建在双狮山下。"

"为什么叫双狮山？" 孩子们问。

"你们注意看，从大厅中脊向山头看，是不是有两块大石头？"

孩子们抬起头往山上看，齐声说："看到了，看到了。石头很大！"

"那两块大石犹如两头嬉戏的狮子，所以叫双狮山。现在山顶长满树，很难爬上去，只能看到巨石的一部分。我小时候经常爬上去站在大石上眺望，站在双狮山顶上能看到很远很远的地方。石狮虎虎生威，是吉祥物。你们转过来看，前面有什么？"福谦指着正前方。

"有许多大树，有一条弯弯曲曲的溪流！"大家说。

福谦对孩子们说："普天之下，大的像长江黄河，小的如山涧溪流，走向都是弯弯曲曲，奔流入海。河流的两岸尽是繁华之地，有的人把这样的好地方叫作风水宝地。我们的门前也有这样一条山涧水，日夜畅流不息，因此这里是个风生水起的好地方！风水地理是传统文化，

第三十一章

圆梦红砖厝

其中的奥秘我讲不透。但我想，一个人事业有成，主要靠自己的努力，风水是求个好兆头，激励自己！"

说着，福谦指着大门两旁的一副对联说："这是你们姑丈写的对联。我念给你们听：'向阳门第春光好，积善人家喜气多。'意思是劝人多做好事。你们长大后，别忘了建造红砖厝的艰辛！现在红砖厝建好了，但我们不要忘了曾经走过的艰难历程，要为家乡多做好事！"

福谦带着一家人来到村口，说："这座牌坊和我们脚下这条水泥路，是堂亲们和我共同出资建的。如今，我们的堂亲，也就是你们的堂叔伯、堂兄弟都很了不起。他们不必像我当年那样颠沛流离，而是驰骋于祖国的大江南北，建设自己的祖国，建设自己的家园！"

福谦指着围绕在红砖厝周围的楼房说："你们数数，在我们这座红砖厝的左右和屋后有几幢楼房？"

孩子们争着数，异口同声地回答："十五座！"

"对，十五座。同样的天同样的地，新旧社会天壤之别。我做了一辈子的红砖厝梦，用了差不多一生的精力才建成红砖厝。我们的堂亲，几年的工夫就梦想成真了！人生一世，拼搏一生，即使不在人前也不落人后，大家都有努力拼搏的精神！"

"家乡真美，我们要常回家！"孩子们齐声说。

入夜，庆祝活动继续。天渐渐黑了，月亮升起来了，晴空万里，明月皎洁，清风阵阵。电灯的亮光把杏花村前的戏台照得明晃晃的，戏台下前三层后三层围满了观众。当晚演的是高甲戏《海龙王巡视八闽大地》。演出开始，顿时锣鼓喧天，鞭炮齐鸣，幕布徐徐拉开。聚光灯照射着画有崇山峻岭的巨幅布景，画面中两座青葱翠绿的高山遥遥相对。这时传来解说员的声音："这个故事发生在一千多年前王审知开闽时期，地点在福建戴云山。此山被誉为闽中屋脊，主峰和它西面的九仙山遥遥相对。九仙山里住着九个仙人。"

在锣鼓声中，从舞台两旁走出九个神仙。仙人们穿着薄如蝉翼的羽衣，手里拿着拂尘，各自通报不同于凡人的名字后，坐在石桌旁，有的下棋，有的观棋，有的漫无边际地说着凡人听不懂的话。

这时舞台灯光突然转暗，后台开动鼓风机，一时狂风呼啸，飞沙走石，山崩地裂，高山上老树腰折，岩石破裂，山底下民房崩塌，庙宇倾倒。

仙人们大为惊奇，环顾四周，掐指一算，异口同声地说："原来是东海龙王奉玉皇大帝之命，从泉州后渚港跃身而起，循桃花山、清源山腾云驾雾直上戴云山顶，巡察八闽大地民生状况。"

仙人们远远看到东海龙王龙颜大怒，龙须倒竖，两眼冒火，捶胸顿足，呼呼出气。

这时钟鼓齐鸣，龙王怒气冲冲地走上台。

九个仙人来到龙王跟前，扬一扬拂尘问："大王因何发怒？本尊居所尚遭坍塌祸患，黎民百姓又当奈何？"

龙王道："这里的人们认蛇为祖，巢穴而居，渔猎为生，已是凄惨至极。今遭开闽军队杀戮将绝，岂不天怒人怨！本王奉旨巡察八闽之地，气愤不过，呼气顿足，引起风暴地震，也是一时失误！"

这时，戏台下爆出一阵阵欢笑声。有人说："这海龙王做事也太鲁莽了！"

仙人道："大王有所不知！王审知入闽以来军纪严明，与民秋毫无犯！"

龙王道："既如此，怎不见越人？"

仙人道：“他们不谙农耕，多以渔猎为生。现今福建乃至广东一带疍民，就是越人的一支！闽江流域渔民，以船为家者均是越人后裔。还有的与汉人通婚，至今可以见到金发白脸瞳孔浑浊的闽越人，就是与汉人通婚后个别返种现象，岂有屠杀之说？”

龙王道：“洞中方三日，世上已千年。人间变化太大，本王一时糊涂。你们九仙没有上报天庭，也有渎职之虞。本王当如实禀告玉皇大帝！”

仙人道：“闽地原系蛮荒之隅，混沌蒙昧。闽王应当让百姓休养生息，安居乐业，繁荣发展方是正道！”

龙王道：“本王当托梦开闽王王审知，传玉帝旨意令其广施仁政，轻徭薄赋，选任良吏，发展海贸，开疆辟土，传播中华文化，创建海滨邹鲁。”

仙人道：“如此甚好，神州幸矣！闽越百姓幸矣！”

后台又是一阵紧锣密鼓，乐手吹奏起清脆嘹亮的唢呐。

九仙和龙王退场。

紧接着闽王上朝议事，殿堂下文武百官分列左右。

闽王道：“诸位爱卿！昨夜东海龙王给本王托梦，传玉帝圣旨要我等以民为本，体恤民情，发展农耕，开通海运，共图国强民富。今日与众卿共商此事，请大家出谋献策！”

百官应道：“大王所言极是，臣等当尽力！”

闽王道：“入闽汉人均为中华儿女，龙的传人！各地山川应多以‘龙’命名，地名则以‘安’命名，以彰四海升平，黎民安康。”

百官应道：“大王英明，臣等照办！”

这时，舞台上传来画外音：自闽王下达旨意以后，福建百姓尤其泉州黎民欢呼雀跃。从此各地山川以“龙”命名者居多，诸如横龙山、盘龙山、青龙山、黑龙山、九龙江、乌龙江、九龙溪、龙山滩、龙潭溪、龙泉、龙崆洞、龙岩、龙海、龙溪、龙湖、龙门……闻名于世的铁观音茶亦名乌龙茶，名贵水果桂圆亦称龙眼。为了追求国泰民安，泉州当时所辖各县以"安"字冠名者居多，如南安、惠安、泉安、安溪、同安、华安……此后很长一段历史时期，八闽大地因依山傍海成为天然屏障，故而战乱极少，风调雨顺，物阜民丰，百姓安居乐业！

台下观众欢呼声、掌声不断，称赞"此剧编得好"。

一阵锣鼓之后，琵琶、三弦、洞箫、二弦、拍板合奏起一曲南音，闽王起舞唱道："文章千古在，缘寄家国情！本王理万机，民生摆第一！"

百官随声应和："群臣是公仆，为民谋福利！"

晚上十点多钟，演出结束，戏场旁边鞭炮齐响。乡亲们恋恋不舍地离场，边走边议论剧情，交流观感。

福谦站在路旁送别乡亲们。他看到丁先生和薛来福迎面走来，听到丁先生侃侃而谈，大声评说："家国兴亡同一理，国家是船，领导是舵手，人民是水。如今有了好舵手，国泰民安，兴旺发达！"薛来福赞叹道："高见！高见！天地大戏台，戏台小天地！"

"妙论，妙论！"福谦表示赞同。

乡亲们走了。福谦对孩子们说："看了戏，你们要知道我们华侨也是龙的传人，父辈都望子成龙。我们福建简称'闽'，大家说'闽'字门内是条虫，出了广阔天地是条龙，这话对华侨特别适合。你们长大了，都要和龙一样，遨游四海，腾云飞天！"

孩子们齐声说："好的，我们要做龙，不做虫！"

福谦又说："看了戏，要记住，只有世界和平，国家繁荣昌盛，才有我们的家，才有我们的红砖厝，才有我们的根！有人说第一代华侨恋根，第二代华侨忘根，第三代华侨丢根。咱们程家可要一代一代牢牢记住自己的根！"

"我们记住啦！"

一场久违的洋溢着闽南风俗人情的庆典结束了。山村又像以前那样平静祥和，红砖厝以全新的姿态默默地伫立在双狮山下的青山绿水之间。拂晓，福谦站在红砖厝大门口，举目望去，家乡民居鳞次栉比，田园青翠欲滴，乡亲们又开始了一天的忙碌。眺望东方，山水间紫气氤氲，红日喷薄。他脱口而出："中华复兴的时代、河清海晏的时代来临啦！"

日出东方，光芒万丈。半个月后，福谦一行依依惜别亲人和乡亲，像南飞的雁群向着远方翱翔。